KB163511

그대의 마음에 고요가 머물기를

SEVEN THOUSAND WAYS TO LISTEN
copyright © 2012 by Mark Nepo
Published by arrangement with William Morris Endeavor Entertainment, LLC
All rights reserved

Korean Translation Copyright © 2017 by Next Wave Media Co., Ltd.
Korean edition is published by arrangement with William Morris Endeavor Entertainment, LLC
through Imprima Korea Agency

이 책의 한국어판 저작권은 Imprima Korea Agency를 통해 William Morris Endeavor Entertainment, LLC.와의 독점계약으로 넥스트웨이브미디어에 있습니다. 저작권법에 의해 한국 내에서 보호를 받는 저작물이므로 무단전재와 무단복제를 금합니다.

그대의 마음에 고요가 머물기를

초판 1쇄 인쇄 2017년 8월 14일
초판 1쇄 발행 2017년 9월 1일

지은이 마크 네포
옮긴이 박윤정
펴낸이 유정연

주간 백지선
책임편집 김경애 **기획편집** 장보금 신성식 조현주 김수진 **디자인** 안수진 김소진
마케팅 임충진 이재후 김보미 **제작** 임정호 **경영지원** 전선영

펴낸곳 넥스트웨이브미디어(주) **출판등록** 제313-2003-199호(2003년 5월 28일)
주소 서울시 마포구 홍익로5길 59 남성빌딩 2층
전화 (02)325-4944 **팩스** (02)325-4945 **이메일** book@hbooks.co.kr
홈페이지 http://www.hbooks.co.kr **블로그** blog.naver.com/nextwave7
출력·인쇄·제본 (주)현문 **용지** 월드페이퍼(주) **후가공** (주)이지앤비(특허 제10-1081185호)

ISBN 978-89-6596-229-8 03840

• 이 책은 저작권법에 따라 보호를 받는 저작물이므로 무단 전재와 복제를 금지하며, 이 책 내용의 전부 또는 일부를 사용하려면 반드시 저작권자와 흐름출판의 서면 동의를 받아야 합니다.
• 흐름출판은 독자 여러분의 투고를 기다리고 있습니다. 원고가 있으신 분은 book@hbooks.co.kr로 간단한 개요와 취지, 연락처 등을 보내주세요. 머뭇거리지 말고 문을 두드리세요.
• 파손된 책은 구입하신 서점에서 교환해 드리며 책값은 뒤표지에 있습니다.

이 도서의 국립중앙도서관 출판예정도서목록(CIP)은 서지정보유통지원시스템 홈페이지(http://seoji.nl.go.kr)와 국가자료공동목록시스템(http://www.nl.go.kr/kolisnet)에서 이용하실 수 있습니다.(CIP제어번호: CIP2017018544)

살아가는 힘이 되는 책 흐름출판은 넥스트웨이브미디어(주)의 출판 브랜드 입니다.

그대의 마음에 고요가 머물기를

마크 네포 지음
박윤정 옮김

흐름출판

Seven Thousand Ways to Listen

정보가 부족해서 타락할 일은 없다. 이해가 모자라서 타락할 뿐이다. … 결핍된 것은 믿음이 아닌 경이驚異에의 의지다. … 신비의 존재에 대한 응답의 하나는 외경畏敬이다.

– 아브라함 헤셸Abraham Heschel

Seven Thousand Ways to Listen

작가의 말

이 책을 쓰기 시작할 때만 해도 내 청각이 망가지고 있다는 걸 몰랐다. 혼란스러웠지만 홀가분하기도 했다. 더욱 깊이 듣고 싶다는 바람에 응답으로 주어진 것이 청각의 파괴임을 알았기 때문이다. 덕분에 나는 눈과 마음, 피부로 들을 줄 알게 되었다.

이제 가만히 생각해본다. 식물은 땅을 뚫고 솟아오르는 순간 진정으로 듣는 것이 아닐까? 모래는 피할 수 없는 파도를 받아들이는 순간 진정으로 듣는 것이 아닐까? 그렇다면 우리처럼 고집스러운 영혼들은 어떻게 해야 진정으로 들을 수 있을까?

지금 마치 화가가 된 듯한 느낌이 든다. 몇 년 동안 특정한 화풍을 익힌 후에 마지막 붓질을 하고는 빛에 가까이 다가가 더욱 많은 불꽃을 피우기 위해서 불 속에 붓을 던져버린 화가. 드디어 손으로 그림을 그리게 된 화가.

여기서 도움이 되는 무언가를 찾기 바라며.

– 마크 네포Mark Nepo

서문

나이지리아 태생의 언어학자 올래소프 오이라란Olasope Oyelaran[1]과 점심을 먹을 때였다. 대화를 나누는데, 그가 하는 말에 단어 하나 하나가 열대식물들처럼 생기를 얻는 것 같았다. 그는 언어도 뿌리를 내린 식물처럼 싹이 트면 빛을 향해 사방으로 뻗어나간다고 했다. 놀랍게도 지구상에 살아 있는 언어는 7천 가지나 된다고도 했다. 이것은 우리가 알고 있는 언어만 헤아린 숫자이다. 아프리카인다운 그의 목소리가 영국식 억양 밑에서 음악처럼 흘렀다.

그날 밤 불을 끈 채 이불을 덮고 누워 있을 때였다. 바람이 별들과 이야기를 나누고 금빛 리트리버가 숨 쉬는 소리가 들렸다. 결코 고요하지 않은 고요 속에서 나는 깨달았다. 말을 하는 방법이 최소 7천 가지나 된다면, 듣는 방법도 7천 가지는 되리라는 것을. 그러나 우리가 아는 듣는 방법은 극히 소수에 불과하다는 것을.

몇 년 전부터 나는 여러 가지 듣는 방법에 대해 자각하고 있었다. 깊은 들음의 세계에 발을 들여놓기 위해서는 계속 비우고, 열고, 시작하는 법을 배워야 했다. 이해하지 못하는 것들 속으로 몸을 기울이고, 듣는 것이 나를 변화시키고 있음을 인정했다. 이것은 대체로 짜릿한 여정이었다. 나를 더욱 살아 있게 만들어주었다. 이 책에서는 내가 배웠고, 지금도 배우고 있는 것들에 대해 이야기하겠다. 지도나 일련의 가르침이 아니라, 마음을 여는 하나의 방법으로 받아주길 바란다.

먼저 들음이 개인적인 순례와 같음을 인정해야 한다. 이 순례에는 돌아오려는 의지와 시간이 필요하다. 문제가 생겨 시간이 지체되고 경이감에 들뜨기도 하겠지만, 의식을 내려놓고 새로이 생각하고 느낄 줄 알아야 한다. 삶 자체는 예측이 불가능하지만 들음의 훈련은 지상에서 가장 신비롭고 찬란하며 힘든 예술이다. 그래서 고난이나 기쁨이 우리를 본래의 상태로 되돌려놓을 때까지 우리는 들음의 초심자와 대가 사이를 오간다.

실제로 우리는 매일 속도를 늦추고 들어야 할 상황에 놓인다. 그런데 왜 들어야 하는 것일까? 들음이 세상을 하나로 연결해주기 때문이다. 모든 중요한 것들에 이르는 문이기 때문이다. 호흡이 폐에 활력을 불어넣듯 들음은 마음에 생기를 더해준다. 그러므로 우리는 마음이 깨어나, 언제나 활기차고 생기 있게 존재할 수 있도록 들어야 한다. 깊은 들음을 통해 언제나 활기차고 생기 있는 상태로 존재하는 것, 이것이야말로 진정한 경배의 작업이다.

사실 우리는 지상에서의 많은 시간을 들음과 깨어 있음에 할애한다. 깨어 있을 때는 충만한 삶을 위해 상처받을 위험도 정직하게 받아들인다. 이렇게 멀리 나아가다 보면, 우리는 여기에 존재해야 한다는 분명한 운명을 아주 겸허히 받아들이게 된다. 깊은 들음을 위한 헌신은 궁극적으로 여기에 존재하기 위한 분명하고도 신성한 작업이다.

헌신적인 들음으로 마음이 깨어나면, 우리 모두를 촘촘히 엮어주는 세계도 더욱 견고해진다. 세포들에게 영양을 공급하고 정화시키는 것은 피의 흐름이며, 이 흐름을 좌우하는 것은 건강한 세포들이기 때문이다. 이 모든 것이 협력해서 몸을 생기 있고 온전하게 유지시킨다. 세계도 마찬가지다. 강물 같은 큰 영혼Spirit

이 우리 모두에게 양식을 공급하고, 이 영혼과 개개의 깨어 있는 영혼들 사이의 춤이 세계를 좌우한다. 세계는 건강하게 깨어 있는 영혼들로써 언제나 생기 있고 온전한 모습으로 존재할 수 있다.

그렇다면 세계 속에서 우리의 길을 발견하려면 어떻게 해야 할까? 들음을 통해 우리보다 큰 존재들과의 관계와 경험 속으로 들어가야 한다. 우리보다 큰 존재와의 우정은 근원적 지혜를 열어준다. 이것이 존재의 작업work of being이다. 경험과 존재 사이의 우정은 삶에 필요한 지혜를 열어준다. 이것은 인간됨을 위한 작업work of being human이다. 타인들과의 우정은 보살핌의 지혜를 열어준다. 이것이 바로 사랑의 작업work of love이다.

어떤 날에든 이 작업들에 고양되거나 압도당하는 느낌이 들 수도 있다. 그러나 이것들은 분리할 수 없이 밀접하게 연관되어 있다. 깨어 있는 삶을 살고픈 소망이 조금이라도 있다면 언제나 이 세 친구와 연결되어 있어야 한다. 이 책의 여정에 틀을 잡아주는 것은 바로 이 세 친구—존재의 작업, 인간됨을 위한 작업, 사랑의 작업—이다.

일상의 차원에서 보면, 진정한 들음은 다수 속의 하나, 하나 속의 다수를 들을 수 있을 정도로 충분히 현재에 존재하는 것이다. 들음은 생기를 불어넣는 과정이며, 이 과정을 통해 우리는 자신이 존재하는 순간을 느끼고 이해한다. 내면의 세계와 주변의 세계를 거듭 연결 지으면서 한쪽이 다른 한쪽에 힘을 불어넣게 한다. 들음은 지속적으로 경험과 관계를 맺는 방식이다.

들음은 여러 가지 다른 말로도 표현할 수 있다. 만화경 속을 들여다보는 구멍에 불과하다고 표현할 수도 있고, 귀에 대는 순간 바다의 음악을 들려주는 조개껍질과 같다고도 할 수 있다. 하지만 자신에게 적합한 들음의 방법을 찾아야 한다. 정말로 중요한 것은 계속 노력하면서 모든 시도들을 통합해서 들음에 대한 자신만의 이해를 쌓는 것이다.

알다시피 이 책의 제목은 〈그대의 마음에 고요가 머물기를〉이다. 하지만 마음에 고요가 머물기 위한 비밀의 방법 같은 것은 여기에 없다. 이 제목은 끝없는 들음과 종국의 고요를 가리킬 뿐이다. 책을 읽으면서 들음의 개념들을 이해한 후에 이것들을 여러 분이 생각하는 들음의 의미로 확장시키길 바란다. 예를 들어 '들음의 방법들'은 '진실을 언제나 내 앞에 두는 길' 혹은 '받아들임의 방법들', '말로 표현되지 않은 것들 속으로 들어가는 방법들'로 바꿔서 이해해보는 것이다.

지구에서 돋아난 언어의 나무들과 동물들, 별들 사이의 대화에 동참하게 된 것을 환영한다. 나를 포함한 생명이 세상에 존재한다는 것은 신비로운 일이다. 이 생명들은 서로의 존재를 존중하며 그물망처럼 연결되어 있다. 이 그물망 속에서 우리와 생명들과의 우정을 다지는 것이야말로 비로소 삶이 충만해지는 길이다.

귀 기울이는 것이야말로 우정을 향한 첫걸음이다. 가능한 모든 방법으로 들어보기를. 깊은 들음에 전념해보기를 바란다.

◆ 일러두기

1. 이 책의 원서 제목은 〈SEVEN THOUSAND WAYS TO LISTEN〉이다.
2. 본문에 등장하는 인명과 주요 용어는 독자의 이해를 돕기 위해 영어를 병기하였고 원서를 그대로 따랐다.
3. 미주는 저자의 주이며, 옮긴이 주는 본문 내 따로 표기하였다.
4. 인명과 지명은 외래어 표기법을 따랐으며 일부 관례로 굳어진 것은 예외로 두었다.
5. 책은 〈 〉, 공연과 강연 등의 프로그램은 《 》, 단편 소설과 그림 혹은 곡 등과 같은 개별 작품은 「 」로 표기하였다.

차례

작가의 말 • 7

서문 • 8

1장

살아 있음 속에 깃드는 것

- 존재의 작업

마음의 나침반 • 21

진실을 언제나 눈앞에 • 39

받으면서 베풀기 • 48

끊임없이 펼쳐지는 실재 • 57

침묵의 소리 • 68

길을 잃는 순간 여행은 시작된다 • 75

모든 들음은 존재의 작업이다 • 87

현자들 앞에서 • 90

침묵 속으로 • 102

고착을 뚫고 나아가는 것 • 106

자연의 소리를 따라서 • 109

하나의 살아 있는 감각 • 118

깊은 들음 • 130

근원은 어떻게 말을 거는가? • 141

2장

우리의 길을 계속 살아내는 것

– 인간됨의 작업

경험의 목적 • 147
어떻게 배우고 가르칠 것인가? • 149
자신감의 회복 • 157
벌집과 생각의 현 • 163
다시 불길 속으로 • 169
손안에 무한을 담는 길 • 178
말할 수 있는 용기 • 187
삶이 지속적인 대화와 같음을 • 192
영혼의 부름 • 195
들음의 계절 • 204
구름보다 오래 기다리기 • 220
어둠의 땅 건너기 • 228
엉킴과 풂 • 234
신과의 놀이 • 241
자신이 서 있는 자리를 안다는 것 • 247
삶의 열쇠 • 255

3장

혼자이면서 혼자가 아님을

– 사랑의 작업

혼자이면서 혼자가 아님을 • 261
인간의 정원 • 263
자신에게 어떻게 상처를 주고 있는가? • 273
한결같은 스승 • 280
자아라는 오두막 안에서 • 284
새의 노래를 찾아서 • 288
목적지 없는 탐구, 진정한 추구 • 302
원하는 것을 얻지 못할 때 • 313
사랑이라는 스승 • 316
고통을 잠재우는 법 • 319
순간의 신비 • 325
우리 안의 풍경 • 328
견딤과 사랑받음 • 337
진실한 방황 • 348
마음속에는 이방인이 없으니 • 359

감사의 글 • 366
주 • 368
이 책에 대한 찬사의 글 • 374

우주는 끊임없이 이어져 있는 거미줄과 같다.
어느 한곳을 건드리면 거미줄 전체가 흔들린다.

스탠리 쿠니츠Stanley Kunitz

1장

살아 있음 속에 깃드는 것

- 존재의 작업

마음의 나침반

샌프란시스코에서 열린 모임에서 마르코Marco를 만났다. 마르코는 샌타클라라 태생의 신중하고 참을성 있는 사진작가이다. 내가 지난해에 충격을 받은 일이 뭐냐고 묻자, 그의 목소리가 떨리기 시작했다. 그는 두 종류의 호흡을 목격한 덕에 인생이 바뀌었다고 말했다. 딸의 첫 호흡과 어머니의 마지막 호흡이 그것이었다.

딸이 세상의 공기를 처음으로 들이마시는 순간, 딸의 영혼은 비로소 지상에서 깨어나는 것 같았다. 반면 어머니가 지상에서의 세월들을 마지막으로 토해내는 순간, 어머니의 영혼은 세상으로부터 자유로워지는 것처럼 보였다. 마르코는 이 두 호흡에 충격을 받고 더욱 정직하고 열린 삶을 살게 되었다. 두 호흡을 매일의 호흡 속에 적용했고, 모든 이들의 호흡 속에 이 두 가지 호흡이 공통적으로 존재한다는 것도 확인했다.

숨을 들이쉬는 순간마다 세계를 받아들여 자신의 영혼을 깨우는 일이 가능할까? 숨을 내쉬는 순간마다 우리를 얽매고 있는 세상으로부터 자유로워질 수 있을까? 호흡을 통해 자신을 채우고 비우면서 두 호흡이 주는 선물을 찾고 있는가? 이것이 아마도 존재의 작업일 것이다.

들음에 대한 책을 쓰고 싶다는 생각이 들 때까지도 내 청각이 망가지고 있다는 사실을 몰랐다. 이것은 더 깊은 들음에 대해서 중요한 가르침을 던져주었다. 내면의 깊은 무언가가 다른 존재 방식을 탐구해보라고 나를 유혹하며 끌어당기고 있었다. 삶은 내게 세상과의 관계를 재조정할 기회를 주고 있었다.

여기서 말한 내면의 깊은 무언가는 우리 중심에 살아 있으며 생명 자체의 본질과도 겹치는 요소를 가리킨다. 내면의 태양처럼 이 공통의 중심은 영적인 중력으로 우리를 끌어당긴다. 중심으로의 끊임없는 당김이야말로 우리의 가장 위대한 스승일 것이다. 이 스승은 우리의 마음을 따뜻하게 열어주고 두려움 없이 앞으로 나아갈 길을 가르쳐준다.

그러나 모든 일의 저변에는 언제나 다음과 같은 의문이 남는다. 인식 너머의 모든 것에 귀 기울이고 언제나 대화를 나누려면 어떻게 해야 할까? 호기심이나 고통, 의아함, 상실, 아름다움, 진실, 혼란, 신선한 경험 등 삶의 다양한 양상들은 끊임없이 우리를 이런 대화 속으로 이끈다.

모든 미지의 것들 속으로 들어가는 길을 생각하고 느끼고 감지해내는 방법은 곧 직관의 기술, 발견의 기술이다. '직관하다intuit'는 '지켜보다, 내면으로부터 배우다, 직관을 통해 이해하거나 배우다'는 의미다. 그리고 본능instinct은 타고난 배움을 가리키며, 직관intuition은 우리가 갖고 태어난 배움들을 발견하고 또 발견하기 위해서 우주의 소리에 귀 기울이는 아주 내밀한 방식이다.

그러므로 우리가 신뢰를 보내면, 직관이라는 심오한 들음은 모든 생명의 중심에 있는 억누를 수 없는 공통의 요소와 우리를 둘러싸고 있는 삼라만상의 일체성 속으로 우리를 돌려보내 준다. 회복력의 중심에 있는 것도 이 일체성과 공통의 요소다.

존재의 방식들을 충분히 인식하기 전에 우리가 직관적으로 어떻게 존재 방식을 찾아가는지 보여주기 위해 청력을 상실했던 내 경험을 예로 들었다. 우리는 끊임없이 삶의 다음 단계 속으로 이끌린다. 그러나 다음의 단계는 언제나 현재의 인식 너머에 있다.

"모르는 것을 어떻게 알 수 있죠?" 하고 묻는 이들도 있을 것이다. 느낌과 생각이 무언가를 말하도록 이끌 때도 우리는 사실 자신이 무엇을 말하려는지 모른다. 그러나 마음과 정신은 매일 우리를 이끈다. 마음과 정신은 내면의 나침반이 되어준다. 정신이 방향을 세워주는 반면, 마음은 진정한 북쪽을 직관적으로 가리키는 바늘이 돼준다.

미지의 것들은 우리 너머에 있고, 익숙한 것들은 당연하게 여기기 쉽다. 우리는 이 둘 사이, 우리가 아는 것들의 경계에서 살아간다. 오늘과 내일, 우리의 토대와 미미한 성장 사이의 경계에서 살아간다. 이 경계와 관계를 맺는 방식은 아주 중요하다. 그러나 학교에서는 이런 삶의 기술을 가르쳐주지 않는다.

들음의 중심점

청력을 상실하기 시작한 사람이면 누구나 그렇듯 나도 처음에는 답답함을 참을 수 없었다. 전화기 너머로 들려오는 목소리가 물속에서 울리는 소리처럼 들렸다. 수전이 거실에서 내게 말을 건넬 때도 그녀가 무언가 말을 했다는 건 알 수 있었다. 하지만 그녀의 아름다운 목소리는 망가진 라디오에서 흘러나오는 것처럼 이상하게 들렸다. 다시 말해달라고 부탁하는 것도 곧 신물이 났다. 얼마 안 가 나는 내면의 소리를 듣는 데 더 많은 시간을 바쳐야 한다는 것을 깨달았다. 외부의 소리들이 차단된 덕분에 본의 아니게 새로 발견한 심연에 귀 기울이게 된 것이다.

혼란도 마찬가지다. 해결이 되건 안되건 모든 혼란은 내면을 들여다볼 기회를 만들어준다. 삽으로 땅을 파서 흙을 옮겨놓는 행위는 땅에 폭력을 행사하는 것처럼 여겨진다. 하지만 이런 행위로 안의 공간이 드러나기도 한다. 경험이 우리를 열어줄 때도 마찬가지다. 우리는 흔히 폭력을 당한 것 같은 느낌 때문에, 아주 자연스럽게 열린 부분을 다시 닫아 전처럼 만들고픈 충동을 느낀다. 그러나 모든 경험은 심연을 발굴하게 해주며, 심연은 일단 공기를 쐬고 나면 지혜를 드러내준다.

잘 들리지 않는 귀와 씨름하면서도 나는 여러 달 동안 검사를 거부했다. 왜 그랬는지는 잘 모르겠다. 생각해보면 노화의 단계를 받아들일 준비가 안됐던 것 같다. 그러나 물론, 내가 받아들이든 안 받아들이든 삶의 변화는 이미 일어나고 있었다.

들음에 대한 거부가 불러오는 불협화음은 누구에게나 영향을 미친다. 삶이 변화할 때 인간은 스스로 고통을 가중시키면서도 여전히 아무 일도 일어나지 않은 것처럼 행동한다. 노화가 불러오는 한계에 직면할 때든, 달라진 관계나 퇴색해버린 꿈을 마주할 때든, 변화는 가시화되기 전에 조짐이 나타난다. 시간의 천사들은 이렇게 우리를 보살펴주기 위해 애쓰면서 보이지 않는 곳에서 기다리고 있는 새로운 단계로 우리를 끌어당긴다.

우리에게는 언제나 새로운 형태의 힘과 신호들이 주어진다. 이것들의 활용법을 배우는 것은 우리의 몫이다. 시력을 잃은 사람들은 신기하게도 더욱 깊이 보게 된다. 나머지 부분을 계속 열어두기만 하면, 청력을 잃은 사람들도 어떻게든 더욱 깊이 듣게 되고, 낙심한 사람들도 더욱 깊이 느끼게 된다. 그러므로 어느 하나의 상처나 한계로 인해 다른 모든 것에 상처를 입히거나 한계를 지우지 말아야 한다. 새로이 열린 심연이 비밀과 선물을 드러내주기도 전에 이 심연을 메워버리면 안 된다. 삶의 변화에 직면했을 때 우리가 해야 할 일은 바로 이것이다.

벼랑에서 떨어지는 푸석한 돌 부스러기처럼 나의 청력은 몇 년에 걸쳐 해가 다르게 야금야금 부식되었다. 그런데도 나는 떨어질 대로 떨어지고 나서야 이것을 알아차렸다. 내 귀가 손상된 이유는 20년 넘게 받아온 화학요법 때문이었다. 화학요법은 빠르게 성장하는 암 세포들을 죽여버리기 위한 것이다.

그런데 이로 인해 내이 속에서 진동수를 전달하는 유모(cilia, 귀의 달팽이관 안에 있는 털 모양의 세포 – 옮긴이)들까지 손상을 입었다. 1989년에는 누구도 이런 부작용을 예상하지 못했다. 그러나 살아남은 사람들은 더 이상 새들의 노랫소리를 듣지 못하게 되었다. 화학요법은 내게 축복과 저주를 동시에 내렸다. 나의 생명을 구해주는 대신 다른 중요한 것들을 앗아갔다. 이 상황에 나는 화를 낼 수도 감사함을 표현할 수도 없었다.

어느 화창한 여름날 작은 오디오 부스에 들어가 검은 헤드셋을 끼고 앉았다. 친절한 청능사가 "매점", "아버지", "강" 같은 말들을 내 귀에 대고 속삭였다. 그러나 손상된 유모가 붙잡을 수 있는 건 거친 자음뿐이었다. 몇 번은 그녀의 말이 아예 들리지도 않았다.

한 달 후 보청기를 받으러 갔다. 내 왼쪽 귀에 맞게 만들어진 것으로 피부색과 어울리는 베이지 색을 띠고 있었다. 그녀는 마치 젖은 조약돌을 안전하게 보관하려는 것처럼 보청기를 내 귓속에 끼워 넣었다. 보청기는 믿기지 않을 정도로 가벼웠다. 귓속에 들어 있는 것조차 느껴지지 않을 정도였다.

그녀가 책상으로 돌아가 보청기를 켜고 물었다. "어때요?" 그 순간 너무도 달콤하고 또렷하게 들리는 목소리에 그만 울음이 터져나왔다. 내가 얼마나 못 듣고 있었는지 이토록 모르고 있었다니! 못 듣는 것이 어떤 것인지 비로소 깨달았다. 삶이 우리에게 다시 조화를 찾도록 요구하기 전까지 우리 자신은 무엇을 포기했는지 모른다. 그러다 마음이 누그러져 기운을 차린 후, "어때요?" 하고 묻는 이방인 앞에서 울음을 쏟아낸다.

요즘 집 근처 카페에 가면, 나를 아는 젊은 점원들이 주차장에서 내 모습을 보자마자 내가 마실 핫초콜릿을 만든다. 사람들의 마실 것을 꿰고 있다니 이 얼마나 아름다운 일인가! 이것이야말로 가장 친절한 형태의 들음이다.

청력이 심각하게 손상되면 소음이 거슬리지 않을 것 같지만 사실은 전보다 더 짜증스러워진다. 질릴 지경이다. 보청기를 껴도 마찬가지다. 그래서 난 카페 점원들에게 음악을 줄여달라고 부탁하곤 했다. 그랬더니 이제 점원들은 내게 줄 핫초콜릿을 만들면서 굳이 부탁을 하지 않아도 알아서 음악 소리를 줄여준다.

나는 그들의 들음에 감동했다.

내부와 외부 사이의 내 균형점은 내부 쪽으로 더 가깝게 이동했다. 중심점이 이동하면서 나의 습관도 달라져야 했다. 이런 이동은 들음의 위치 설정에 대해 알려주는데, 이 위치는 시간이 흐르면서 거듭 재평가해야 한다. 언제든 이 중심점에서 벗어날 수 있다는 사실에 맥이 빠질 수도 있다. 하지만 존재하는 소리가 들릴 때까지 참고 기다리면서, 마음을 고요히 만드는 훈련을 통해 언제든 중심점으로 돌아올 수 있다.

들음을 위해 우리를 둘러싼 존재들의 필요를 존중해주는 것. 이것이야말로 일상 속의 위엄이다. 이런 면에서 카페의 젊은이들은 나의 스승이나 마찬가지다. 그렇다고 그들이 나에게만 그렇게 대해주는 것은 아니다. 모두에게 그렇게 대해준다. 누구나 필요로 하는 것을 들을 수 있는 모임의 장소. 이것이 바로 그들이 창조해낸 관계의 환경이다.

그들의 소박한 배려를 접할 때마다 나는 스스로에게 묻곤 한다. 나는 들음을 위해 주변 사람들이 필요로 하는 것을 존중해주고 있는가? 들음의 중심점을 찾도록 그들을 도와주고 있는가? 여러분에게도 똑같이 물어보고 싶다.

삶의 길을 찾아서

직관에 따른다는 것은 어떤 의미일까? 우리를 부르는 소리를 알아차리고 따를지 말지를 결정하는 데는 어떤 종류의 들음이 필요할까? 이런 말을 하는 지금도 나는 '다음 말을 생각하기 위해' 애써야 할지 말아야 할지 오도 가도 못하고 있다. 그러나 '저기 있는 소리를 듣기 위해' 기다리고 노력하면, 보이지 않던 것도 우리에게 스스로의 모습을 분명하게 드러낸다. 낮에는 모습을 드러내고 싶어하지 않는 올빼미처럼 진실의 어떤 측면들도 수줍음을 타기 때문이다. 우리의 마음보다 오래된 것들의 아름다움이 우리를 발견할 때까지 마음을 고요히 만드는 것. 직관적인 들음에는 이것이 필요하다.

이런 상태에 더욱 깊이 들어가는 방법의 하나로 시를 한 편 들려주겠다.

약속

처음으로 햇살 화창한 날,
출근길에, 한 번도 본 적 없는
화려한 색깔의 새 한 마리
그대 앞을 미끄러져 거리 위에 내려앉는다면

그러면 어쩌겠는가?

잠시 멈춰 미소를 머금고,
즐겁게 하루를 시작할 것이다.

혹은 그 거리로 걸음을 옮겨
출근길이 여러 갈래임을 발견할 것이다.

그대는 모르던 무언가를 새가 알고 있음을 깨닫고
그것을 찾아 헤맬지도 모른다.

새가 골목 아래로 방향을 틀면
그대는 머뭇거릴 것이다. 지각을 감수하고
따라가볼 만한 것을 새가 과연 알고 있을까?
갈등이 일어나기 때문이다.

지각도 안 하고 새가 아는 것도 발견하리라 생각하며
다시 한두 블록 따라가지만,
곧 모든 계획이 어그러지는 시점에 이른다.

새는 그대를 향해 한 바퀴 빙 돌아오고

그대는 어느 약속을 지키도록 태어났는지 결정해야 한다.

우리는 매일 길모퉁이에서 온갖 모습으로 위장한 천사들을 만난다. 이 천사들은 노랫소리를 따라오라고 우리를 부른다. 옳거나 틀린 길은 없다. 우리가 지켜야 할 약속을 찾을 수 있는 것은 오직 가슴뿐이다. 물론 위험을 감수하는 것은 쉬운 일이 아니다. 하지만 가슴을 열고 모든 불확실성을 받아들이면 믿을 만한 내일을 맞이할 수 있다. 시 속의 새를 아무리 멀리까지 따라가도 문제가 되지 않는다는 뜻이다.

물론 그냥 걸음을 멈추고 하루 일과를 계속해도 무언가를 얻을 수 있다. 새의 노래를 따라 한두 블록 거리를 헤매도 다른 무언가를 얻는다. 새를 따라갈 때 또 다른 삶을 발견하리라는 사실을 깨달으면, 실제로 그것을 얻는다. 이처럼 여정의 모든 지점이 그 자체로 목적지다. 어느 하나의 지점이 다른 지점보다 나은 것은 아니다. 무엇을 따르고 어디서 멈춰야 할지는 오로지 가슴만이 알고 있다.

다그 함마르셸드Dag Hammarskjöld는 유엔 사무총장을 지낸 전설적인 인물이다. 케네디Kennedy 대통령도 "금세기의 가장 위대한 정치인"이라고 그를 칭송했다. 그는 일기 형식의 〈표지들Markings〉이라는 회고록에 이렇게 썼다.

> 표결에 부친 자가 누구 혹은 무엇인지 나는 모른다. 언제 표결에 부쳐졌는지도 모른다. 대답도 기억나지 않는다. 그러나 어느 순간 누군가—혹은 무언가—에게 "네"라고 대답했고, 그때부터 확신하게 되었다. 존재란 의미 있는 것이므로 나의 삶도 자신을 내려놓는 순간 목적을 갖는다는 것을.

이 신사적인 남자는 자신이 갖고 태어난 약속을 발견했다. 이 간략하고도 강렬한 회고는 그가 길을 찾기 위해서 눈에 안 보이는 소리에 귀 기울이고 내면의 확실한 인식을 믿었음을 확인하게 해준다. "네"라고 답할 힘을 얻기 전에 직관을 통한 들음의 시기를 얼마간 거쳤다는 것도 알려준다.

직관을 통한 들음이나 믿음의 방법은 누구도 가르쳐줄 수 없다. 하지만 "아니요"라고 하기보다 "네"라고 답할 수 있는 차분한 용기는 우리 가까이에 있다. 이 용기를 얻으려면, 미래가 우리에게 닿을 수 있도록 우리의 견해와 정체성에 너무 집착하지 말아야 한다. 다른 시각들이 우리에게 닿아 우리를 넓고 깊게 재정비해줄 수 있도록 꽉 움켜쥐고 있던 세계관을 느슨하게 풀어주어야 한다. 삶을 받아들이는 가장 용감한 방법은 "네"라고 말하는 것이다.

내 안의 호랑이 잠재우기

마음은 만족을 모르는 굶주린 호랑이와 같다. 그래서 시간을 초월한 것은 우리의 손안으로 들어왔다 나가기를 반복하면서 우리가 가지 못하는 곳으로 우리를 인도한다. 아직 알지 못하는 것의 소리를 들으려면, 이 호랑이를 침묵시키고 두 손을 항상 열어두어야 한다. 그래야 시간을 초월한 무언가가 우리를 관통할 때 이것을 느낄 수 있다.

물론 쉬운 일이 아니다. 대낮에 두 손을 펴고 고요히 앉아 있으면 요즘 같은 시대에는 이상하게 여겨지기 때문이다. 게으르거나 무능하거나 현실에서 벗어난 사람으로 오해를 살 수 있다. 그러나 마음속의 호랑이를 잠재우고 언제나 손을 펼쳐두면 더욱 깊은 실재와 연결될 수 있다. 중력에 영향받는 것들은 끊임없이 변화해도 중력은 그대로이다. 모든 상황 저변의 심연 속으로 들어가면 중력처럼 변하지 않는 의미를 경험한다. 내면의 소음을 잠재우고 마음을 여는 것도 깊은 들음의 방법이다. 살아내려면 반드시 이렇게 들을 줄 알아야 한다.

들음의 의미는 사람마다 다를 수 있다. 가구를 만드는 사람에게는 디자인 면에서 꼭 필요하지 않아도, 아주 특별한 테이블 다리에 곡선들을 새겨 넣고픈 충동에 귀 기울이는 것이 들음일 수 있다. 본인은 아직 의식하지 못해도 그 곡선들이 그를 치유해줄 것이기 때문이다. 내 아내는 중서부로 이주하는 문제로 고심하던 때 도자기를 구워보라고 유혹하는 속삭임에 귀를 기울였다. 그리고 물레 위에서 젖은 점토를 주무르기 시작한 순간 자신의 창조적인 재능을 발견했다.

나는 오해받는 것을 근본적으로 불편해했다. 이런 불편함 때문에 책의 출판을 취소하기도 했다. 몇 년 동안 많은 편집자들과 작업을 했는데 내 마음속의 호랑이가 이렇게 포효하곤 했다. '뭐 하는 거야? 제대로 밀고 나가!' 하지만 초월적인 무언가가 내 손을 관통하면서 불편한 마음이 남았다. 나의 어떤 부분이 진실에서 벗어나 표류하고 있는 듯했다. 나는 이 불편함에 귀 기울이면, 진정성의 다음 국면에 눈을 뜨게 되리라는 것을 몰랐다. 자신을 설명하려는 평생의 욕구에서 벗어나리라는 것을 몰랐다. 그러나 나는 결국 귀를 기울였고, 덕분에 진정한 나 자신으로 존재할 수 있게 되었다.

사실 나는 청력의 상실로 누구나 직면하는 들음의 물리적 특성을 더욱 분명히 파악하게 되었다. 나처럼 들음에 서툴든, 100야드 떨어진 곳에서 여우가 떨어진 나뭇가지를 즈려밟는 소리까지 들을 수 있든, 이제 막 듣기의 출발점에 있든, 예리하고 성실하게 듣는 중이든, 들을 수 없는 무언가는 언제나 존재한다. 그러므로 이 책 첫머리에 있는 아브라함 헤셀의 말처럼 우리 너머의 아름다움에 따뜻한 마음으로 다가서고, 삶에는 우리가 아는 것이상의 무엇이 있음을 받아들여야 한다.

> 정보가 부족해서 타락할 일은 없다. 이해가 모자라서 타락할 뿐이다. … 결핍된 것은 믿음이 아닌 경이에의 의지다. … 신비의 존재에 대한 응답의 하나는 외경이다.

아는 것으로만 존재를 제한하면 우리 모두를 연결 짓는 신비로운 방식을 깨닫지 못한다. 이렇게 세계를 축소시킨 탓에 대대로 폭력이 끊임없이 이어졌다. 인류의 역사를 살펴보면 개개의 부족과 국가들은 저마다 다른 부족과 국가를 제압했다. 그들만의 제한적인 시각을 지키려했기 때문이다. 들음이 중요한 이유는 여기에 있다. 평화는 들음에서 시작된다.

들을 줄 아는 폭넓은 삶에 겸허히 다가가려면 함께할 때 더욱 많이 들을 수 있음을 인정해야 한다. 그러면 눈을 뜨고 개개인이 아는 것과 궁금해하는 것들에 열성적으로 관심을 기울일 수 있다. 우리를 둘러싼 생명과 서로에 대한 이런 관심은 존중의 토대가 된다.

세월이 흐르면서 나는 아직 모르는 것에 귀 기울이는 능력이 옳고 그름이나 좋고 나쁨, 똑똑함이나 어리석음과는 관계가 없음을 깨달았다. 시끄러운 소리에 사슴이 숲으로 도망치는 것처럼, 판단은 우리를 부르는 소리를 뒤로 물러나게 한다. 삶의 한가운데서 부어오른 손을 펴고 고요히 앉아 있을 때 더욱 깊이 듣게 되는 이유가 여기에 있다. 삶의 수많은 가능성들은 우리가 이렇게 멈추기만을 기다리고 있다. 멈춰야 침묵의 중심점에서 그 가능성들을 만날 수 있다. 이 중심점에 이르면, 태어나면서부터 받아온 지루한 가르침들에 억눌리지 않고 삶과 직접적으로 만날 수 있다.

우리를 부르는 것들을 향해

우리를 본래의 모습으로 더욱 철저히 인도해주기 위해 기다리고 있는 특별한 천사, 우리가 아직 모르는 모든 것들, 우리를 부르는 모든 것들을 향해 몸을 기울이고 귀 기울이려면 어떻게 해야 할까? 그 방법에 대한 통찰들을 나눌 수는 있지만, 이것을 발견할 수 있는 사람은 오로지 자신뿐이다.

이 책은 미지의 것에 대한 자신의 느낌을 받아들이고, 삶이 우리를 자극하고 부르는 소리에 귀 기울이는 자기만의 방법을 함양하고 직관적으로 이해할 수 있도록 도와줄 것이다. 삶이 깨워주려고 애쓰는 우리 내면의 소리에 귀 기울이도록 힘을 북돋아 줄 것이다.

그 문턱은 아마도 우리의 작디작은 호기심 너머에서 기다리고 있을 것이다. 돌을 집어들어 푸른 잎맥을 뒤덮고 있는 먼지를 닦아내면 잊었던 꿈들은 되살아나고, 그 순간 삶은 달라진다. 아무도 보는 이 없는 들판에서 작은 야생화가 미지의 어둠 속으로 어떻게 그 가느다란 뿌리를 내리는지, 느끼지만 볼 수는 없는 빛을 향해 어떻게 자신을 여는지 깨닫게 된다.

야생화는 이런 자연의 과정에 전념하는 것 외에 달리 선택의 여지가 없지만, 우리 인간에게는 선택의 여지가 있다. 뿌리를 내리고 자신을 열지 않으면, 가까이 그러나 우리 너머에 존재하는 것에 귀 기울이지 않으면 영혼을 꽃피울 천부적인 권리를 잃어버리고 만다.

배워야만 할 것에 우리는 아주 진실한 방식으로 이끌린다. 배워야 할 것은 흔히 소리 없는 축복처럼 우리를 기다리고 있다. 그래서 그것은 쉽게 무시당하기도 하지만, 작은 야생화처럼 쉽게 우리를 열기도 한다. 영혼을 꽃피우려면 더욱 깊은 운명을 받아들여야 한다.

야생화는 꽃을 피운다고 부자가 되거나 유명해지지 않는다. 영원히 살게 되는 것도, 시대를 초월해서 가장 아름다운 꽃이 되는 것도 아니다. 그러나 야생화는 느끼되 아직은 모르는 것을 믿은 덕분에 자신의 본래 모습을 찾는다. 꽃이 싹을 틔우기도 전에 여기에 존재했으며 꽃이 시든 후에도 계속 남아 있을 존재들과 어우러지면서, 합일의 짧은 순간, 자신의 필연적인 위치를 깨닫는다. 무엇이 될지 모르면서도 어둠 속에서 성장을 멈추지 않는 씨앗들은 모두 이런 보답을 얻는다. 꽃처럼 피어나는 동안 모든 시간과 빛이 우리의 혈관을 순행하는 것을 느끼는 것. 지상에서 살아가는 영혼으로서 우리가 소망할 수 있는 것은 이것이 전부다.

이것이야말로 영원한 삶에 가장 가까이 다가간 모습이다. 암으로 죽을 고비를 넘기고, 자아의 죽음과 탄생을 여러 번 경험하고, 많이 잃음으로써 더욱 많은 것을 얻고, 어디서든 사랑이 모습을 드러낼 때마다 감사의 마음을 느끼게 된 사람으로서 위기는 이런 깊은 들음으로 충분히 맞설 수 있다고 분명하게 말할 수 있다. 방법을 말해줄 수는 없지만, 여러분도 이것을 깨닫게 되었으면 좋겠다. 사실은 나도 이것을 스스로 깨달을 수 있을지 때로는 확신이 서지 않는다. 우리가 할 수 있는 일은 그저 각자의 타고난 축복을 깨달을 수 있게 서로에게 힘을 불어넣어 주는 것뿐이다. 곤경에 처해 있을 때도 우리 안에서는 축복이 기다리고 있고, 축복은 길을 알고 있다.

진실을 언제나 눈앞에

믿음은 보험 같은 것이 아니다.
지속적인 노력, 영원의 목소리에 끊임없이 귀 기울이는 것이다.

- 아브라함 헤셸

암이라는 폭풍이 몰아친 후 20년이나 지났지만 나는 그다지 멀리 벗어나지 못했다. 해마다 받는 건강검진 때문에 최근에도 피를 뽑아야 했다. 나는 암은 지난 일이고 지금은 지금이라고 속으로 계속 되뇌었다. 그런데도 아침 일찍 병원 대기실에 있다 보니 가쁘게 숨이 차올랐다. 의식의 기억 저 아래에서 숱한 검은 친구들이 날 그리워했다고 속삭였다.

치료실에 들어서자 젊은 여자가 작은 약병에 내 이름을 적고 주먹을 쥐라고 했다. 그녀가 혈관에 주삿바늘을 꽂는 순간, 나는 눈길을 돌리며 지난 기억들을 꿀꺽 삼켜버렸다. 그래도 그 기억들은 바늘에 찔린 작은 상처들을 뚫고 올라와 어떻게든 되살아

날 기회를 잡으려 했다.

검사는 끝났고 다시 일 년을 버틸 수 있게 되었다. 의식은 못했지만 속으로 숨을 죽이고 있었다. 그러다 다시 문을 열고 세상에 나왔을 때, 가슴 저 아래서부터 참았던 숨을 토해내고 울음을 터뜨렸다. 봄에 얼음이 일시에 녹으면서 봇물이 터져버리듯 눈물이 쏟아졌다.

난 깜짝 놀랐다. 모든 고통과 생사를 넘나들던 불안도 20년이나 흘렀으므로 내 살갗 속에 한결 잠잠하게 스며 있을 거라고 생각했다. 그런데 어떻게 전혀 예상치도 못했던 순간에 계속 터져나오는 걸까? 의사는 증후군의 일종으로 치료 가능한 문제라고 했다. 나는 직장으로 돌아가면서 내년에는 꼭 이 문제를 돌보리라고 다짐했다.

다음 날 아침 동이 트기도 전에 수영을 하고 싶은 열망으로 눈을 떴다. 수영장으로 가다가 신호가 바뀌어 차를 멈췄다. 오가는 차들도 없었다. 부드럽게 눈이 내리기 시작했다. 라디오에서 흘러나오는 가수의 목소리가 순간적으로 차창에 눈처럼 떨어지는 것 같았다. 그 모습에 다시 눈물이 넘쳐흘렀다.

팔에 작은 주사 자국이 생긴 지 일주일이나 지났는데도 나는 여전히 사소한 것들에 계속 눈물을 흘렸다. 달에게 길을 내주는 저녁 구름이나 새끼 사슴의 발자국, 보도에 흩어져 있는 패스트푸드 포장지만 봐도 눈물이 흘렀다. 작은 소리로 흐느낄 때마다 해방감보다는 애정이 더 느껴졌다. 온전한 현존이 만들어내는 삶에 대한 억누를 수도 없고 여과되지도 않은 애정 말이다.

사실 내가 추구해온 것도 결국은 이런 것이 아니었을까? 이처럼 삶에 가까이 존재하는 것, 모든 것들의 표면 아래까지 뚫고 들어가는 것. 이제 두려웠던 주삿바늘이 축복으로 여겨졌다! '그것이 무엇이건 이처럼 삶에 가까이 존재하게 해주는 것이 축복 아닌가?' 하는 생각이 들었다. 그러자 모든 것이 다른 모든 것들을 울리는 순간을 느끼지 못하게 방해하는 것은 무엇이든 없애버리고 싶다는 마음이 들었다. 나는 진실을 앞에 두면 지금보다 더 나은 시간은 없다고 기억하리라는 것을 깨닫고 있었다.

우리를 아프게 하는 것들에 우리는 아주 오랜 세월 걸려 넘어진다. 그 사이 종종 온전한 삶의 순간들을 우연히 만나기도 한다. 우리는 흔히 이런 식의 열림에 저항하지만, 몸속에 살아 있는 감정들은 작은 급소처럼 작용한다. 주머니 속에 앙금처럼 남아 있는 상처들은 우리에게 영향을 미친다. 우리는 이 남은 감정들을 감정의 타임캡슐처럼 지니고 다닌다. 그러다 예기치 못하게 삶과 맞닥뜨리는 순간 미미하게 치유가 일어난다. 강력한 느낌이 터져나오면 당연히 흠칫 놀라기도 한다. 그러나 우리를 치유해주는 것은 바로 오랜 세월 남아 있던 감정들 속에 숨어 있는 의미다.

우리는 보통 직접적인 경험의 예리함을 회피한다. 하지만 심연의 감정들과 솟구치는 눈물에 귀 기울이는 것이야말로, 모든 것이 다른 모든 것을 울리는 순간과 만나는 의미 있는 길이다. 그리고 놀라움과 두려움으로 움츠러들었던 가슴을 편안하게 펴고 용기를 불러일으키는 것이 경험의 예리함을 받아들이는 유일한 방법이다.

원주민 부족들은 직접적인 경험을 언제나 근본적인 차원에서 이해했다. 폴리네시아인들만 해도 그렇다. 이들은 돌이나 나무, 꽃 같은 모든 물질적인 것들에 초자연적인 성질이 있다고 믿었다. 지구상에 존재하는 하나하나에는 안에서부터 빛을 뿜어내는 영혼이 있다고 생각했다. 이것은 모든 것이 다른 모든 것에 닿는 순간을 설명하는 또 다른 방식이었다.

우리는 이 내재적인 빛을 생명력 혹은 정수精髓라고 부른다. 온전히 지금 여기에 존재하면 우리 앞의 것들에 닿는다. 하나의 생명력이 다른 생명력을, 하나의 정수가 다른 정수를 건드리는 것이다. 그러나 깨어 있지 않거나 무감각하거나 너무 빠르게 움직이면, 표면에서 표면만 건드리게 된다. 또한 생명력과 정수의 빛이 없으면 상황이든 사람이든 온전히 가닿기 어렵다. 진리와 의미의 느낌은 저변에서 기다리고 있으며, 모든 존재 안의 생명력이 우리에게 닿도록 만드는 것이 들음의 핵심이다. 들음의 능력은 삼라만상의 표면적 사실들로부터 우리를 구해준다.

예기치 못했던 놀라운 느낌의 순간도 귀 기울이고 들여다보면 때로는 깊은 인식의 길이 되어준다. 그러면 어떻게 들어야 우리의 마음에 삶이 와닿을 수 있을까? 삼라만상의 단순한 사실들 밑에서 움직이는 데 전념하는 것도 도움이 된다. 삼라만상의 표면 아래서 기다리다 보면, 우주의 박동이나 생명력이 내면의 태양처럼 스스로를 드러내, 삶의 순전한 힘과 우리를 연결 지어줄 것이다. 가장 진실한 들음이 불러일으키는 충만감 그리고 우리를 살아 있게 하는 것들과의 공존을 통해서.

자신과 세계의 조율

우 탄트U Thant[1]는 신사적인 현자였다. 미얀마의 판타나에서 태어나 외교관을 거쳐 1961년에서 1971년까지 3대 유엔사무총장을 역임했다. 1961년 9월 2대 사무총장이었던 다그 함마르셸드가 비행기 추락 사고로 사망하자 아시아인 최초로 유엔사무총장에 지명됐다.

우 탄트는 "내면의 자신이 우리를 둘러싸고 있는 비밀이나 위대한 신비들과 조화를 이루게 만드는 것"이 영성이라고 했다. 이 조율은 시간을 초월한 예술이다. 누구도 이것을 가르쳐줄 수 없다. 그렇지만 조율은 깊은 몰입과 지속적인 들음을 필요로 하는 존재의 작업을 설명하는 유익한 방법이기도 하다.

위대한 유대인 철학자 아브라함 헤셀은 내적 조율의 보답으로 평화가 주어진다고 했다. 또 끊임없이 변화하는 우주 속에서 자신의 자리를 발견하고 여기에 머물면, 삶 자체의 기본 바탕이 강화된다고도 했다.

> 본연의 모습으로 존재하면 … 이 세계의 외로운 신성에 우리 자신의 염원을 맞추면, 어떤 종교적인 의식보다도 인류에게 많은 도움을 주게 된다.

헤셀의 말은 우리 자신의 염원이 세계와 조화를 이뤄야만, 세계가 완전해진다는 의미다. 나무와 식물과 야채와 꽃이 없으면 지구가 황량해지는 것처럼 우리의 꿈, 창조성, 너그러움, 사랑이 힘차게 자라나지 못하면 삼라만상의 표면 아래서 기다리고 있는 세계의 신성은 계속 황폐하게 남아 있는다.

이 세계에서 우리가 가장 먼저 해야 할 일은 세상에 자기 존재의 뿌리를 내리는 일이다. 우리가 서로를 필요로 하는 만큼 세계도 이것을 원한다.

나와 너, 세계를 존중한다는 것은

지상에서의 운명에 충실하려면 먼저 어떻게 해야 할까? 공손히 받아들이고 귀 기울여 들으며 마주치는 모든 생명들을 존중해야 한다. 가장 깊은 차원에서 "당신을 존중합니다"라는 말의 의미는 당신을 인식하거나 알게 된 그 순간부터 이 진실을 드러내기 위해 계속 노력하겠다는 것이다. 당신을 존중한다는 것은 당신에 대해 배운 것들을 내면 풍경의 일부로 받아들인다는 의미다. 눈에 보이는 진실을 다시는 눈에 안 보이는 것으로 만들지 않겠다는 뜻이다.

그러므로 자신을 존중한다는 것은 나와 세계 속에서 한층 분명히 존재하게 된 나의 인간성과 영혼의 단면들을 내가 성장하는 동안에 무시하거나 숨기지 않겠다는 의미다. 자신을 존중한다는 것은 내 존재의 진모를 언제나 분명히 드러내도록 노력하겠다는, 내 존재의 진모를 다시는 눈에 안 보이게 만들지 않겠다는 의미다. 혹여 눈에 안 보이게 되더라도 다시 되돌리는 일에 헌신하겠다는 의미다.

신을 존중한다는 것은 우리가 자각하게 된 모든 것을 늘 염두에 두겠다고 서약한다는 의미다. 진실하거나 신성한 것을 알면서도 모르는 척 가장하지 않겠다는 의미다. 잠시 망각하거나 정신이 산만해지거나 길에서 벗어나도, 언제나 신성을 인식하도록 계속 노력하겠다는 의미다.

그러므로 가장 깊고도 본질적인 차원의 진정한 들음에는 모든 것이 다른 모든 것들에 가닿는 순간을 느끼려는 부단한 노력이 필요하다. 삼라만상의 단순한 사실들의 저변에서 살아가려는 끊임없는 노력이 있어야 한다.

근본적인 들음은 언제나 진실을 눈앞에 두려는 마음을 불러일으키고, 이로써 우리는 모든 존재들 속의 생명력에 가닿는다. 이런 들음은 우리를 둘러싼 신비에 자신의 내면을 맞추는 끝없는 기술을 받아들이게 해준다. 그러려면 먼저 자신의 경험을 존중하고 진실을 언제나 눈에 보이도록 만들어야 한다. 이 모든 것이 존중의 작업이다.

우리는 삶의 여정에서 들을 줄 알고 존중할 줄 알았던 위대한 존재들을 많이 만날 수 있다. 이 존중의 작업에 여러분을 초대하는 의미로, 위대한 청자였던 인물을 한 명 소개하겠다. 생명을 존중하는 심오한 능력과 품성보다는 만유인력에 대한 이해로 더 많이 알려져 있는 인물이다. 바로 전설적인 물리학자 아이작 뉴턴Isaac Newton이다. 생이 저물 무렵 그는 기쁨에 젖어 겸허히 이야기했다.

> 세상에 내 모습이 어떻게 비춰질지는 잘 모르겠다. 하지만 내가 보기에 나는 발견되지 않은 진리의 거대한 바다가

내 앞에 펼쳐져 있는 동안 해변에서 놀다가 이따금씩 유난히 매끄러운 조약돌이나 예쁜 조가비들을 찾으며 기뻐하는 소년과 같았다.

우리도 바닷가를 따라 계속 걸음을 옮겨보자.

받으면서 베풀기

그대는 하늘을 향해 대문을 활짝 열어놓을 수 있는가?

- 노자Lao Tzu

보통 받는 것보다 주는 것을 더 중요하게 생각한다. 하지만 꽃은 빛을 받아들여야 자라서 아름다운 자태를 드러내고 가루받이도 할 수 있다. 대지는 빗물을 빨아들여야 우리를 먹여 살릴 양식들을 키워낼 수 있다. 우리 몸은 공기를 들이마셔야 우리를 서로에게 데려다줄 수 있다. 서로의 아픔과 나약함을 인정해야 우리 사이에서 인간적인 힘이 자라난다. 이처럼 받음은 우리를 통해, 우리 사이에서, 우리를 둘러싸고 흐르는 생명을 인정하고 호흡하고 흡수하는 것과 관련되어 있다. 그리고 인정과 호흡, 흡수는 모두 들음의 깊은 형식이다.

표면적으로 보면 받음과 베풂은 교환과 관련돼 있다. 필요할 때 상대가 베풀어주면 고마움을 느낀다. 상대는 자신감을 갖게 되고 나는 빚을 진 것 같다. 그러면 나도 무언가를 준다. 이렇게 우리는 번갈아 주고받는다. 그러나 이면을 들여다보면 받음과 베풂은 분리할 수 없다. 둘의 목적은 무언가를 한 사람에게서 다른 사람에게로 건네거나 소유하는 것이 아니라, 삶의 선물을 흐르게 하는 것이다. 삶의 맥박은 몸속을 흐르는 피처럼 움직이며, 받음과 베풂은 정맥과 동맥처럼 꼭 필요하다. 어느 하나의 기관이 혈액을 독점할 수는 없기 때문이다. 우리는 모두 하나의 같은 몸을 소유하고 있다. 그러므로 계속 살아 존재하려면 삶의 선물을 혈액처럼 흐르게 해야 한다.

하지만 받음과 취함—무언가를 받아들이는 것과 가져오는 것—의 차이는 아주 중요하다. 누군가 준 것을 받아들이는 것은 확실히 아무런 문제가 없다. 하지만 취하는 데 익숙해져 쌓아두기만 하면, 들음을 멈추게 된다. 둘 사이의 불균형은 자신과 주변 사람들을 오염시킨다. 우리는 언제나 받음과 취함을 모두 할 수 있다. 그러므로 그저 취하고 습득하기만 하지 말고 받음의 역량을 키워서 자신에게 주어진 생명력을 나누는 사람이 되어야 한다. '저장고'보다는 '도관導管'과 같은 존재가 될 수 있도록 경계를 늦추지 말아야 한다.

이런 열림을 통해 세계를 이해하는 것. 이것이 받음의 축복이다. 그리고 깊은 들음은 축복받은 받음의 한 가지 형태다. "그대는 하늘을 향해 대문을 활짝 열어놓을 수 있는가?"라는 노자의 물음은 자신이 만들어낸 거처로 세계를 규정하지 말고 별빛을 받아들이라는 권유다. 머리와 가슴의 대문을 활짝 열어젖혀야 생명의 흐름에 귀 기울이고 그것을 받아들일 수 있다. 물론 말만큼 쉬운 일은 아니다. 하지만 햇살과 비, 공기만큼이나 필수적인 일이다.

매와 키스 그리고 외할머니와의 산책

중서부의 어느 전문대학에서 강의를 할 때였다. 분리하기 힘든 받음과 베풂의 신성한 순간으로 화제가 옮겨졌다. 그러자 생각에 잠겨 있던 뒷줄의 어린 남학생이 그런 순간을 처음으로 경험한 때가 기억나느냐고 물었다. 놀랍게도 그런 순간의 이미지와 느낌들이 갑작스럽게 밀려들었다.

가장 먼저 떠오른 순간은 내가 소년이었을 때였다. 아마 아홉 살이나 열 살쯤이었을 것이다. 집 근처 숲에서 지팡이를 들고 천천히 홀로 걷고 있었다. 집 한 채 보이지 않는 유일한 곳이었다. 떨어진 나뭇가지를 밟은 순간, 매 한 마리가 날개를 쫙 펴고 내 앞을 지나갔다. 놀라서 숨을 헉 들이쉬었다. 그 순간 날개를 펴고 활주하는 매와 나의 갑작스런 들숨, 매를 실어 나르는 세찬 바람은 하나가 되었다.

나는 그 매의 정체를 알지 못했다. 하지만 그날 밤 침대에 누워 두 눈을 감고 깊은 숨을 들이쉴 때마다 바람이 내 입속에서 휘몰아치는 게 느껴졌다. 숨을 쉴 때마다 매가 내 위에서 날개를 펴는 게 보였다. 어린 남학생이 질문을 던지기 전까지는 생각도 나지 않았지만, 매와 바람과 나는 언제나 친밀한 관계를 맺고 있었던 것이다. 깊은 명상에 잠겨들자, 꾸준한 들숨을 통해 모든 바람과 같은 숨결을 받아들일 수 있었다. 느린 호흡을 통해 우리가 느끼는 모든 것들 위에서 가슴이 매처럼 활주하는 게 느껴졌다.

대학교에서 강의를 마치고 집으로 차를 몰고 가던 중에는 첫 키스의 기억이 떠올랐다. 크리스Chris를 하워드 존슨 호텔에서 집까지 바래다줄 때였다. 우리 둘 다 열여섯 살이었으며 밤공기는 차가웠다. 다음 순간 어떻게 될지 몰라 머뭇거리며 천천히 입술을 포개는데, 누가 누군지 알 수 없는 황홀한 순간이 찾아왔다. 그 짧은 순간 우리 중 누구도 키스를 하는 사람이나 키스를 받는 사람에 머물러 있지 않았다. 하지만 받음이 곧 베풂임을 처음으로 이야기한 것은 대학교 3학년 때였다. 외할머니가 마이애미의 호텔에서 혼자 살고 계셨는데, 우리는 언제나 외할머니를 "촉촉 할머니"라고 불렀다. 외할머니가 오렌지 주스를 좋아했기 때문이다.

외할머니는 나와 가장 가까운 친구들까지 놀러오라고 초대했다. 돈이 없다고 하자 외할머니는 망설임 없이 이렇게 말했다.

"얘야, 그냥 오거라. 다 준비돼 있단다." 외할머니에게 우리의 방문은 아주 큰 일이었다. 중요한 일이기는 내게도 마찬가지였다. 외할머니의 나이는 일흔일곱이었고 나는 스무 살이었다.

부모님께 의논을 드리자 외할머니께 신세를 지거나 그녀를 이용할 생각은 하지 말라고 주의를 받았다. 그럼에도 곰곰이 생각해봤지만, 이번 방문이야말로 외할머니를 알 수 있는, 평생에 한 번 있을까 말까 한 기회라는 느낌이 분명하게 들었다. 외할머니에게 물질적으로 해드릴 것은 아무것도 없지만, 보잘것없어도 나의 사랑이나 존재 자체를 드리도록 노력해야 할 것 같았다. 하지만 이 문제를 두고 부모님과 더욱 극명하게 생각이 엇갈렸다. 가치관의 격차가 심했다.

결국 난 봄방학 때 친구 앨런Alan과 마이클Michael, 잭Jack과 함께 왼쪽 앞바퀴 덮개에 녹이 슬고 털털거리는 낡은 포드 페어레인을 타고 플로리다에 갔다. 플로리다가 얼마나 먼지는 감도 잡을 수 없었다. 드디어 잭슨빌을 지나쳤고 외할머니께 전화를 걸어 아주 가까이까지(잭슨빌은 플로리다 주 북쪽에, 마이애미는 남쪽에 있다. –옮긴이) 왔다고 말했다! 그러고는 여덟 시간이 지난 새벽 세 시가 돼서야 마이애미에 도착했고, 외할머니가 거주하는 작은 호텔 앞에 차를 세웠다.

불이 켜져 있었다. 기다리고 있던 수위에게 이름을 말하자 그가 나를 알아보았다. 로비에 외할머니가 나타났다. 그녀는 우리를 위해 작은 아파트까지 빌려두었다. 짐을 풀고 나자 테이블 위에 우유 네 잔과 쿠키 접시가 놓여 있는 게 보였다. 그 후 일주일 내내 우리는 해변에서 즐거운 시간을 보내고 외할머니의 세계에 들어가보기도 했다. 친구들과 둘씩 양편에서 할머니의 팔짱을 끼고 함께 쇼핑을 다녔다. 그녀는 마치 소리 없는 이상한 전쟁에서 아들들이 돌아온 것처럼 우리를 반겨주었다.

마지막 날 해가 질 무렵 나는 외할머니와 함께 해변을 거닐었다. 외할머니는 삶과 사랑, 좌절에 대해서 끊임없이 이야기해주었다. 한편에 바다를 낀 채 외할머니의 농익은 목소리를 듣는 것은 정말 축복이었다. 이날의 산책을 결코 잊지 못한다. 햇살이 모래사장 위로 쏟아지는 순간 우리는 마치 공중에 붕 떠 있는 것 같았다. 시간을 초월하고 고통과 근심에서도 벗어나 있는 것 같았다. 외할머니의 얼굴 표정이 더 없이 평화로워 보였다. 그 순간 나는 먼 길을 달려온 이유가 이 산책에 있음을 깨달았다. 외할머니는 사람들에게 힘을 북돋아주는 적절한 질서와 너그러움을 가르쳐주었고, 나는 가진 것이 전혀 없는 상황에서도 받음을 통해 처음으로 베풀 수 있었다.

신의 가슴

이날 배웠던 것을 말로 표현할 수 있기까지 거의 40년의 세월이 걸렸다. 외할머니와의 산책에서 나는 우리 개개인의 내면에 태초의 조각 같은 것이 있음을 배웠다. 이 조각은 무한하기 때문에 길을 가다가 이것을 묻어버리는 실수들을 저질러도 이것은 우리를 완전하게 용서해준다. 이 태초의 조각은 우리가 태어나기 전에도 그랬던 것처럼 어둠의 한가운데서 힘을 품은 채 빛을 발하며 우리를 기다린다. 우리가 그 소리를 듣고 받아들이고 포용할 때까지 몇 년이고 기다려준다. 이것은 시간만큼 참을성이 있다.

나는 받음과 베풂이 하나가 된 순간에 이것을 느꼈다. 매의 날갯짓에 소스라치게 놀랐을 때 이 태초의 조각이 내는 소리를 들었다. 크리스와 첫 키스를 하던 순간 이것을 받아들였고, 바닷가에서 외할머니와 서로에게 마음의 문을 열었을 때 이것을 가슴에 품었다. 삶의 많은 시간 동안 나는 이런 순간들을 통해 우리보다 더욱 큰 모든 것의 진모를 받아들이는 법을 배우기 위해 노력했다. 그러나 부끄럽게도 이런 순간들을 많이 만나지는 못했다.

자각과 받음의 기본 형태는 언제나 가까이에 있다. 드러남의 신비는 자각에 있으며, 이 자각을 통한 경이驚異와 외경畏敬, 아름다움, 사랑의 순간들은 우리의 습관과 틀을 확장시킨다. 한편 받음은 침식의 풍화작용과 같으며, 이런 풍화작용 속에서 우리는 더욱 깊은 진실에 눈을 뜬다. 드러남의 순간에는 언제나 에피파니epiphany의 느낌이 동반된다. 다시 말해 모든 일이 한꺼번에 일어나는 것 같다. 베일이 걷히는 것이다. 앞이 안 보였다가도 바로 다음 순간 눈앞이 환해진다. 무감각했다가도 바로 다음 순간 믿기지 않을 만큼 예민해진다. 하지만 침식처럼 고통을 통해 겸허에 이르는 데는 시간이 걸린다. 닳아 해져야 우리의 본래 모습을 찾는다. 삶의 어느 한순간 서로를 향해 불현듯 자신을 드러내고 마모를 이겨냄으로써 중심의 부드럽고 영속적인 어떤 것을 보는 것, 이것이야말로 누구나 소망하는 것이다.

후에 다른 해변에서 경험했던 일이다. 나는 카리브 해에 있는 생마르탱 섬 남쪽의 침식 절벽 위에 앉아 있었다. 오후 내내 광대한 바다가 마치 딱딱한 바위를 달래기라도 하듯 물보라를 뿜어대다가 모습을 바꿔 바위 표면을 흠뻑 적셔버리는 광경을 말 없이 바라보았다. 그러다 바다야말로 받아들임의 위대한 스승이라고 생각하며 자리를 떴다.

형체 없는 바닷물은 지구의 깨끗한 혈액처럼 언제나 일어났다 스러지기를 되풀이하면서 그 안으로 들어오는 모든 것들을 받아들이고 있었다. 어떤 것도 거부하지 않았다. 언제나 투명하게 열린 상태로 모든 것을 부드럽게 덮어주었다. 자신에게 닿는 모든 것을 부드럽게 다듬어주고, 완전히 주면서도 자신의 어떤 부분도 잃어버리지 않았다. 바다를 바라볼수록 바다야말로 강하고도 부드럽고 민감하면서도 흔들림 없는 것이라는 생각이 분명하게 들었다.

바닷물은 그저 자신이 닿는 대상과 같은 모습이 되어 그 안으로 스며들었다. 수면을 건드리는 것이 무엇이건 바닷물은 온 존재로 파문을 일으켰다. 가히 신의 가슴 같았다. 바다는 세상에 존재하는 신의 작은 얼굴, 경험의 핵심이었다.

얼굴에 물보라를 맞으며 나는 발길을 돌렸다. 바다처럼 되고 싶다고, 바다처럼 사랑하고 싶다고, 만나는 모든 것들을 받아들이며 그들에게 나를 맡기고 싶다고, 그들을 빛내주며 그들이 가는 길을 부드럽게 만들어주고 싶다고 생각하면서.

끊임없이 펼쳐지는 실재

조금이라도 물이 있는 곳이면 달은 어디든 자신을 비춘다.
이 하나의 달은 물속에 비친 모든 달을 품어준다. …
모든 것을 포함하는 하나의 실재는 그 안에 모든 실재들을 담고 있다.

- 요카 다이시Yoka Daishi

시인 월러스 스티븐스Wallace Stevens는 한결같이 깊게 들을 줄 아는 사람이었다. 1923년에는 「검은 새를 바라보는 열세 가지 방법」이라는 전설적인 시를 발표했다. 이 시에서 그는 보이는 곳과 보이지 않는 곳 사이에 존재하는 검은 새를 열세 장의 스냅사진처럼 예리하게 담아냈다.

이 시는 두 가지 면에서 교훈적이다. 보는 법과 시도하는 법을 가르쳐준다. 우선 스티븐스는 검은 새를 보는 방식이 딱 하나로 정해져 있지 않음을 알려준다. 모든 시각들의 신비로운 총합 속에 검은 새는 존재한다. 그리고 각각의 검은 새는 더욱 큰 세계의 한 부분을 거울처럼 반영한다. 어느 하나의 시각만으로는 전체 세계를 볼 수 없다. 우리는 그저 끊임없이 펼쳐지는 실재를 향해 조금씩 이해를 쌓아갈 뿐이다.

그는 또 시도를 멈추지 않고 끊임없이 노력을 해야 한다는 것도 보여준다. 한 번 이해하고 넘어가는 것으로는 충분하지 않다. 들음과 사랑의 여러 방식들을 포함해서 이해를 쌓아가는 태도를 모든 일에 적용해야 한다.

하나의 숨

1100년대 신비주의자 빙엔의 힐데가르트Hildegard는 "우주의 숨을 들이쉬고 내쉬는 것"이 기도라고 했다. 기도는 온 존재로 듣는 것이라는 의미다. 이것은 모든 전통에서 추구하는 주의력의 몰입 상태를 말하는 것이기도 하다.

모든 전통은 우리의 개인적인 존재 의식이 우주의 흐름과 하나가 될 때 일어나는 완전함 속에 평화가 있음을 나름의 방식으로 설명하고 있다. 깊은 고요에서 일어나든, 커다란 고통이나 사랑에서 생겨나든, 이런 느낌은 모두 예기치 못한 때에 찾아오며, 무엇도 숨기지 않는 우리의 능력에 좌우된다.

모든 전통에서는 이 하나의 숨이 우리를 가장 깊은 안식으로 인도한다고 말한다. 우리에게는 이런 완전한 순간이 못해도 두 번은 찾아온다. 태어나면서 첫 숨을 쉬는 순간과 죽을 때 마지막으로 숨을 쉬는 순간이다. 살아가는 동안 이런 완전성을 경험하는 횟수는 우리의 여정과 이 여정에 들려는 자발적인 의지에 달려 있다.

나도 이러한 노력의 일환으로 빙엔의 힐데가르트가 말한 하나의 숨에 대해 두 주 동안 매일 명상을 했다. 그러다 둘째 주 어느 날 꿈을 꾸었다. 태어날 때의 숨이 죽을 때의 숨과 만나는 꿈이었다. 꿈에서 나는 며칠 동안 말도 안 하고 탁 트인 들판에 앉아 있었다. 그러다 드디어 돌아다니기 시작한 후, 커다란 나무 밑에 앉아 있는 부처를 발견했다. 사실 많은 이들이 이렇게 그를 만났다.

그는 아주 깊은 잠에서 막 깨어난 참이었는데, 우연히도 바로 이 순간에 부처를 만났다. 그가 한숨을 내쉬자 한줄기 빛이 그의 얼굴을 가득 채웠다. 가까이 다가가자 그는 죽어가는 소년의 모습으로 변했다. 두려운 모습이었다. 손을 나무에 갖다대자 나무가 아우슈비츠 유대인 수용소의 철조망 담장으로 변했다. 그리고 죽어가는 작은 소년은 부처처럼 환하게 빛을 뿜어내면서 마지막 숨을 뱉어냈다. 그가 토해낸 숨이 차가운 기운 때문에 구름처럼 뿌옇게 보였다.

이후로 나는 깨어나던 부처와 죽어가던 작은 소년을 생각하며 계속 우주의 숨을 호흡했다. 나와 타인들의 내면에 둘 모두 살아

숨 쉰다는 것이 분명하게 느껴졌다. 우리는 매 순간 깨어나면서 죽어간다. 이런 깨어남과 죽음은 낮과 밤의 내적인 형태와 다름없다.

이제 나는 하나의 숨에 따라 호흡을 늦추는 피곤한 이방인들과 친구들의 얼굴에서, 깨어나는 부처와 죽어가는 소년의 모습을 모두 보고 이들의 소리에 귀 기울인다.

물 위에 그려진 신의 흔적

중앙 알래스카에 강이 하나 흐른다. 이 강은 알래스카 산맥의 북서부 비탈에서 시작해 650마일이 넘는 거리를 달려 베링해와 합류한다. 강 연안에는 대체로 나무들이 울창하고 사람이 살지 않는다. 쿠스코큄이라는 강이다.

NBC 《데이트라인》의 특파원 존 라슨John Larson은 알래스카에서 새로운 이야기를 취재하다가 이누이트 족의 풍습을 알게 되었다. 이누이트 족의 연장자들은 일 년에 한 번 쿠스코큄 강 어귀로 아들을 데려 간다. 베링 해에서 회귀하는 연어들의 도착점이 바로 이곳이기 때문이다.

몸집이 큰 물고기들은 수면을 가를 때 감지가 안될 정도의 아주 작은 흔적을 남긴다. 연장자들은 아들에게 유심히 관찰하면 이것이 보인다고 가르쳐준다. 이처럼 큰 물고기가 수면에 작은 흔적을 남길 때 이누이트 족은 물고기들이 "물속에 눈썹을 그린다"고 표현한다. 그리고 수면에 생긴 이 희미한 금을 '보이지 않는 스승의 흔적'이라고 생각한다.

아버지와 아들이 똑같이 이 흔적을 보고 나면 이제 추수를 시작한다. 이것은 삶에서 중요한 것을 발견하는 방법에 대한 하나의 강력한 은유다. 우리는 언제나 수면 아래서 헤엄치는 물고기 같은 스승을 찾는다. 일상의 표면 아래서 스치듯 지나가는 신의 얼굴 같은 존재를 원한다.

이누이트 족은 커다란 연어들이 수면을 가르며 산에서 바다로 다시 산으로 되가져온 것들의 흔적이 곳곳에 남는다고 믿는다. 그래서 이 흔적이 있는 곳으로 헤엄쳐가 물을 마시면, 연어의 지혜가 지닌 힘이 아들의 뱃속에서도 자라난다고 생각한다.

이누이트 족의 이 의식ritual은 모든 것의 기저에 있는 영혼의 본질적인 영역을 통찰하는 데 커다란 주의력과 관심이 필요함을 가르쳐준다. 중요한 것을 순간적으로는 볼 수 있다. 하지만 심층의 실재가 같은 곳에서 다시 표면화되리라는 보장은 없다. 그래도 보이지 않는 스승의 흔적을 보는 기술은 수확을 시작하는 데 가르침을 준다. 이런 식으로 삼라만상의 저변에 귀를 기울이는 것이 교육의 시작이다. 이것은 사실 누군가 가르칠 수 있는 것이 아니다. 사랑을 통해 서로를 문턱까지 인도해줄 수 있을 뿐이다.

시간의 주삿바늘로 놓는 약

히브리인들이 하는 모든 기도의 근본은 '신의 말에 귀 기울이는 것'이다. 랍비Rabbi 앨런 루Alan Lew의 말처럼 "보통의 말이 일어나는 곳에서는 일어나지 않는 말"이 있다. 그렇다면 신의 깊은 말은 어떻게 들을 수 있을까? 어느 하나에 의존하지 않고 진실을 보는 시각을 끌어모으는 방법은 이미 살펴보았다. 충분한 고요를 통해 어떻게 우리의 작은 호흡으로 우주의 호흡과 어우러질 수 있는지, 표면 아래의 것을 좇으면 어떻게 살아 있는 근원과 연결될 수 있는지 알아보았다.

은총을 입을 경우, 함께 견디며 살다보면 닦이고 닦여서 신의 말을 있는 그대로 듣게 된다. 일상의 관점에서 보면, 베링해에서 회귀하는 커다란 연어들 같은 보통의 영혼들은 신의 흔적을 남기며 수면을 가른다. 샌프란시스코의 여러 유대교 예배자들에게도 이런 일이 일어났다.

이들은 매일 삶의 많은 것들을 위해서 함께 기도했다. 30년 후 몇몇이 뇌졸중을 일으켜 말이 어눌해졌다. 그래도 함께할 때는—오로지 함께할 때만—가슴에 새겨진 기도를 노래 부를 수 있었다.

언어 능력을 잃은 후에도 계속 서로의 앞에서 노래를 부를 수 있었던 것은 노래의 근원과 공동체 의식 때문이 아니었을까? 사랑의 혈청이 들어 있는 시간의 주삿바늘로 놓는 이 약은 도대체 어떤 것일까?

윌렛 가의 벚나무

뉴욕 주 올버니의 윌렛 거리에서 3년 동안 살았던 적이 있다. 아름다운 공원 가장자리에 있는 오래된 적갈색 사암 집에서는 창으로 일 년 내내 공원을 내다볼 수 있었다. 거리 건너편에는 아주 오래된 벚나무 한 그루가 있었는데, 초봄에 딱 며칠간만 일제히 멋진 꽃망울을 터뜨렸다.

이곳에 살게 된 첫 해에 사랑하는 친구 로버트Robert를 데리고 아내와 함께 나무 밑에서 팔짱을 끼고 서서, 흔들리는 분홍빛 꽃숲을 한참 올려다보았다. 다른 꽃들을 제치고 가장 먼저 피어나서 그런지 나뭇가지에서 기적처럼 돋아난 꽃들이 소리 없이 환호성을 질러대는 것 같았다. 그날부터 나는 벚나무를 유심히 지켜보았다. 피어날 때처럼 질 때도 선연한 아름다움을 얼마나 빨리 그리고 쉽게 놓아버리는지 경외감마저 들었다.

늦가을이나 겨울이면 난데없이 불현듯 상실감에 빠져들곤 했다. 그러면 나는 비가 오든 눈이 오든 나가서, 상담을 요청하듯 나무 둥치에 손을 얹었다. 나무는 언제나 침묵 속에서 말을 건네는 것 같았다. 충만한 상태도 텅 빈 상태도 영원히 지속되지는 않으며, 누구나 결국은 되돌아간다고.

두 번째 봄에는 꽃이 피는 날만을 기다렸다. 꽃이 필 기미가 보이자마자 우리는 모여서 나무에게 그리고 서로에게 시를 읽어 주었다. 꽃이 진 후에도 나무의 벌거벗은 모습은 경이로웠고 영속적인 힘마저 느껴졌다. 부드러운 모습이 되살아나고 가지에서 새순도 다시 돋아나리라는 생각이 들자 나무가 삶의 인도자처럼 여겨졌다.

수전Susan과 나는 이제 미시간 주에 산다. 하지만 봄이 오면 로버트는 언제나 그 나무를 찾아가 분홍 꽃무리 아래 말 없이 서 있곤 한다. 우리는 전화를 걸어서 다시 충만한 모습으로 피어난 나무의 안부를 전해 듣는다. 두 눈을 감고 로버트의 이야기에 귀를 기울이며 가능한 모든 것들을 다시 느껴본다.

자신의 소명을 듣는다는 것

윌리엄 에드먼슨William Edmonson이라는 순박한 사람에 대한 간단한 이야기를 들려주겠다. 그는 생의 대부분을 남부에서 문지기로 일했다. 그런데 중년의 어느 날 신의 계시를 받았다. 잠을 자는 동안 신이 그에게 조각가의 씨앗을 심어놓았음을 확신하게 됐다. 그는 살면서 어떤 것도 조각해본 적이 없었지만 버려진 석회암 덩어리를 쪼기 시작했다. 정식 교육을 받은 적도 없고 공구도 못과 낡은 망치가 전부였지만, 그는 상당히 독창적인 묘비와 인물상, 화살촉 등 눈에 띄는 조각 작품들을 선보이기 시작했다. 그는 계시에 용감히 주의를 기울이고 노력한 덕에 타고난 대로 조각가가 되었다.

'맞아, 하지만 안 돼. 너무 늦었어.' 하고 부정할 핑계나 장애물들은 많았다. 그러나 분명하지만 사실일 것 같지 않은 길을 받아들이는 방법은 오직 하나였다. 맥이 풀리거나 피곤할 때 나는 윌리엄 에드먼슨 같은 인물들을 떠올리면서 힘을 얻는다.

이 이야기는 자신의 소명을 분명하게 느꼈다면, 준비가 되어 있든 아니든 훈련을 받았거나 자격증이 있건 없건 시간이 많이 지체되었건 아니건 그것은 중요하지 않음을 일깨워준다. 정말로 중요한 점은 자신의 순전한 가능성을 온 존재로 듣는 것이다. 비 온 뒤 햇살을 받아야 꽃이 자신의 운명대로 꽃망울을 터뜨리는 것처럼 우리도 들음이 있어야 시작할 수 있다.

예기치 못한 심오한 방식으로 소명이 주어져도 자신의 소명을 긍정적으로 받아들이는 것. 이것도 들음의 한 형태다. 이런 들음은 우리의 본성과 경험을 진정으로 화합시킨다. 소명에 긍정적으로 응하는 것이야말로 모든 개화의 시작이다.

들음을 나타내는 나만의 언어는 무엇일까?

고대 영어에서 hlysnan은 '주의를 기울이다, 소리나 신호를 기다리다, 중요한 무언가를 듣다'라는 의미로 쓰였다. 더 깊이 들어가 보면 무언가를 받아들이는 길은 많다. 아프리카어로 들음은 luister이다. 주변이 온통 고통일 때는 듣는 데 얼마나 오랜 시간이 걸릴까? 알바니아어로는 dëgjoj이다. 우리가 뭐라 부르든, 근저根底에 살아 있는 존재의 소리는 어떻게 들을 수 있을까? 아라비아어로는 násata, 보스니아어로는 slušati이다. 누구도 믿지 않는 이야기들 속에서 기다리고 있는 것은 어떻게 들을까? 불가리아어로는 slúsham, 카탈로니아어로는 escoltar이다. 조약돌 위에 떨어지는 빗소리를 들을 수 있을까? 치카소족 말로는 haklo, 체코어로는 poslouchat이다. 다리 밑을 지나는 강물 위에서 접혀버린 햇살의 소리도 들을 수 있을까? 덴마크어로는 lytte, 네덜란드어로는 naar, 핀란드어로는 kuunnella이다. 벼랑 위의 매처럼 비바람에도 날개를 쫙 펴고 들을 수 있을까? 프랑스어로는 écouter, 독일어로는 zuhören, 히브리어로는 hikshív이다. 노란 잎사귀 하나가 땅을 가로질러 흩날릴 때 수많은 사람들이 토해낸 한숨 소리에 귀 기울일 수 있을까? 힌두어로는 sunnā, 이탈리아어로는 ascoltare, 일본어로는 kiku이다. 자두를 보거나 그리거나 먹는 것도 모두 들음의 한 형태가 아닐까? 쿠르드어로는

guh dar, 라오어로는 fang, 라틴어로는 auscultō, 리투아니아어로는 klausyti이다. 진리가 음악처럼 침묵에서 나와 침묵으로 돌아가는 소리를 들을 수 있을까? 마라티어로는 aikaNe, 노르웨이어로는 lytte, 페르시아어로는 guš dâdan, 폴란드어로는 słuchać이다. 혈관이 피의 소리를 듣는 것처럼 서로에게 귀 기울일 수 있을까? 포르투갈어로는 escutar, 루마니아어로는 asculta, 러시아어로는 slúšat'이다. 그동안 들은 모든 것들의 행간을 받아들일 수 있을까? 스페인어로는 escuchar, 스웨덴어로는 lyssna på, 타이어로는 fang이다. 구름이 빛을 흡수해 통과시키는 것처럼 우리도 들을 수 있을까? 터키어로는 dinlemek, 우크라이나어로는 slúxaty이다. 호흡으로 모든 것을 들이마셨다 돌려보내는 것처럼 들을 수 있을까? 우르두어로는 sunnā, 베트남어로는 nghe이다. 벼가 물속에서 잠자는 모습을 지켜보는 것도 들음의 한 형태가 아닐까? 웨일즈어로는 gwrando이다.

들음을 표현하는 자기만의 말을 찾았는가? 그렇다면 두 번 읊조려보라.

침묵의 소리

타자는 없다.

- 라마나 마하르시Ramana Maharshi

쉰일곱이 되던 해 5월이었다. 뉴욕시 콜롬비아 의학대학에서《내러티브 라운드Narratives Rounds》[2]라는 제목으로 혁신적인 연속 강연을 했다. 암 생존자인 내게 이 강연은 의미가 컸다. 하지만 의과대학의 복도를 지날 때까지 이곳이 뉴욕 장로회 병원 부속이라는 사실을 몰랐다.

뉴욕 장로회 병원은 20년 전에 시작된 나의 암 투병 여정에서 아주 힘겹게 지나간 중요한 곳이었다. 이것을 깨닫자 마음이 울컥하면서 혼란스러워졌다. 나를 갉아먹던 병이 아주 희귀한 종류의 암임을 유능한 의료진이 알아낸 것도 여기였고, 머리는 좋지만 냉정한 의료진이 직접 치료를 하지 않아서 첫 번째 화학 치료가 끔찍한 실패로 끝난 곳도 바로 여기였다.

오후에 작은 세미나를 마치고 의대생 두 명과 대화를 나누는데, 그중 한 명이 말을 안 하려는 환자의 속을 파악하려면 어떻게 해야 하느냐고 물었다. 정말 멋진 질문이었다. 나는 숱한 논리들은 전부 생략하고 몇 년 전에 직접 경험한 이야기를 들려주었다.

몇 년 전 나는 산타 모니카를 어슬렁거리다가 어느 길거리 카페에 자리를 잡았다. 그런데 어느 부유한 사람이 집 없는 부랑자를 지나쳐가는 모습을 보았다. 그들은 서로 안중에도 없는 것 같았다. 마치 다른 시대에서 온 사람들이 같은 거리를 점유하고 있는 것 같았다. 이런 점만 빼면 물론 이들이 경험하는 실제는 똑같았다. 주름이 칼같이 잡힌 바지에 새틴 셔츠를 잘 차려입은 남자가 스웨터를 더 자세히 살펴보기 위해 가게 문 근처에서 자던 부랑자를 넘어가는 모습이 보이기도 했다. 그는 씻지도 않은 남자의 배를 조심스럽게 넘고 서서 선글라스를 어중간하게 벗고 스웨터의 짜임새를 세세히 살펴보았다. 집 없는 부랑자는 사람들이 그를 타고 넘는 데 익숙한듯 움직이지도 몸을 움찔하지도 않았다.

어떻게 해야 할지, 어디로 가야 할지 몰라서 나는 그 자리에 꽤 오래도록 머물렀다. 해가 얼굴을 내밀더니 길 건너 골목 위로 햇살을 쏟아부었다. 그러자 눈에 띄지 않던 영혼이 또 한 명 보였다. 그는 휠체어를 탄 채 머리를 벽에 기대고 있었다. 한산한 거리 덕에 그와 눈이 마주쳤다. 10초 혹은 15초 동안 세상이 멈추면서 열리는 것 같았다. 우리 둘 다 눈길을 피하지 않았다. 이 순간 나는 그가 하지 않은 모든 말을 들었다. 그 소리가 내 가슴을 찔렀다. 그의 눈길이 강렬해지면서 내 어깨가 축 늘어지는 걸 느꼈다.

내 눈길이 열리자 이제는 그가 어깨를 늘어뜨렸다. 이 순간 우리는 서로가 같음을 깨달았다. 다른 몸으로 거리의 다른 지점에 막 착륙했을 뿐이었다. 해는 서쪽으로 넘어가고 구름은 다시 돌아오고 있었지만, 삶은 다시 시작되었다. 그는 고개를 돌리고 휠체어를 탄 채 멀리 사라졌다.

그 후 나는 깨달았다. 중요한 것은 금방 덮이기도 하지만, 모두가 소음과 고통의 이면에서 끊임없이 이 중요한 순간을 찾으며 동시에 이 순간에서 도망치기도 한다는 것을. 이런 순간이야말로 모든 돌 안에 숨어 있는 보석이며, 어둠 속에서 빛을 기다리는 씨앗과 같음을. 이 분주한 세상에서 길이 나타나기를 기다리는 모든 이들의 맥박과 같음을.

이유 없이 외롭거나 슬픈 느낌이 들 때 내게는 이런 순간이 다시 찾아온다. 고난이나 병으로 가슴이 뻥 뚫려버린 사람과 함께 있을 때도 마찬가지다. 이런 순간은 아픔을 공유하는 인간애의 원자와 같으며, 언제나 내게 살아 있음의 의미를 깊이 되새기게 해준다. 이 침묵의 순간은 말을 멈추지 않으며, 시간 속에서 다시 관심을 기울일 때에야 비로소 이 말을 이해할 수 있다.

이야기를 마칠 즈음, 질문을 던졌던 학생은 뭐가 뭔지 모르겠다는 표정을 지었다. 반면에 가만히 듣고 있던 학생은 이해를 한 것 같았다. 나는 주의 깊게 들어줘서 고맙다고 인사한 후 둘을 남겨두고 자리를 떴다. 무엇이든 세상에서 지킬 만한 것들을 이해하는 데는 서로가 필요하기 때문이었다. 그날 밤 나는 꿈속에서 15년 후의 두 학생을 보았다. 오랜 세월이 흘러 우리가 함께했던 시간의 돌이 의식 밑바닥으로 가라앉은 후 그들은 나처럼 사람들의 삶을 구해주는 일을 하고 있었다.

다음 날 나는 뉴저지 주의 해컨색으로 갔다. 1989년—이 해에 나는 늑골에 퍼진 림프종을 제거했다—에 난소암으로 세상을 떠난 코미디언 길다 래드너Gilda Radner의 이름을 딴 길다 클럽의 암 환자들과 시간을 보내기 위해였다. 모임에 나온 열두 명의 여성들과 함께 보낸 시간은 어색하면서도 화기애애했다. 우리는 너무 경직되고 낡아서 더 이상은 피를 받아들일 수 없는 혈관에 대해 농담을 주고받다가 조촐하게 모여 앉은 자리 한가운데를 말 없이 응시했다. 거의 모든 것을 잃었지만 암이라는 고통이 삶에게 준 선물이 일상적인 언어로는 표현할 수 없을 정도로 소중하다는 것을 알기 때문이었다.

세 번째 날에는 피곤에 찌든 채로 일어나 하염없이 내리는 빗속을 뚫고, 브라이언 공원 맞은편의 43번가 6번로에 있는 뉴욕 국제사진센터로 갔다. 이곳에서 로만 비슈니액Roman Vishniac의 사진 원본들을 보기로 했기 때문이다. 1934년부터 1939년까지 그는 많은 어려움과 커다란 위험을 무릅쓰고 동유럽에서 1만 6천 장의 유대인 사진을 찍었다. 그 가운데 남은 것은 단 2천 장뿐이었다.

나는 신분증을 보여주고 12층의 전시 부서로 올라갔다. 그러자 과거의 진실을 보전하는 일을 하는 벤Ben이라는 젊은이가 나를 친절하게 맞아주었다. 보고 싶은 사진 목록을 이미 보냈던 터라 그는 사진 원본 상자를 준비해두었다. 나는 흰 장갑을 끼고 양손으로 상자를 받아들었다. 드디어 오래전에 사라진 세계로 향하는 신성한 창문과 함께 홀로 남게 되었다.

하지만 내가 뭘 기대하고 있는지 나도 잘 몰랐다. 그래서 그가 용감하게 담아낸 사진들로도 말할 수 없었던 모든 것들에 귀를 기울이기 시작했다.

삼십 분 정도 지났을 때, 1937년 폴란드의 크라코우에 있던 유대인 거주지역인 카지미에르츠의 거리 사진을 발견했다. 역시 골목에서의 한순간을 담은 사진이었다. 날은 흐렸고, 거칠게 솟은 벽들엔 금이 가 있었다. 바닥의 자갈들 위로는 눈이 후두둑 떨어지고, 골목 끝에는 창문이 하나 나 있었다.

남자 한 명이 무언가를 들고 등을 보인 채 걸어가고 있었다. 키는 작았지만 체격은 다부졌다. 얼굴은 보이지 않았다. 들고 있는 게 무엇인지는 알 수 없었지만, 그는 그것을 지키려는 듯 단단히 움켜쥐고 있었다. 그런데 부츠를 신은 여자 한 명이 이쪽으로 걸어오고 있었다. 코트 단추는 채우지 않았지만 머리에 모자를 쓰고, 고개를 살짝 수그리고 있었다.

그녀는 가장 가까운 벽에 바싹 붙어서 걸었다. 하지만 막 그녀를 지나치려는 남자를 보기 위해 두 눈을 치켜뜨고 있었다. 그리고 뭔가를 단단히 거머쥐고 있는 낯선 남자를 치켜뜬 눈으로 곁눈질하던 찰나, 우주의 중심이 열렸다. 이 사진은 바로 이 순간을 담아내기 위한 것이었다.

이것은 모든 사진의 존재 이유이기도 하다. 이런 순간은 그녀와 우리의 영혼 그리고 무언가를 들고 집으로 돌아가는 이 친숙하고도 낯선 남자에게까지 뻗어 있는 영원한 영혼을 모두 이어준다.

우리는 언제나 이렇게 살고 있다. 무너져내리는 벽 사이의 좁고 밝은 공간에서 무언가를 든 채 서로를 스쳐가는 것이다. 너무도 쉽게 놓쳐버리는 모든 것들의 한가운데서 이런 순간들은 여전히 타오른다. 이런 순간들은 우리를 서로에게 드러내주고, 우리를 지탱하게 해주며, 희망에 다시 활기를 불어넣는다.

물론 두 여행자는 오래전에 사라져버렸다. 그러나 여인이 반대의 길을 가는 타인의 삶을 들여다보는 순간은, 어디로 가는지 확신할 수 없어도 서로가 평생의 순례자임을 알아보는 순간은 결코 지워지지 않는다.

이 모든 것이 말로 표현할 수 없는 존재의 음성이었다. 20년 전에 나를 진찰했던 의사들의 무지와 총명함, 말로 표현되지 않은 모든 것에 귀 기울이는 법을 배우고자 했던 예비 의사들, 뭐 하나 가진 것 없는 사람을 타고 넘는 숱한 발걸음, 폭풍우 같은 인파 속에서 낯선 사람의 응시에 삶이 열리던 순간, 뉴저지에서의 밤에 서로 눈물을 닦아주던 암에 걸린 여인들.

쉰일곱 살이 되던 해 5월에 내가 뉴욕을 방문한 이유는 이 모든 순간들을 경험하기 위해서였다. 이 경험들을 통해서 말로 표현되지 않는 모든 것들에 다시 귀 기울이기 위해서였다.

뉴욕국제사진센터를 나설 때도 여전히 비가 내리고 있었다. 더 없이 완벽한 일이었다. 어쩔 수 없이 비를 맞으며 우산을 더듬어 찾다가, 하늘에서 우리의 마음을 부드럽게 달래주기 위해 보낸 빗물을 향해 고개를 숙였다. 비에 젖지 않으려는 노력을 그만두자, 말로 표현되지 않는 것들은 언제나 두 손으로 받아들여야 한다는 진리가 다시금 마음을 울렸다.

길을 잃는 순간 여행은 시작된다

길을 잃었음을 자각하는 순간—칼 융Carl Jung의 말처럼
에고가 내 집의 주인이 아님을 자각하는 순간—여행은 시작된다.

- 헬렌 루크Helen Luke

지도를 잃어버리는 순간 비로소 길을 알게 된다. 대지의 재현물이 아닌 대지 자체를 직접 밟으면서 스스로 겸허해지기 때문이다. 이렇게 겸허해지면 열심히 세운 하찮은 계획을 잃어버려도, 관심의 진정한 힘이 우리를 사로잡는다. 해안을 따라가며 그리워하는 대상을 바라보는 대신 사랑 자체의 붉은 물결 속에서 헤엄치게 된다.

헬렌 루크가 지적한 것처럼, 답이라고 여기던 것들을 잃어버리고 스스로도 어쩔 수 없음을 인정하는 순간 여행은 진실로 시작된다. 상실을 겪어내고 자신의 통제력을 잃어본 사람은 누구나 모든 해답 뒤에 더욱 커다란 질문이 기다리고 있음을, 모든 도

달 너머에 예상치 못한 시작이 기다리고 있음을 알고 있을 것이다. 내적인 차원에서 볼 때, 길을 잃는 것은 필요한 혼란일 수 있다. 안다고 생각하던 것에서 모든 미지의 것들이 만들어내는 활기찬 세계 속으로 밀려들어 가게 되기 때문이다.

이처럼 길을 잃는 것은 더욱 깊은 길로 나아가는 서막과 같다. 삶이 어디로 가고 있는지 모름을 인정하고 나면 변화의 기회가 무르익기 때문이다. 그러면 비로소 구체적으로 변화하게 된다.

그러나 길을 잃었을 때 우리는 흔히 뒤로 물러나 주저하거나 안전해 보이는 길을 선택한다. 이런 태도는 혼란을 더욱 복잡하게 만든다. 어느 늙은 나무꾼은 대부분의 사람들이 충분히 멀리까지 가보지 않기 때문에 길을 잃는 것이라고 했다. 현재의 위치에 의심을 품고 성급하게 방향을 바꾸는 것이다. 어쩐 일인지 우리는 아주 작은 빛만 보여도 그 쪽으로 기울어진다.

위대한 유대인 철학자이자 내과 의사인 마이모니데스 Maimonides[3]는 이렇게 말했다. "우리는 깜깜하게 어두운 밤에 서 있는 사람과 같다. 그러나 우리의 머리 위에서는 몇 번이고 빛이 번쩍인다." 삶은 이렇게 팽창과 수축을 되풀이한다. 불현듯 깨달음의 순간—빛이 번쩍이는 순간—이 주어지면 이 순간의 힘으로 얼마간, 때에 따라서는 몇 년 동안 항해를 지속한다. 사이사이 혼란—깜깜하게 어두운 밤—이 찾아올 때는 인내심을 길러야 한다. 하지만 불확실성이 지배하는 고난의 시기를 통과하는 동안 우리는 안타깝게도 자주 이기적인 사람으로 변모하거나 우매하고 우유부단하다며 자신을 질책한다.

그러나 마이모니데스가 말한 우리의 모습을 깊이 생각해보면, 빛이 번쩍이는 순간을 경험했다가 아무리 열심히 노력해도 다시 깜깜한 밤으로 떨어지고, 또다시 밝은 순간으로 되돌아오는 것이 우리 여정의 한 부분임을 알 수 있다. 머리나 마음속에서 빛이 번쩍이는 순간, 우리는 숨은 질서와 이 안에서 변화하는 우리의 위치를 일별한다.

길을 잃은 것 같은 불안한 느낌을 이겨내고 자신의 길을 찾다 보면 흔히 예기치 못했던 소명이 모습을 드러내기도 한다. 로레인 헌트 리버슨Lorraine Hunt Lieberson의 이야기가 인상적인 예다. 그녀는 원래 뛰어난 비올라 연주자였다. 그런데 유럽 연주 여행 중에 비올라를 도둑맞았다. 비올라를 바꾸면 될 일이었지만, 그녀는 이 일로 길을 잃고 자신감도 상실했다. 결국 얼마 동안 연주를 접고, 그녀에게 남은 유일한 악기인 그녀의 목소리로 음악을 하기 시작했다. 전에도 물론 노래를 부른 적이 있기는 했지만, 그때부터 그녀는 내면의 악기에 정말로 혼신을 다 바친 것이다. 덕분에 그녀는 2년 후 그녀의 소명대로 빛나는 메조소프라노가 되었다.

내면의 분리점

학부생 시절 어떤 사람들은 내가 직업을 갖지 못할 거라고 생각했다. 내가 정말로 공부하고 싶은 건 인생이라고 대답했기 때문이다. 이 말에 사람들은 웃음을 터뜨렸다. 그러나 나는 사회라는 지도에서 내 위치를 잘 찾지 못한 덕에 모든 생명의 맥박과 더욱 깊은 유대를 느낄 수 있었으며, 이것은 나를 평생 살찌워주었다.

나는 자꾸만 진정한 삶의 문턱에서 서성거렸다. 이로 인해 삶이 나를 어디로 끌고갈지 모른다는 불안과 친숙해져야만 했다. 그러나 이런 불안을 견뎌내고 나면 더욱 깊은 질서나 길이 스스로의 모습을 드러냈다. 더불어 삶의 깊은 구조와 의미도 보였다. 자신을 작은 화분 안에 가두지 않으면 삶의 뿌리가 우리 눈앞에서 뻗어나간다.

길을 잃는다는 것의 의미 중에 애써 이해해야 할 것이 또 있다. 이 의미는 내면의 세계에서 길을 찾아가게 도와준다. '길을 잃은lost'이라는 말은 인도유럽어족의 어근 'leu'에서 왔는데, 'leu'는 '느슨하게 하다, 나누다 혹은 분리하다'라는 의미다. 이 어근의 의미를 이해하면 내면 작업의 핵심을 파악할 수 있다. 이 의미를 통해 길을 잃는 것에는 나뉘거나 분리되는 특성이 있음을 알 수 있기 때문이다. 길을 잃는 것의 외적인 의미는 현재의 위치와 지향점을 모른다는 것이다. 한편 길을 잃는다는 것의 내적인 의미는 내면이 나뉘거나 분리된다는 것이다. 우리는 내일의 알 수 없는 비밀로 인해 불안을 견뎌낼 수밖에 없기 때문에 온전한 존재가 되려면 이런 분리들을 치유해야 한다.

이것은 중요한 통찰이다. 내면이 어느 지점에서 어떻게 분리되어 있는지를 알면 긴장의 핵심에 가닿을 수 있다. 주의를 기울이지 않으면 내면의 분리는 봉합이 힘들 정도로 더욱 벌어진다. 어디서 어떻게 길을 잃었는지, 어디서 어떻게 내면이 분리되었는지를 다양한 방식으로 이해하고 인정하면, 치유가 필요한 바로 그 지점에 가닿을 수 있다. 이렇게 내면의 분리를 직시하는 것이야말로 재통합이 필요한 지점을 인식하는 첫 단계이다.

부러진 곳을 알기 전에는 뼈를 붙일 수 없으며, 내면이 어디서 어떻게 분리되었는지를 알기 전에는 온전한 자신이 되는 여정을 시작할 수 없다.

도달은 미망이다

방황이 클수록 경이감도 커진다.

- 톰 캘러넌Tom Callanan

물결 따라 휘몰려 다니는 물고기 떼처럼 사람들도 어느 시대에

나 이리저리 휘몰려다닌다. 어느 시대든 나아가거나 다다르거나 도달하려는 힘이 내부에서부터 일어난다. 이런 움직임 모두 자연스럽고 심지어는 근본적인 일이기도 하다. 그러나 도달은 미망迷妄에 지나지 않는다.

집단적인 경향을 통해 사회가 구성원 전체를 보다 나은 공간으로 몰아붙이는 것은 고통을 불러오는 커다란 아이러니다. 모든 영적인 길의 핵심은 다른 모든 곳을 버리고 여기에서의 깨어있음을 선택하는 것이기 때문이다.

우리는 정확히 어디로 가고 있는가? 영혼의 여정에서 지도는 꿈처럼 불쏘시개에 지나지 않는다. 지도나 꿈 모두 필요하지만 실제는 우리의 생각과 다를 수도 있기 때문이다. 물론 꿈의 필요성을 폄하하려는 것은 아니다. 모든 시는 꿈의 움직임이나 마찬가지다. 단지 꿈을 겸허하고 가볍게 간직해야 한다는 의미일 뿐이다. 우리를 새로운 삶으로 인도하는 것은 지도와 꿈을 그냥 횃불처럼 쓰는 태도이다.

이런 생각을 하면서 요전 날 컴퓨터 조각 모으기를 했다. 그런데 바이러스를 방어하는 방법을 실행하는 중에 다음과 같은 자막이 깜빡거렸다. '바이러스 치료 프로그램을 업데이트한 지 254일이 지났습니다.' 순간 웃음이 터져나오면서 이런 생각이 들었다. '그래, 현재에 머물고 일 년에 한 번은 내 존재의 지도를 점검할 필요가 있지.' 우리가 겪는 문제의 상당 부분은 자신과 세계에 대한 낡은 정의를 고집하는 데서 비롯된다. 이런 태도는 딱딱해진 동맥처럼 부지불식간에 우리를 죽음으로 몰고 간다.

삶의 맥락을 잃었을 때

1월 중순의 어느 날이었다. 한적한 길을 따라 차를 몰았다. 며칠 화창하더니 끊임없이 눈이 쏟아졌다. 길가의 나무들이 하얀 눈 속에 동동 떠 있는 것처럼 보였다. 그 순간 문득 아버지 생각이 나기 시작했다. 몇 초간 손은 여전히 운전대를 잡은 채, 내 가슴 후미진 곳에 남아 있는 찌꺼기들 속에서 아버지를 찾았다.

그러다 다시 눈 길로 정신을 돌렸는데 지금 어느 길 위에 있는 건지 확신이 서지 않았다. 내가 방향을 틀었나? 여기가 스타디움 드라이브인가? 아니면 4번가인가? 그 순간 길을 잃었다는 생각에 위기감이 밀려왔다. 나는 친숙한 모습으로 서 있는 소나무들을 보고서야 다시 위치를 확인했다.

이 당황스러웠던 순간을 떠올리다가 나는 길을 잃었던 게 아니었음을 깨달았다. 그냥 맥락을 놓쳐버렸을 뿐이었다. 내가 어디에서 왔고 어디로 가고 있는지를 잊어버린 것이다. 그러나 내가 있던 자리는 언제나 분명했다.

자신이 이곳에서 저기로 나아가는 중이라는 생각이 들 때 가장 마음이 편안하다. 다시 말해 삶의 맥락 위에 있는 꿈 안에서 움직이고 있다는 생각이 들 때는 마음이 아주 편안하다. 그러나 이런 개인적인 맥락은 우리를 가둬버릴 수도 있다.

삶의 맥락을 놓쳐버렸을 때 나는 속도를 엄청나게 늦춰야만 했다. 하지만 그런 덕분에 눈 덮인 벤치 위로 눈송이들이 떨어지는 소리를 들을 수 있었다. 길도 아주 가까워졌다. 사실 다시 위치를 확인하지 않았어도 길은 펼쳐졌을 것이다. 한 번에 한 걸음씩, 한 번에 한 모퉁이씩, 한 번에 한 가지씩 신선한 경험과 함께.

물론 나는 맥락을 기억하고 길을 다시 찾으면서 안도했다. 그리고 이 작은 순간, 흔히들 하루하루 어딘가를 향해서 질서정연하게 나아가고 있다고 안도하게 해주는 환영을 위해 자신만의 맥락을 만들어낸다는 저변의 진실을 깨달았다. 그러나 언제나 우리가 상상하거나 부여한 질서를 향해 나아가는 것은 아니다. 보통은 그럴지도 모르지만.

이 짧은 순간 덕분에 나는 치매로 고통받는 사람들에게 더욱 큰 연민을 품게 되었다. 하지만 자신의 맥락을 잃어버리면, 자신이 가야만 하는 곳에 대해서 스스로 만들어놓은 지도를 잃어버리면, 또 다른 축복을 누릴 수도 있다. 자신이 몸담고 있는 순간 속에 필요한 모든 것이 있음을 기억하게 되는 것이다. 그리고 귀 기울여 들으면 이 순간은 우리를 다음 지점으로 인도해준다.

실제로 자신의 맥락이 의미를 잃었다고 느껴지는 순간에는,

자신이 야심차게 짜놓은 구역 안에 스스로 갇혀버렸다고 느껴지는 순간에는, 지도를 버리고 발에 와닿는 땅의 감촉과 두 눈에 보이는 것들을 다시 직접 체험해보는 것이 좋다. 이렇게 직접적으로 체험하다 보면, 정해진 양식을 부수고 경이감을 다시 삶의 인도자로 삼을 수 있다.

삶의 선물은 언제나 느닷없이

살면서 숱하게 상세한 지도들을 만들었다가 길을 가는 중에 버리곤 했다. 젊었을 때는 물론 다른 사람들처럼 나도 그곳에 다다르기 위해 앞으로 나아가야 한다는 압박감을 느꼈다. 그곳이 어디인지도 모르면서 말이다. 이런 압박감 때문에 시인으로서 위대한 작품을 유산으로 남기고, 길을 가면서 산속에 시 한두 편을 새겨 넣고 싶다는 바람을 갖기도 했다.

그러나 40년의 세월이 흐르면서 산은 오랜 세월의 대화나 사랑에는 부적합하고 차갑다는 것을 깨달았다. 지금은 그저 운 좋게 알았던 모든 것을 털어버리고, 흐르는 물속으로 사라지고픈 마음뿐이다. 그래도 여전히 나는 씨름하고 있지만.

여기 또 하나의 작은 이야기가 있다. 사랑하는 친구 웨인을 만나러 산타페에 가기 위해 샌프란시스코 공항으로 향하는 중이었다. 나는 어떤 사람이 휴대폰에 대고 중국어로 이야기하는 소리를 들으면서 공항버스 뒷좌석에 앉아 있었다. 이때 커다란 새 한 마리가 고속도로 위를 활주하는 모습을 보았다. 그 순간 새가 날기 시작할 때는 방향을 염두에 두지만 날 때는 그냥 기류를 탄다는 사실이 생각났다. 하지만 무슨 이유에서인지 인간은 자신도 통제할 수 없는 시간표와 노선을 생각하며 기류를 거스른다. 이 노선과 시간표를 목적이라 부르고, 큰 목적을 야망이나 열망으로 여기면서 말이다. 그리고 신이 내리기라도 한 것처럼 이 목적에 매달린다.

나도 끊임없이 이런 함정에 걸려들었다. 길의 어느 지점에선가 모든 세부 사항들을 준비하거나 자신에게 강요했다. 이것은 물론 좋은 일이었다. 그런데 어느 시점부터는 언제나 준비 자체를 꼭 달성해야만 하는 목적처럼 여겼다. 혹은 무언가 끔찍한 일이 일어날 것 같은 느낌에 시달렸다. 대부분의 경우 이런 예감은 사실과 전혀 거리가 멀었다.

9시 20분에 공항버스를 타서 11시 27분에 앨버커키행 비행기의 4B 좌석에 탑승하는 것이든, 월요일 2시 30분에 집에 도착하는 것이든, 대학에 가서 박사 학위를 따는 것이든, 서른다섯 살에 결혼을 하는 것이든, 쉰 살에 부자가 되는 것이든, 어느 정도 성공을 거두는 것이든 다 마찬가지다. 어떻게 계획을 세워도, 우리 앞에 의무처럼 던져진 목적을 향해 터널을 뚫고 나아가다 보면 삶의 많은 것들이 주는 감동을 놓치게 된다.

이런 맥락에서 일편단심이라는 말은 사실 지나치게 과대평가 되고 있다. 일편단심은 흔히 세계로부터 배울 수 있는 것들을 제한한다. 나뭇잎의 잎맥이나 심장의 심방처럼 혹은 거미줄처럼 연결되어 대륙에 물을 공급해주는 지류들처럼, 삶은 순환적이고 주변의 힘에 영향을 받는다. 살아 있는 것들을 음미할 수 있을 만큼 오래도록, 모든 것들과의 관계 속에 머무는 것이 삶의 더욱 큰 목적이다.

나를 더욱 인간답게 만들어준 것들도 온갖 꼼꼼한 계획이나 초점과는 상관없이 펼쳐진 일들이었다. 그리니치 빌리지의 골목 끝에서 어느 맹인의 연주를 듣고 나는 끝내 울음을 터뜨렸다. 피렌체의 두오모 대성당에서는 새가 제단 뒤 반달 모양의 공간에 갇혀버려 날개를 파닥이는 것을 보다가 나 자신도 갇혀 있음을 깨달았다. 암에 걸렸을 때는 예기치 못한 상실감에 빠져서 나의 이미지를 획기적인 작품으로 세상 사람들에게 각인시키겠다는 야망을 던져버렸다. 또 길을 가다가 낯선 이들의 친절에 깜짝깜짝 놀라기도 했다. 내가 계획한 길을 따라 움직이고 있었다면, 그들은 아마 내게 도움이 필요하다는 것을 느끼지 못했을 것이다.

공항 터미널에 도착하는 순간 운전기사에게 갚기 힘든 빚을 진 것 같은 느낌이 들었다. 덕분에 나 자신에게 더욱 깊이 다가갈 수 있었다. 커다란 새는 구름 속으로 자취를 감추고 기계적으로 움직이는 가짜 새가 나를 기다리고 있었다. 짐들을 들고 또 다른 길 위에 서자, 계획으로 점철된 삶에서 그토록 불안했던 이유는 두려움 때문이었다는 생각이 들었다. 궤도에서 이탈하면, 이 궤도에 무슨 의미가 있건, 삶이 나만 홀로 남겨두고 떠나버릴 것 같은 두려움. 사실은 정 반대인 것을, 이 얼마나 어리석은 두려움이었는지!

우리가 어디에 있든 신은 온전히 우리와 함께한다. 예기치 못한 순간에 삶이 다양한 가면을 쓰고 나타나 우리의 계획을 구부리거나 쪼개거나 뒤집어버리지만, 배움은 흔히 이런 순간에 시작된다.

모든 들음은 존재의 작업이다

지금까지는 들음의 다양한 형태와 깊이를 살펴보았다. 또 이런 들음이 어떻게 우리의 고립을 깨고 다른 생명들과 교감하며 살아가게 해주는지도 생각해보았다. 이런 들음은 건강의 열쇠가 되기도 한다.

들음의 믿을 만한 한 가지 방법은 진리를 항상 눈앞에 두는 것이다. 물론 인간인지라 항상 이렇게 하기는 힘들다. 진정한 인간이 되려는 수행은 우리에게 생기를 불어넣는 것으로 돌아가는 용기에 중점이 있다. 중요한 것으로 돌아가려면, 생명의 소리를 직접 들을 수 있도록 사적인 편견이나 견해를 버려야 한다. 마음을 열고 삶과 만나면 받음과 베풂의 구분이 없어지면서 축복의 전달자가 된다.

이처럼 진실하게 살다 보면 존재의 작업이 진행되어 때로 우리의 개인적인 호흡이 우주의 호흡과 만나기도 한다. 이것에 성실히 귀 기울이면, 모든 생명의 공통 중심으로 끌어당기는 영적인 중력을 받아들일 수 있다. 그러면 우리가 모르는 모든 것들에 관심을 기울이게 된다. 이렇게 삶을 받아들이는 것은 직관의 작업이다. 동시에 자기 안의 씨앗이 꽃이 되리라는 것을 깨닫듯, 우리가 갖고 태어난 지혜들을 발견할 기회이기도 하다. 이처럼 존재의 작업은 자신의 길에 귀 기울여, 그 자체로 아름다운 시작이자 끝인 자신의 타고난 본성을 삶 속에서 구현하는 것이다.

이제 다음과 같은 질문들을 던져보면 좋겠다. 삶의 어딘가에서 숨을 멈추고 있지는 않은가? 다시 더욱 깊게 숨을 쉬려면 어떻게 해야 할까? 비우고 여는 훈련, 초심을 잃지 않는 훈련은 잘 되어 가고 있는가? 진리를 언제나 내 앞에 두고 있는가? 잘 들을 줄 아는 이를 만난 적이 있는가? 이들에게 배워야 할 점은 무엇일까? 내가 갖고 태어난 지혜에는 어떻게 귀를 기울이고 있는가? 나의 회복력에 얼마나 가까이 다가가 있는가? 변화에 저항하거나 귀를 닫고 있지는 않은가? 어떤 상처나 한계로 인해 스스로 다른 모든 것들을 손상시키거나 제한하고 있지는 않은가? 요즘에는 누가 귀를 기울이고 있는가? 내 안에서 "그래!"라고 말하는 존재인가? 아니면 "아니야!"라고 말하는 존재인가? 삶이 깨워주려는 나의 면모에 귀 기울이고 있는가? 말로 표현되지 않는 모든 것들을 들으려 노력하고 있는가? 모든 가혹한 일들의 한가운데서도 우리를 서로에게 드러내줄 부드러운 순간들에 마음을 열어놓고 있는가? 소중히 여기는 지도들 가운데서 어떤 것이 나를 내가 진정 발견해야 할 길에서 멀어지게 만들고 있는가? 더욱 깊은 다른 길이 보일 때까지 불안을 견뎌낼 수 있는가? 내면의 어디가 어떻게 분리되어 있는가? 내 갈등의 핵심을 알고 있는가? 지금의 순간을 새로운 눈으로 바라보려면 오래된 정의나 계획들 중에서 어떤 것을 내려놓아야 할까?

이 모든 형태의 들음은 존재의 작업이다. 이런 들음을 받아들여 들음을 통해 배우고 자신과 대화를 나눠보길 바란다. 이제부터 또 다른 깊은 들음을 살펴보겠다. 이 들음은 모두를 연결시키는 하나의 생생한 느낌을 경험하게 해준다. 이 살아 있는 관계 속에 현존과 지혜의 역사가 있으며, 이 역사는 바다와 같다. 이 생명의 물에 입술을 갖다대면 누구나 이 물을 마실 수 있다.

현자들 앞에서

현자 앞에 앉아 있는 사람은 네 가지 유형으로 나뉜다. 스펀지 같은 사람, 깔때기 같은 사람, 여과기 같은 사람, 체 같은 사람이다. '스펀지' 유형은 모든 것을 흡수하고, '깔때기'는 한쪽으로 받아들여 다른 쪽으로 내보낸다. '여과기' 유형은 와인을 내보내고 찌꺼기만 간직한다. '체' 유형은 거친 겨를 제거하고 고운 가루만 모은다.

– 〈피르케이 아보트Pirkei Avot〉[4] 5장 18절에서

위의 글은 2천 년 전 누군가가 한 말로 시간의 바다에서 유목처럼 살아남은 말씀 모음집에서 가져온 것이다. 〈피르케이 아보트〉의 초기본 5장에 이 구절이 나오는데, 히브리어로 '피르케이 아보트פרקי אבות'는 '선조들의 윤리'라는 의미다. 이 격언 모음집은 모세Moses에서부터 서기 70년에서 200년 사이 초기 랍비들의 말을 선별한 것이다. 또 〈피르케이 아보트〉는 〈탈무드Talmud〉의 제1부를 구성하는 〈미슈나Mishna〉의 한 부분이기도 하다. 〈미슈나〉는 유대인들의 구전 전통을 문자로 처음 집대성한 것으로서 구전의

토라Torah로 불리기도 한다. 〈피르케이 아보트〉와 〈미슈나〉, 〈탈무드〉는 수 세기 동안 많은 사람들이 나눈 긴 대화의 자취를 보여준다.

앞서 말한 유형들을 제시한 사람이 누구든, 어떤 구도자들이 중간에 이 부분을 언급했든, 이 유형들은 무언가를 받아들이는 일이 옛날부터 삶에 필수적이었음을 말해준다. 이 유형들이 전하는 지혜를 들여다보기 전에 현자의 개념부터 살펴보겠다.

'현자sage'라는 말은 '맛보다'라는 뜻의 라틴어 'sapere'에서 유래되었다. 본래 'sage'는 세상을 받아들이는 과정이나 몸짓을 나타내는 동사였다. 이 말 속에는 맛보는 행위를 통해 세상을 이해하고 지혜를 발견한다는 의미가 함축되어 있다. 보고 생각하는 것이 도움이 돼도, 우리에게 지혜를 받아들이게 해주는 것은 경험을 내면화하는 과정이다.

힌두인들과 그리스, 중국인들의 역사서에서 초기에 'sage'를 '심오한 지혜를 가진 사람'이라는 의미의 명사로 사용한 예를 발견할 수 있다. 힌두 문헌의 경우 사프타리쉬Saptarishi(산스크리트어로 '일곱 명의 현인'이라는 의미다.)의 초기 언급을 찾아볼 수 있다. 사프타리쉬는 〈베다Vedas〉 속에서 칭송받는 일곱 명의 힌두교 시인들이다. 하지만 〈베다〉 속에 이들의 이름은 나오지 않는다. 이들은 소환되어 〈베다〉의 찬가를 작곡하는 임무를 받는데 신비롭게도 이들에게 〈베다〉의 찬가들이 들려온다. 이 이야기 속에는 우주의 찬가를 받아들이고, 맛보고, 걸러낼 만큼 충분히 열려 있는 존재가 바로 현자라는 의미가 함축되어 있다.

그리스의 일곱 현인에 대한 초기의 언급도 있다. 이런 부분은 고대 그리스의 철학자들—탈레스Thales, 피타쿠스Pittacus, 비아스Bias, 솔론Solon, 클레오불루스Cleobulus, 마이손Myson, 킬론Chilon—을 강조하고 있다. 이 현자들을 언급한 문헌들 중에서 가장 오래된 것은 플라톤Plato의 〈프로타고라스Protagoras〉다. 여기서 소크라테스Socrates는 이렇게 말한다.

> 과거는 물론 현재의 인물들 중에서도 지혜에 대한 사랑을 알아보는 인물들이 몇 명 있다. 이들은 완벽하게 교육받은 사람에게 간단하고도 분명하게 말할 수 있는 능력이 있음을 안다. 바로 밀레투스의 탈레스와 미틸레네의 피타쿠스, 프리에네의 비아스, 우리의 솔로몬과 린두스의 클레오불루스, 첸의 마이손 그리고 일곱 번째로 스파르타의 킬론이다. …
>
> 이들이 델피의 아폴로 신전에서 만나, 아폴로Apollo에게 이들이 가진 지혜의 열매를 함께 봉헌하고 "너 자신을 알라"나 "무엇이든 지나침은 좋지 않다"처럼 모든 이들의 입에 회자되는 말을 간단하고 명료하게 남긴 것을 보면, 이들의 지혜를 확인할 수 있다. 내가 이 말을 하는 이유는 할 말

만 하는 간결함이 바로 고대인들이 철학을 하는 태도였기 때문이다.

그러나 소크라테스가 현인들을 거명하는 순간, 가장 지혜로운 자가 누구인지를 놓고 논쟁과 분류가 시작되었다. 디오게네스Diogenes는 일곱 현인에 포함시켜야 할 인물과 현인의 수에 대해서 의견이 크게 엇갈린다는 점을 지적했다. 실제로 어떤 목록들은 현인을 열일곱 명까지 들고 있었다. 자연히 논란이 일었다. 인용된 인물들이 단순히 예리할 뿐 지혜와 거리가 먼 사람들은 아닐까? 그러나 누가 가장 위대한 삶의 음미자인가 하는 문제로 관심이 옮겨가면서, 우주의 찬가를 받아들이고 걸러내는 호기심과 경이감은 무시되었다.

일곱 현인을 받아들이던 방식에서 지혜의 의미와 이것에 대한 우리의 접근 태도가 근본적으로 어떻게 변화했는지를 더듬어볼 수 있다. 이제 현자는 세계와 세계의 많은 역설들을 제대로 맛보고 내면화한 사람을 가리키는 말로 쓰이기 시작했다. 물론 이런 개인들에게서는 분명히 배움을 얻을 수 있다. 그러나 맛보기 자체가 아니라 맛을 본 사람이 관심의 초점이 되면서, 배움을 이해하는 방식에 커다란 변화가 일어났다. 삶의 방법을 타인들에게 상세히 설명해주는 중간자가 등장한 것이다. 또 현자가 되는 과정을 빠르게 단축할 수 있으며 이미 지혜를 얻은 이를 통해 지혜를 받아들일 수 있다는 잘못된 믿음도 생겨났다.

그러나 모든 시대를 통틀어 진정한 현자들이 남긴 가르침은 자신의 타고난 자원과 세상에 대한 직접적인 경험에 다시 주의를 돌리라는 것이었다.

중국에서도 현자들에 대한 언급을 찾아볼 수 있다. 죽림칠현은 피비린내 나던 서기 3세기경 함께 모여 노장철학을 논하고 청담淸談을 즐기던 학자와 작가, 음악가 무리를 말한다. 이들은 위·촉·오 세 나라가 대립하면서 정치적으로 혼란스러웠던 삼국시대에 궁정의 음모와 부패, 숨 막힐 것 같은 분위기에서 벗어나고 싶어했다. 또 위험한 사회로부터 벗어날 도피처뿐만 아니라 삶을 이해하는 영혼의 동무도 갈망했다. 자신을 안전하게 지켜주고 성장시켜 주는 그릇 같은 존재와의 우정을 원했다. 그래서 이들은 이런 우정을 만들기 위해 산양에 있는 혜강의 집 근처 대나무 숲에 모여 서로 문답을 나누며 소박한 전원생활을 즐겼다.

죽림칠현은 자유로운 참여와 기쁨, 자발성, 자연을 찬미하는 일에 헌신했다. 완적Ruan Ji과 완함Ruan Xian, 산도Shan Tao, 향수Xiang Xiu, 유영Liu Ling, 혜강Xi kang, 왕융Wang Rong이 바로 그 일원이었다. 이들의 우정은 "철보다도 강하고 난초보다도 향기로웠다"고 전해진다. 이들은 혼자 혹은 함께 삶의 직접적인 체험을 되살리는 일에 전념한 덕에 공격받기 쉬웠지만 강하게 살아갈 수 있었다.

소규모지만 수용적인 공동체 덕분에 자신과 자연의 본질적인 리듬에 깊이 귀 기울이고, 3세기 중국에서 일어난 잔혹한 음모들을 이겨낼 수 있었다.

힌두교의 리쉬들이 우주 자체에 귀 기울이는 법을 보여준다면, 그리스의 현인들은 삶의 가르침들을 걸러내는 법을, 중국의 현인들은 자연과 인간, 인간과 인간 사이의 우정이 지닌 신성함을 가르쳐준다. 모두가 가치 있는 음미의 형태이자 지혜의 원천이다. 하지만 고대 그리스에서 입증된 것처럼, 음미할 수 있는 자신의 능력을 스스로 포기하면 누가 지혜롭고 지혜롭지 않은지, 무엇이 지혜이고 아닌지 분류하고 비교하게 된다. 이처럼 중요한 것을 체험하기보다 명명하는 데 더 가치를 두면 지혜 자체를 간과하게 된다. 이로써 우리는 점점 작아지고, 지혜 자체도 사라져버린다.

들음과 음미가 같아질 때까지

여기서 관심을 가져야 할 부분은 현자가 되는 초시간적인 과정이다. 우리가 현자를 신격화하는 것은 이런 초시간적인 과정 때문이다. 우리는 삶의 신비를 음미하고 내면화하는 근본적인 과정에 흥미를 느낀다. 직접적인 체험 과정을 통해 지혜를 회복하고 스스로 현자가 되어야 한다는 의무를 저버리지 않으면, 분명하고도 아름다운 의문과 맞닥뜨린다. '무엇에, 어떻게 귀 기울여야 할까?' 하는 점이다.

이 문제를 이해하면 현인의 개념도 확장된다. 닦고 닦여 지혜로워진 사람을 넘어서 지혜로운 사람이 처음에 맛본 근원의 측면들까지 확장된다. 그래서 부처도 그를 찬양하는 제자들의 관심을 그에게서 그의 가르침 속에 들어 있는 핵심으로 되돌렸다. 그러면서 그의 가르침이 단지 달을 가리키는 손가락에 불과하다고 말했다. 또 아메리카 원주민 연장자들은 바람 소리를 들을 때 위대한 영혼의 현자적 측면에 귀를 기울인다. 이란의 시인 루미 Rumi[5]가 탁발 수도승처럼 빙빙 도는 춤을 춘 것도 그가 가지고 있던 준거準據의 틀을 버리기 위함이었다. 가장 위대한 현자의 시각에서 삶을 신선하게 맛볼 수 있도록 인식의 습관을 내려놓으려 한 것이다.

현자가 되는 것은 호흡 같은 근본적인 과정이다. 이 과정은 들음과 음미가 같아질 때까지 온 감각과 존재로 귀 기울이는 것이다. 하지만 혼자서는 이렇게 하기 힘들 때가 종종 있다. 그래서 가장 오랜 현자인 살아 있는 우주로 돌아가게 도와주는 죽림칠현 같은 친구가 필요하다.

스펀지와 깔때기처럼, 여과기와 체처럼

삶이 현인이 되는 과정이라면 이 과정에서는 누구나 삶을 직접 경험해야 한다. 그러므로 들음과 음미의 방법은 보편적이면서도 개인적인 예술이 될 수 있다. 이 불변의 진리 위에서 다음과 같은 질문을 던질 수 있다. 현자들 앞에서 우리는 어떤 존재일까? 이제 〈피르케이 아보트〉 속의 이미지들이 전하는 지혜를 살펴보자.

> 현자 앞에 앉아 있는 사람은 네 가지 유형으로 나뉜다. 스펀지 같은 사람, 깔때기 같은 사람, 여과기 같은 사람, 체 같은 사람이 그것이다. '스펀지' 유형은 모든 것을 흡수하고, '깔때기'는 한쪽으로 받아들여 다른 쪽으로 내보낸다. '여과기' 유형은 와인을 걸러내고 찌꺼기를 버린다. '체' 유형은 거친 겨를 제거하고 고운 가루만 모은다.

단순하지만 심오한 이야기다. 우리 가슴은 스펀지, 깔때기, 여과기, 체처럼 스스로를 열 수 있다. 우리를 넘어뜨린 고통이나 놀라움을 우리에게 설명하거나 이해하게 해줄 사람이 아무도 없을 때, 이것들을 편견 없이 흡수할 수 있는 것은 우리의 가슴이라는 의미다. 폭넓게 받아들여 좁게 내보내거나, 침전물만 간직하고 거친 것들은 걸러내거나, 고운 것들만 모아두는 가슴 말이다.

이 각각의 음미 방식은 장점과 단점을 모두 갖고 있었다. 하지만 이 모든 방식의 핵심은 삶이 우리를 관통하게 두는 것이다. 경험은 삶을 통해 여과될 때 비로소 의미를 낳기 때문이다. 나무 사이를 지나는 바람처럼, 뿌리 속으로 스며드는 빗물처럼, 어둠 속으로 퍼지는 빛처럼 모든 것은 이렇게 삶과 조우한다. 인간으로 존재하는 동안 우리는 심장과 근육이 예기치 못하게 풀어지거나 이완되는 경험을 하며, 이런 경험을 통해 세계와 대화를 나눈다. 그날 그날의 상태에 따라, 우리의 마음은 경험으로 인해 열리기도 하고 좁아지기도 하며, 집착하거나 걸러내기도 한다.

이야기를 한 편 들려주겠다. 삶에 대해서 가능한 한 모든 걸 알고 싶어하는 젊은이가 있었다. 성실하고 헌신적인 이 젊은이는 가족을 떠난 후 곧 제빵사를 만나 그의 견습생이 되었다. 그는 제빵사가 체로 밀가루와 설탕을 정제하는 걸 보면서, 거친 것과 고운 것을 체로 가려내듯 삶에서 최고의 것을 얻어내겠다고 생각했다. 배우고 생각하고 일하고 사랑하면서 원치 않는 조각들을 걸러내겠다고 다짐했다.

그런데 거칠고 소화할 수 없는 것들을 가려내는 훈련을 하는 사이, 삶의 기반을 고운 것에만 두는 태도가 모래 위에 집을 짓는 것처럼 위험할 수도 있겠다는 생각이 들었다. 걸러내고 나면 토대가 될 만한 것들은 사라져서 발을 딛고 설 단단한 자리를 갖지 못할 것이기 때문이었다. 결국 삶은 가루처럼 흩어지고 말 것이었다.

그는 빵이 필요하지만 지속적인 것은 아니라는 생각에 이윽고 제빵사를 떠났다. 얼마 후 그는 포도주를 담그는 사람을 만나 견습생이 되었다. 그는 포도주 장인이 피 같은 포도주를 커다란 오크통에서 발효시키는 걸 지켜보았다. 오랜 기다림 끝에 숙성된 포도를 걸러서 찌꺼기와 앙금을 걷어내는 것도 보았다. 찌꺼기나 앙금은 포도주에 맛을 주지만 마실 수는 없는 것들이었다. 이런 모습을 보며 그는 생각했다. '나도 이렇게 받아들이기 어려운 삶의 가르침들을 걸러내야지. 이렇게 고통과 아픔이 낳은 가르침들을 숙성시켜야지. 이렇게 이것들로부터 마실 수 있는 것을 걸러내야지.'

그러다 그는 포도주 장인이 스스로 만든 포도주에 취한 모습을 보고 깜짝 놀랐다. 고통과 마음의 아픔은 어떻게든 표면 위로 올라온다는 것을 깨달았다. 삶의 파편들을 걸러내는 것은 가능하고 심지어 칭송할 만한 일이지만, 동시에 삶의 침전물에 취하지 않도록 경계를 늦추지 말아야 한다는 것을 알았다.

그래서 그는 다시 새로운 일을 찾아 나섰다. 중년에 접어든 그는 더 이상 젊지 않았다. 어느 농부가 피로에 찌든 그를 우연히 발견하고 물을 건넸다. 둘은 친구가 되기로 했다. 이후 그는 농부가 땅속에 촘촘히 뻗어 있는 뿌리들에게 물을 대주는 관개灌漑의

대가임을 깨달았다. 그는 농부 곁에 계속 머물면서 넓은 입구로 물을 끌어들였다가 좁은 통로로 물을 이동시킨 다음, 다시 필요한 생명들에게 좁은 입구로 물을 대주는 방법을 배웠다.

이제 그는 앞으로 이렇게 살겠노라고 결심했다. 삶에서 더 이상 무언가를 얻어내려 하지 않고, 스스로 하나의 도구, 통로가 되겠다고 생각했다. 가슴을 활짝 열어 생명의 물을 받아들인 다음, 자신을 통해 그 물을 필요한 것들에게 전달하리라고 마음먹었다. 이것이야말로 진실하고 쓸모 있는 사람으로 살아가는 방법처럼 여겨졌다. 이렇게 그는 농부와 오랜 세월을 함께했다. 풍요로울 때는 많은 사람들에게 먹을 것을 주고, 곤궁할 때는 모든 이들에게 물을 공급해주었다. 쓸모 있는 사람이 된다는 것은 참으로 행복한 일이었다.

그러나 세월이 흘렀고, 그도 늙어 깔때기 역할에 지쳐가기 시작했다. 특히 그의 좁은 입구로 타인들에게 사랑을 전하는 일이 더욱 피곤해졌다. 이런 삶의 방식이 내면을 깨끗하게 정화시켰지만, 이따금 이 좁음으로 인해 전체성이 주는 깊이와 평정을 잃어버리는 것 같았다.

이제 그는 노인이 되었다. 친구가 죽자 그는 농장에서 가장 큰 나무 아래 앉아 제빵사, 포도주 장인, 농부와 함께했던 삶을 떠올려보았다. 그의 마음이 어떻게 체, 여과기, 깔때기가 되어 살아왔는지를 돌아보았다. 이 각각의 역할들에 뒤따랐던 축복과 대가代價

가 모두 느껴졌다. 그 순간 그는 농장을 떠나 바다로 갔다. 그리고 조용히 바닷가를 거닐며 지냈다.

여생 동안 그는 스펀지 다이버와 친구가 되었다. 편견 없이 흡수했다가 아낌없이 내주는 스펀지의 단순함에 매료되었다. 그는 이런 것이야말로 추구해야 할 삶이라고, 스펀지처럼 받아들여 스펀지처럼 베풀며 남은 생을 살리라고 다짐했다. 그래서 그는 잘 흡수해서 잘 베푸는 스펀지처럼 하루하루를 살아갔다.

잤다가 깨어나듯 마음의 모든 형태를 음미해보아야 한다. 호흡을 하듯 누구나 살면서 현자가 되도록 애써야 한다. 그러려면 열고 흡수하고 여과하고 붙잡아두고 체로 쳐내는 일을 모두 경험해봐야 한다. 내 안의 신을 꽃피워 줄 존재는 나 말고 누구도 없다. 그러므로 아는 것에도 물을 주고, 모르는 것에는 더욱 많이 물을 주어야 한다. 그러면 모든 것을 맛보고 경이감을 느끼게 된다.

침묵 속으로

존재가 말을 하도록 내면에 빈 공간을 만들어야 한다.

- 마르틴 하이데거Martin Heidegger

대부분의 사람들이 폭풍우처럼 휘몰아치는 행위 속에 갇혀 지낸다. 세속에 살면서 언제나 위나 아래 혹은 그 사이로 이끌리기 때문이다. 그러나 말을 멈추면, 마음속의 수다에 끌려가지 않으면, 존재의 말 없는 흐름 속으로 내려가면 일체성을 이해할 수 있다. 하지만 이것만으로는 충분하지 않다. 성급하게 표면으로 다시 내달리지 않을 용기를 내야만 합일을 인식하고 느끼기 시작한다. 세속의 소란 밑에서 충분한 시간을 보내야 이따금 말이 필요 없는 세계 속에 머물 수 있다. 그래야 합일을 체험하는 축복을 누릴 수 있다.

침묵을 만나는 용기

말로 표현할 수 없는 세계로 들어가는 데는 고요한 용기가 필요하다. 이런 용기는 종종 아주 멀지는 않지만 아직은 닿을 수 없는 세계를 가리킨다. 말의 저변에 존재하기 때문에 말로 표현할 수 없는 세계를 가르쳐준다. 이 침묵과 만나지 못하면, 우리는 모든 것을 연결 짓는 영혼의 그물망으로부터 소외되고 만다. 그러면 허무의 조각 난 세계 같은 곳으로 떨어져버린다. 그러나 침묵 속으로 들어가면, 말로 표현할 수 없는 것이 스스로를 생명의 그물망을 연결 짓는 빛줄기로서 모습을 드러낸다. 이 빛줄기를 느끼면, 우리는 개개의 작은 부분은 모든 것을 포함하는 세계 속에서 다시 생기를 얻는다.

침묵도 침묵 이상의 것으로

삼라만상의 내적 본질은 언제나 밖으로 빛을 뿜어낸다. 긴장을 풀고 자신의 길을 가다보면 끝내는 이 본질을 받아들이게 된다. 깊은 들음은 이런 이완과 같다. 들은 것이 내 안으로 스며들 때까지 나는 이완을 통해 침묵 속으로 들어간다.

보이거나 들리지 않는 것들을 뼛속 깊이 느끼고 받아들여 결국에는 우리의 마음이 변할 때까지, 깊은 들음은 우리가 아는 모든 것을 열어준다. 이처럼 깊은 들음은 우리 마음의 내용물을 변화시킨다. 이것만으로도 의미 있는 일이다. 또한 들은 것들이 우리 안으로 완전히 스며들면, 어귀로 쇄도하는 물살이 어귀의 모양을 변화시키듯 들음은 마음의 형태와 문턱까지 변화시킨다.

이렇게 마음을 열고 들으면 삶의 경험도 달라진다. 진정으로 받아들일 수 있게 마음의 긴장을 풀고 자신의 길을 가다 보면 기다림은 기다림 이상의 것이, 침묵도 침묵 이상의 것이 된다.

나선으로 이어지는 삶

속도를 높이거나 늦추려는 우리의 노력에 혼란스러운 상황이 요동치다 사라져버리면 삶이 남는다. 우리는 내면의 오디세이에서 전사의 역할을 맡기도 하지만, 전투를 향한 욕망은 곧 태고의 고요에 대한 갈망 속으로 녹아든다. 심연으로부터의 이런 비상이 우리의 기원이며, 햇빛 속에서의 부유가 우리의 안식이다. 어떤 이들은 우연히 혹은 탈진해서 이것을 깨닫는다.

침묵의 노래

끝내야 할 것이 말라버릴 때까지, 끝내야 한다고 재촉하는 목소리들이 마음속에서 얼음 녹듯 녹아버릴 때까지, 오래된 상처들이 공기와 닿아도 뼛속에서 아무런 아픔을 주지 않을 때까지, 무언가를 위해 혹은 무언가와 함께 다다라야 할 것이 아무것도 남지 않을 때까지, 놓아버려야 할 것이 아무것도 남지 않을 때까지, 죽음에 대한 두려움까지 그 혀를 잃어버릴 때까지 앉아 있어보라. 그러면 어떤 걸림도 없이, 세상의 빛이 마음의 빛과 만나 한 숨 한 숨이 환하게 빛날 것이다.

사실 심해나 표면에 너무 오래 머물 수 없는 돌고래처럼 우리의 마음은 모든 상태들을 끊임없이 통과해나간다. 위에서 헤엄치다가 밑으로 내려가고, 그러다 다시 표면과 심해를 가르는 것이 우리의 운명이다. 그러나 침묵 속으로 들어갈 때마다 우리는 세상의 소란에서 벗어나 말 저변의 흐름 속으로, 모든 가슴이 하나로 뛰는 흐름 속으로 내려간다.

모든 것의 밑에서는 침묵에 잠긴 가슴이 뛰고 있으며, 이 박동이 세상을 계속 움직이게 한다. 그러니 침묵 속에 그 근원이 있다고 해서 노래가 사라졌다고는 생각하지 말라.

고착을 뚫고 나아가는 것

몸을 뒤틀며 구멍을 통과할 때와
몸을 뒤틀어 깨끗이 닦아내고 뒤를 돌아볼 때,
보이는 세상은 사뭇 다르다.

나의 소중한 친구이자 〈존재와 소유, 그리고 충분한 행A Life of Being, Having and Doing Enough〉의 저자인 웨인 멀러Wayne Muller는 파편화된 것의 이면에서 전체를 볼 수 있는 용기를 이야기했다. 노벨상 수상자인 프랑스의 소설가 앙드레 지드André Gide도 "자신의 세계 속으로 충분히 깊게 들어가면, 보편적인 것에 다다를 수 있다"고 말했다. 이런 통찰들은 파편화된 것과 전체적인 것이 서로 다른 갈림길이 아니라 같은 길의 밑에서 기다리고 있는 것임을 말해준다. 씨앗이 벌어진 꼬투리 틈으로 싹을 틔우듯, 파편화된 것 아래서 우주적인 전체성이 기다리고 있다.

우리가 고통을 경험하는 이유는 내면 속으로 충분히 깊게 들어가 문제를 해결하지 않아서 심연과 표면 사이에 고착돼버렸기 때문이다. 이런 고착의 고통은 흔히 더욱 깊은 침잠을 두려워하게 만든다. 내적인 건강의 회복에는 정확히 이것이 필요한데도 말이다. 그러므로 고착 상태에 빠졌을 때는 자신에게 물어보아야 한다. 삶의 전체성을 느끼고 회복될 만큼 자신의 파편화된 내면 속으로 충분히 들어가보았는가?

수피교의 스승 이븐 알 아라비Ibn al-'Arabī는 사적인 세계를 통한 우주적인 것으로의 여정을 다른 식으로 설명했다. 인식이 매 순간 변하는 것이 인간 의식의 본질이라고 말한 것이다. 바다에서 수영할 때처럼 팔을 휘젓는 순간마다 삶의 경험과 시각은 새로워진다. 자신의 파편화된 세계를 통과하는 순간 파도가 우리의 몸을 들어올리면, 고통 저변의 흐름을 자각한다. 그러나 이런 세계 속에 고착되어 있으면, 우리를 집어삼키는 혼란스러운 고통으로 인해 신이 부재하는 것처럼 느껴진다. 이렇게 우리의 느낌은 매 순간 신의 현존과 부재 사이를 오간다.

우리는 신이 눈을 깜빡이고 있다고 생각한다. 우리가 인간다울 때는 신이 보이지만 고집스러울 때는 보이지 않는 것일 뿐인데 말이다. 파편적인 것과 사적인 것 속에 고착되는 이유는 피할 수 없는 인간적 감정 때문이다. 고착 상태에 머무르는 기간은 파편화된 사적인 느낌을 피하지 않고 더욱 깊이 직면하여 이것을 통해 보편적인 것에 다다를 수 있느냐에 따라 달라진다.

삼라만상의 신성한 본질은 우리의 인간다움을 통해, 눈을 뜨면 보이는 신비의 지속적인 현존을 통해, 우리가 이따금씩 받아들이는 신비를 통해 감동의 순간마다 우리 앞에 모습을 드러낸다. 신은 이런 경험을 통해 우리가 고착 상태에서 벗어나 다시 전체성 속에 안기도록 이끌어준다.

우리가 할 일은 고착되는 것이 아니라 고착을 뚫고 나아가는 것, 세계가 우리를 분열시켜 버리는 방식에 주저앉지 않는 것이다. 이 성스런 과정을 충분히 깊게 견뎌내서 다시 제자리로 돌아왔을 때 삶은 재정비된다.

자연의 소리를 따라서

스스로 바다가 되지 않으면 날마다 뱃멀미를 앓을 것이다.

– 레너드 코언Leonard Cohen

우리는 대지에 너무 가까이 있어서 대지가 살아 있다는 것을 자주 잊어버린다. 우리가 자연이라 부르는 것은 대지의 살아 있는 언어다. 자연에 귀 기울이면 대지의 소리가 들린다. 물론 이런 대화에는 시간이 필요하다. 대지가 전하려는 말을 선뜻 받아들이기에는 우리가 너무 작기 때문이다.

광활한 대지는 우리를 온전한 삶으로 인도해준다. 이것에 고마움을 표할 수 있을까? 오랜 세월 자연은 모든 것을 지탱하고 견뎌왔다. 그 비결을 물어볼 수 있을까? 자연은 수많은 언어로 이야기하지만, 이 중에 말을 사용하는 언어는 없다. 그럼에도 우리를 지지해주는 것과 관계를 맺는 일은 아주 중요하다.

그러나 우리는 무엇을 들을 수 있는가? 우리가 만들어낸 스모

그로 인해 하늘을 볼 수 없듯, 우리가 만들어낸 기계의 소음들로 인해 바람과 새소리, 언제나 그 자리에 있는 고요한 가르침의 소리들을 듣지 못하게 됐다. 아주 잠깐이라도 기계 주변을 떠나면, 말馬이 자신의 아버지인 바람을 알기 위해 달리는 것을 느낄 수 있다.

요전 날 나는 비포장 길을 산책하다가 길을 잃었다. 내 편협한 논리 끝에 다다를 때까지 거위 두 마리를 따라가보았다.

세상 속에 있어야 하는 이유

잃어버린 무언가를 찾아 광활한 곳을 탐험해본 적이 있는가?

– 로버트 서비스Robert Service

우주비행사들은 비행을 할 때 무중력 상태로 인해 근육 위축증을 앓는다. 움직일 때 저항력을 거의 혹은 전혀 쓰지 않아서 근육과 뼈가 딱딱하게 위축되는 것이다. 이로 인해 우주비행사가 지구로 귀환하면 30대였던 우주비행사의 골밀도는 70대와 같아진다.

여기서 우리는 자연과의 대화에서 잊지 말아야 할 더욱 깊고도 중요한 점을 인식할 수 있다. 세상의 무게를 벗어던지고픈 갈망이 있어도, 꿈을 실현하려면 세상 속에 있어야 한다는 것이다. 지나치게 강력한 중력이 억압적이고 치명적인 결과를 불러오듯 중력의 소멸도 우리를 자유롭게 만들어주지는 않는다. 위축증을 일으켜 가속적으로 우리를 해체시킬 뿐이다. 역설적이게도 세상의 무게를 이겨내는 방법은 세상 속에 머무는 것뿐이다.

빛과 어둠의 유대 속에서도 또 다른 역설이 작용한다. 우리는 오래도록 너무 절실하게 어둠에서 벗어나기를 갈망한다. 그러나 어둠이 없으면 그림자도 없고, 그림자가 없으면 거리를 지각할 수도 없다. 거리를 지각하지 못하면 멀리 혹은 가까이 있는 것도 구분하지 못한다. 그러므로 길을 찾아갈 때는 어둠을 피해가지 말고, 어둠과 함께 어둠을 통과해야 한다. 우리는 자연의 순수한 힘을 능가할 수 없다. 이런 깨달음은 우리를 겸허하게 만든다.

10년 전 콜로라도 주의 에스티즈 파크를 통해 로키 산맥 분수계(로키 산맥을 기준으로 미국 대륙을 동서로 나누는 경계 – 옮긴이)에 간 적이 있다. 언제나 넓게 탁 트인 공간에 끌렸고, 얽히고설킨 인간 세상에서 벗어나 높이 올라가보고 싶기도 했다.

나무 분계선을 지나 툰드라 지역으로 들어서자 황량함이 웅장한 만큼 춥고 두렵게 느껴졌다. 현기증이 일 정도였다. 걸음을 멈추고, 커다란 바위가 광활한 협곡을 굽어보며 움푹 들어가 있는 부분에 앉았다. 균형감이 되살아날 때까지 오래도록 그렇게 그 자리에 앉아 있었다.

그런데 황홀한 경이감이 잦아들 즈음, 내 주변을 지분거리며 날아다니던 어치 한 마리가 인간은 다다를 수 없는 높은 허공에서 와락 덤벼들었다. 그 순간 나는 어치와 산 공기와 나를 지탱해주는 차가운 돌이 완전한 침묵 속에서 말하는 소리를 들었다. "네가 있던 삶 속으로 돌아가."

충격적이었지만 그 소리는 진실이었다. 어치 덕분에 나는 깨달았다. 삭막한 웅장함 속으로 이렇게 멀리 순례를 와서 자신을 정화시키는 것은 기분 좋은 일이지만, 결국은 더 낮은 곳에서 살지 않으면 안 된다는 것을. 뿌리와 나뭇가지들을 빗겨가며 붙잡기 어려운 새들의 노래와 소심한 동물들의 발자국을 따라가야 한다는 것을. 이 모든 것이 우리의 본질을 일깨워준다는 것을.

씨앗의 용기

자연은 보이지 않는 깨달음과 자신의 소명에 헌신하는 무수한 모범들을 보여준다.

땅속에 묻혀 있는 작은 것들은 자신이 볼 수 없는 과정에 순응한다. 이런 과정을 우리는 발아라고 부른다. 이런 순응 덕분에 향기로운 먹거리들은 땅을 뚫고 빛을 향해 나아간다. 그러면 우리는 봄이 왔다고 한다.

땅속 씨앗이 난초나 히아신스로 피어난 자신을 상상하지 못하듯, 상처투성이 마음이나 절망에 휩싸여 있는 정신은 사랑받거나 평화로운 자신을 그릴 수 없다.

그러나 한 번 벌어지면 끝까지 자신을 열어두는 것이야말로 씨앗의 용기이며, 어둠을 뚫고 꽃을 피워올리는 것이 바로 영혼의 작업이다.

닦여야 열린다

좋든 싫든, 세상에 닦이고 닦여서 열려야 대지와 계속 대화를 나눌 수 있다. 피해갈 수 없으므로 세상의 무게를 뚫고 나가야 한다. 어둠 속에서의 발아 과정을 건너뛰지 말아야 빛 속에서 꽃을 피워낼 수 있다. 안 그러면 삶의 엉킴을 피할 수 없다.

심신의학 분야의 선구자인 캔더스 퍼트Candace Pert[6]는, 두뇌는 두개골 안에 있지만 마음은 사람 전체에 있다고 주장했다. 마찬가지로 귀는 머리 양쪽에 있지만 들음의 능력은 우리의 전체 속에 있다.

가장 깊고 구체적인 의미에서, 들음과 받아들임의 능력은 우리를 입구로 만들어준다. 존재의 세계가 경험의 세계와 교류를 계속하면서 우리를 관통하는 사이 우리는 닦이고 닦여 활짝 열린 영혼의 통로가 된다.

우리의 지성은 이런 흐름들을 분류해야 한다는 강박감으로 이것들을 계속 분리하려 든다. 그러나 삶에서 우리가 해야 할 일은 이 흐름들이 융합되어 우리를 형성하게 허용하는 것이다.

일상의 관점에서 말하자면, 무엇도 삶의 직접적인 체험을 방해하지 않도록 부단히 닦이고 닦여서 우리의 선입견과 취향에서 자유로워지는 것이 바로 들음의 작업이다.

귀 기울임의 윤리

자연은 자연을 사랑하는 마음을 결코 배반하지 않는다.

- 윌리엄 워즈워드William Wordsworth

귀 기울임에 대한 세 가지 이야기를 들려주겠다. 첫 번째 이야기는 우리가 잘 아는 사람에 대한 것이다. 다섯 살밖에 안된 꼬마가 있었다. 바닷가 오두막에 살았는데, 잠을 잘 때면 밤마다 출렁이며 몰려오는 파도 소리가 꼬마의 머리를 씻어내렸다. 마이클 존스Michael Jones라는 이 꼬마는 자라서 피아니스트가 되었으며 그의 음악은 언제나 파도 소리처럼 들렸다. 머릿속에 바다를 품고 있는 이 피아니스트는 이렇게 말했다. "저는 연주를 하면서 동시에 연주를 당하는 느낌을 전달하려고 합니다. 우리에게는 두 가지 위대한 책무가 있죠. 하나는 우리에게 주어진 재능의 충실한 집사가 되는 것이고, 다른 하나는 이 재능의 시중을 드는 겁니다. 그러려면 파도가 심연의 소리에 귀 기울이듯 깊게 끊임없이 들을 줄 알아야 합니다."

두 번째 이야기는 사랑하는 친구 메건 스크라이브너Megan Scribner에게서 들은 것이다. 그는 미국 북서부에 있는 워싱턴 주 왈라 왈라에서 자랐다. 왈라 왈라는 이 지역의 토박이인 아메리카 인디언 부족의 이름을 따서 지은 것이다. 이곳의 지하에는 샘들이 그물망처럼 촘촘히 연결되어 있으며, 이 샘물들이 표면 위로 올라와 깨끗한 강을 이루고 있다. 지하 깊은 곳에서 모든 것들을 연결시키는 강물은 이곳 사람들 삶의 방식에 영향을 미치고 있다.

왈라 왈라walla walla[7]는 '많은 물이 있는 자리'라는 의미로 보이지 않는 연결을 상기시킨다. 왈라 왈라라는 말은 두 눈을 감고 강가에 웅크리고 있을 때 많은 물이 끊임없이 만들어내는 소리—왈라 왈라 왈라 왈라—와 가장 가깝다.

이런 명명 속에서는 귀 기울임에 대한 토착 원주민들과 이곳 주민들의 윤리를 엿볼 수 있다. 존경할 만한 것들에게는 이름을 두 번씩 부른 것이다. 쿠스쿠스키Kooskooskie 강도 그런 예다. '쿠스koos'라는 말은 '물'을 의미하며, 이 말의 반복을 통해 물이 아주 깨끗하다는 점을 강조하고 있다. 아이다호 북쪽에 있는 이 강은 오늘날 클리어워터 강Clearwater River으로 알려져 있다.

단순하면서도 의미 깊은 사실인데, 중요한 것들은 이렇게 되풀이해서 말한다. 이것들에 충분히 주의를 돌리기 위해서다. 들음을 통한 이런 명명은 기도의 시작이다.

세 번째 이야기는 내 친구 앨런 로코스Allan Lokos가 들려준 것이다. 그는 오랜 세월 아메리카 원주민들의 플루트를 연주하는 일을 하고 있다. 플루트의 기원에 대해서는 여러 가지 설이 있지만 근본적으로는 다음과 같다. 모든 생명이 그들의 노래를 찾았는데 인간에게만 노래가 없었다. 그래서 위대한 영혼Great Spirit이 그의 친구들에게 부탁했다. 이윽고 긴 영혼long spirit인 침식작용이 나뭇가지의 속을 비워내자 작은 영혼small spirit인 딱따구리가 나무를 쪼아서 구멍을 만들었다. 그러자 커다란 영혼big spirit인 비바람이 구멍 난 속 빈 나뭇가지를 인간들이 다니는 길목에 떨어뜨렸다. 때마침 지나가던 젊은이가 이 나뭇가지를 집어들자 날아가던 새 한 마리가 머리 위에서 노래를 불렀다. 젊은이는 새의 노랫소리가 속 빈 나뭇가지에서 난다고 생각했다. 그러다 상황을 파악한 젊은이는 두 눈을 감고 구멍에 숨을 불어넣으면서 새의 노랫소리가 돌아오기를 기도했다. 그러자 놀랍게도 플루트 속에서 노랫소리가 탄생했다. 이렇게 긴 영혼과 작은 영혼, 큰 영혼 덕분에 인간들도 자신의 노래를 찾게 되었다.

귀 기울임의 윤리는 대지에 귀를 기울이는 태도에 있다. 중요한 것들이 우리의 사랑을 통해 되풀이해서 일어날 때까지 축복을 기다리는 것, 길목에 떨어진 속 빈 것에 입을 맞추게 될 때까지 기다리는 것. 이 모든 것이 우리를 우리만의 노래로 인도해 준다.

하나의 살아 있는 감각

몸이 자신을 실어 나르고 있음을 모르는 심장 세포처럼,
우리도 생명의 바다에 의지한 채 열심히 일하며
이리저리 표류한다.

물리적인 듣기는 귀에서 신호가 발생할 때 일어난다. 귀는 모든 감각으로부터 따로따로 정보들을 모았다가 이것을 통째로 두뇌에 보낸다. 그러면 두뇌는 이것들로 간단하고도 종합적인 소리로 만들어낸다. 우리가 들음이라고 부르는 것은 사실 다양한 인지 방식(시각, 후각, 촉각, 미각, 청각)을 통해 얻은 일련의 감각들을 통합하는 선천적 과정이다. 이 과정을 통해 우리는 생명 진동의 총합을 들으며, 이 진동들은 영원의 해변을 적시는 파도처럼 끊임없이 우리에게 몰려든다. 오랜 전통에서는 이 영원의 해변을 영혼이라 부른다.

이런 근본적인 들음의 예로 에벨린 글레니Evelyn Glennie를 들 수 있다. 오늘날 세계에서 가장 혁신적인 타악기 연주자 가운데 한 명인 그녀는 중증의 청각장애자다. 그러나 그녀는 청각을 잃어버린 대신 근본적인 들음을 통해 음악의 리듬과 진동을 느낀다. 오감이 하나로 통합되는 자리를 향해 자신을 열었기 때문에 재능을 살릴 수 있었다. 그녀는 청각이 좋은 사람들이 하나의 살아있는 감각을 고집스럽게 분리하는 것이야말로 진짜 장애라고 생각한다.

> 무슨 이유에서인지 우리는 소리를 듣는 것과 진동을 느끼는 것을 분리하는 경향이 있어요. 실제로 둘은 같은 것인데 말입니다. 흥미롭게도 이탈리아어에는 이런 분리가 존재하지 않아요. 동사 'sentire'는 '듣다'라는 의미인데, 이 동사의 재귀 형태인 'sentirsi'는 '느끼다'는 뜻입니다.

그녀는 또 이렇게 강조하기도 했다. "귀가 먹었다는 건 들을 수 없다는 의미가 아닙니다. 귀에 뭔가 문제가 있다는 의미일 뿐이죠." 이 말에는 중요한 지혜가 담겨 있다. 무감각이나 무관심도 느낄 수 없는 게 아니라 가슴에 무언가 문제가 있음을 의미한다고 말할 수 있기 때문이다. 또 분리하려는 우리의 유감스러운 시도에도 아랑곳하지 않고 오감이 하나로 결합되어 있는 것처럼 기쁨이나 슬픔, 경이, 고통, 인정 같은 정신—영혼의 근육들—도 마찬가지라는 점을 알 수 있다.

이해할 수 없는 것을 분리하거나 떼어내려는 것은 영적인 장애에 지나지 않는다. 들음의 기술은 우리의 생각이나 느낌을 분리하거나 분석하는 대신 모든 감각으로부터 의미를 얻어내는 것이다. 자연의 음악은 새의 노래를 통해서 전체에 귀 기울이게 하지만, 자연의 생물학은 새의 성대가 작동하는 방식을 파악하기 위해서 그것을 해부하게 만든다.

물질적인 세계에서 모든 것들이 움직이는 이치는 분명히 우리로 하여금 세우고 고치고 살아남게 도와준다. 하지만 진정한 건강은 하나의 살아 있는 감각을 회복하는 데 있다. 이 감각이 있어야 생명의 그물망 속에서 함께 느끼며 살아갈 수 있기 때문이다.

하나의 살아 있는 감각에 몰입하는 것은 단순히 더욱 잘 살기 위해서만은 아니다. 생명의 그물망을 더욱 생기 있고 풍요롭게 만들기 위해서이기도 하다. 내면을 성찰하는 모든 수행은 우리의 본래 모습을 더욱 잘 이해하게 도와준다. 진정으로 지금 여기에 존재하면 또 다른 보상도 주어진다. 열림이 불러오는 미덕들—진실, 성실함, 친절, 사랑—을 통해 우주의 살아 있는 일체성 속에서 우리의 자리를 찾게 된다.

그 자리에 다가가는 데 나는 50년도 넘게 걸렸지만 덕분에 일체성을 체험하면서 진정한 기쁨을 알게 되었다. 기쁨은 단순히 자신을 위한 것이 아니라, 우주가 작용하고 있다는 신호이다. 요컨대 기쁨은 일체성의 흥얼거림과도 같다.

우리의 목적은 단지 개인으로서 기쁨을 느끼는 것이 아니다. 하나의 분명하고 중요한 세포가 되는 것이다. 기쁨은 모든 것이 잘 조율되어 있음을 알려주는 지표와 같다. 그리고 존재의 작업은 들음과 느낌이 하나인 이 커다란 조화에 참여하는 것이다. 우리의 살아 있음 속에 깃드는 것, 이것이 존재의 작업이다. 이런 순간에 우리는 생명의 일체성을 전달하는 매개체가 된다.

심장의 조율

조화를 이루면 천국이라 부르고 조화가 부족하면 지옥이라 한다. … 음악의 화음을 맞추듯 삶도 조화롭게 만들 수 있다. … 삶의 다른 모든 것들이 그렇듯, 영혼의 진화에서 앞으로 걸음을 내디딜 때마다 목소리에 변화가 온다. 그러므로 삶의 모든 경험은 하나의 시작과 같다. … 고통이나 아픔은 준비의 작업이다. 바이올린을 연주하기 위해 먼저 조율을 해야 하듯, 지혜를 표현하려면 먼저 가슴을 조율해야 한다.

– 하즈라트 이나야 칸Hazrat Inayat Khan[8]

우리는 자주 느낌으로부터 도망친다. 하지만 삶의 깊이는 느낌을 통해서만 알 수 있다. 느낌을 통해서만 아주 작은 껍데기와 뼈도 잡을 수 있고 우주의 끌어당김도 느낄 수 있다. 물론 이런 순수한 존재 상태는 아픔을 준다. 부처의 말처럼 있는 그대로 존재하는 상태가 너무 벅차기 때문이다. 그래서 이런 상태로 눈을 뜨고 옆에서 자는 그대를 바라보다가, 하루를 시작하기도 전에 멈추어버린다. 옷을 입기도 전에 내가 왜 어딘가로 가려 하는지를 잊어버린다.

하지만 하루가 나를 어디로 인도하든, 강아지와 산책을 하다가 짐을 챙기는 노인을 돕기 위해 잠시 멈춰서 노인의 야채 꾸러미를 들어주든, 담장 위로 입김을 뿜어대는 작은 말을 구경하기 위해 차를 후진하다가 부엌 테이블에서 숙제를 하는 이웃집 아이를 보든, 모든 곳에서 있는 그대로의 상태는 빛을 발한다.

느낌과 느낌에 의해 열리는 들음이 아니면 있는 그대로의 상태에 다가갈 수 없다. 어떤 이들은 내가 느낌과 들음에 빠져 길을 잃어버렸다고 말한다. 하지만 어디로 가는지를 내가 안다고 생각한다면 모를까, 들은 것을 내가 안다고 생각한다면 모를까 그렇지는 않다.

있는 그대로의 존재 상태를 통해 우리는 열림에 생기를 부여하고 하나의 살아 있는 감각과의 타고난 연결성을 활기차게 만든다. 우 탄트가 한 말처럼 내면의 존재와 위대한 신비와의 조율은 삶의 거침없고 진실한 반응을 통해 이루어진다. 그리고 이냐야칸이 말했듯 들음과 느낌을 통해 가슴을 조율해야 지혜를 표현할 수 있다. 이것은 우리의 천부적인 기술이며, 삶의 여정을 통해 이 기술을 익히고 또 익힌다. 들음과 느낌을 통해 있는 그대로의 존재 상태에 생기를 불어넣는다.

모든 가르침 밑에서는 세계가 순전히 있는 그대로의 모습으로 기다리고 있다. 우리는 긴 세월 이 세계를 순회하면서, 삶이 혼돈 속에 내던져진 것 같다고 투덜대거나 조화롭게 계획된 것이라고 말한다. 세대에 따라 있는 그대로의 존재 상태를 경계하기도 하고 이런 상태 속에서 평화를 구하기도 한다. 모든 것이 무너질 때를 대비해 준비를 하다가도, 무너져내리는 것들 속에서 신비를 발견한다.

이 신비 안에서 모든 생명은 말로 형언할 수 없는 우주의 한 조각에 불과하다. 우주의 진정한 구조는 누구도 알 수 없다. 그래도 각자가 있는 그대로의 자기 존재를 탐구하는 것은 여전히 중요하다. 우리에게 가능한 삶의 형태는 우리보다 큰 모든 것과의 근본적인 관계나 이것에 대한 무지에 따라 달라진다. 확실히 알 수 없어도 우리 개개인은 우주가 어떻게 펼쳐지는지를 끊임없이 평가한다. 서로 분리되고 있는가? 아니면 결합하고 있는가? 아니면 두 가지 작용이 엮여서 일어나는가?

일상 속으로 몰려드는 경험의 밀물에 우리는 어떻게 반응하고 있는가? 미지의 것에 아무런 관심도 보이지 않고 있나? 아니면 현존을 통해 미지의 것에 반응하고 있나? 쌓아두는 편인가? 아니면 주는 편인가? 진실을 회피하는가 아니면 진실을 뚫고 나아가는 편인가? 주춤거리며 숨는 편인가? 아니면 탁 트인 곳에 서서 연결되기를 바라는 편인가? 어려움이나 고통이 고립을 불러오며 우리의 나약함을 이용하고 삶의 진보를 가로막는 장애라고 여기는가? 아니면 경험이 변화하는 물결이라고 생각하는가? 경험이 우리 본성을 지속적으로 드러내주는 물결이라고 생각하는가? 삶을 버텨내야만 하는 분열로 생각하는가? 아니면 지속적인 재정비나 결합의 과정이기 때문에 순응해야 한다고 생각하는가? 우리는 있는 그대로의 존재 상태를 향해 달려가고 있는가? 아니면 이것에서 도망치고 있는가?

나의 길

나는 은유적으로 바라보는 능력을 타고났다. 이런 능력은 내가 삼라만상의 살아 있는 일체성과 관계를 맺는 선천적인 방식이다. 어린 시절부터 세계는 내게 이런 식으로 말을 걸어왔다. 짧은 순간 들여다본 침묵의 언어를 통해, 삼라만상의 은유는 내게 모든 저변의 연결망에 관심을 기울이게 해주었다.

이런 선물은 현존의 기능이기도 했다. 충분히 현재에 존재하면, 은유들이 모습을 드러낸다. 이런 은유들은 나의 스승이었으며, 나의 모든 시들은 이런 스승들의 전언을 기록한 것일 뿐이다. 이처럼 삼라만상과의 어울림에 대한 이해는 나를 지탱해주었다.

이런 이해의 순간은 시냅스와 같다. 시냅스에 불이 켜지면 생명력이 발산된다. 현존과 시간은 빛의 하인들이다. 찰나에 불과해도, 이해의 순간 내면의 빛이 세상의 빛과 일치하는 깨달음을 경험할 수 있다. 그리고 시나 사랑의 순간처럼 이런 깨달음의 순간에는 자신을 잊으면서 동시에 자신을 확인한다. 밝게 빛나는 자기 속으로 다시 돌아간다.

시인으로 살았다는 것은 내가 은유에 친숙하다는 증거이기도 하다. 길을 가다 보니 시인으로서의 삶은 영적인 삶으로 나타났다. 이것도 모든 존재들의 연결성에 내가 친숙하다는 것을 보여주는 증거다. 은유는 모든 존재들의 일체성을 찬미하기 위한 것이기 때문이다. 무언가를 쓰고 안 쓰고는 궁극적인 차원에서 중요하지 않다. 진정한 시는 은유를 보는 순간 생겨난다. 나머지는 보이지 않는 것을 보이게 만들기 위한 축복받은 노동이다.

은유는 자연의 내적인 형태이며, 우리가 이것을 보든 못 보든 언제나 존재한다. 높이 올라가면 물론 아름다운 경치가 보인다. 그러나 우리가 높이 올라가지 않아도 은유와 아름다운 경관은 거기 그대로 존재한다.

평생 오르다 보면, 빛의 인간적인 형태가 사랑임을 분명히 깨닫는다. 그리고 사랑을 존재 속으로 받아들일 수 있도록 힘을 불어넣는 것은 현존과 시간뿐이다. 땅속에 묻혀 있던 씨앗이 엄청난 햇살과 온기 덕분에 미지의 시간을 견뎌 마침내 어떻게든 자신의 본성을 찾아 땅을 뚫고 나오는 것처럼 말이다.

나를 여기까지 인도한 것은 들음이었다. 나는 생의 대부분을 신비와 신 혹은 근원과 변화의 강물 그리고 여러분 등 주변 모든 것들과의 대화 속에 머무는 데 바쳤다. 나이가 들수록 다른 살아 있는 존재들의 지혜와 우정을 더욱 갈망하게 되었다. 이로 인해 내가 사랑하고 존경하는 모든 것, 삶을 지속시키기 위해 고통을 겪어내고 자신을 헌신한 모든 것들과의 대화 속에 머물렀다.

여러 면에서 우리의 이야기는 한 이야기의 일부분이다. 우리의 고통도 한 고통의 일부다. 삶의 아름다움과 덧없음에 대한 놀라움도 외경을 노래하는 합창의 한 부분이다. 이제 내가 바라는 것은 다정하고 진실한 것의 맥박에 가능한 가까이 머무는 것이다. 거기서 일어나는 것들과 대화를 나누며 들음의 방법들을 더욱 많이 경험하는 것이다.

세월이 흐르면서 이 대화의 흔적은 책으로 남기도 했다. 멀리 나아갈수록 책들은 하나의 바닷물을 이루었다. 형태만 다를 뿐, 각각의 책들은 바다의 물을 길어올리는 양동이와 같다. 이 책들에는 다음의 단계로 인도하는 가르침이 들어 있다. 이렇게 이 책을 포함한 한 권 한 권이 스승처럼 나를 지금 여기에 존재하는 방법으로 더욱 깊이 인도해주었다.

가장 신비롭고 투명한 존재의 입자

피에르 테야르 드 샤르댕Pierre Teilhard de Chardin은 프랑스의 신부이자 신비주의자로서 삼라만상의 일체성을 탐구했다. 고생물학과 철학을 공부하기도 했다. 그는 삶이 온갖 형태의 생명들이 끊임없이 짜내는 태피스트리tapestry 같은 것이라고 생각했다. 그리고 글을 통해 이런 움직임이야말로 인간의 근본적인 본성의 하나라고 설명했다. 또 생물학적인 진화는 모든 생명들이 궁극의 통합을 향해 모여드는 더욱 커다란 진화의 일부라고 주장했다. 사랑이라는 영혼의 끌어당김이 우리를 이런 통합으로 이끈다는 것이다. 그러면서 그는 "머지않아 생명의 근본적인 충동이 사랑임을 인정하게 될 것"이라고 했다.

화가나 무용수 같은 이들은 이것을 작품을 통해 추구한다. 전설적인 무용수 마사 그레이엄Martha Graham은 1943년 아그네스 드 밀Agnes de Mille에게 이렇게 말했다. "채널을 계속 열어두는 거 … 그게 네가 해야 할 일이야."[9] 이런 투명한 가슴에서 가치 있는 것들이 만들어지고 우리 자신도 창조된다. 그러나 이렇게 열린 상태를 유지하는 데는 두 가지 지속적인 노력이 필요하다. 하나는 모든 것들이 어우러지는 자리에 용감히 존재하고, 창조의 걸음에 맞춰 속도를 늦추는 것이다. 다른 하나는 다가오는 것들을 그냥 통과시키지 않고 온 존재로 용감하게 노래 부르는 것이다. 이 살아 있는 태피스트리 속에서 하나의 살아 있는 실 가닥으로 존재하는 것에 내면의 코요테가 본능적인 기쁨을 느끼고 짖어대는 것처럼, 자신의 경험을 용감하게 표현해야 한다.

신은 허공에 숨어 있는 무한한 비밀과 같다. 그는 우리가 있는 그대로의 존재 상태를 통해 살아 있다고 느끼기를 바란다. 그래야 테야르가 말한 궁극의 일체성을 향해 끊임없이 모여드는 영혼의 도관이 될 수 있기 때문이다.

생명체들이 시작되고 지속되는 방식도 그렇다. 에너지는 입자들을 통과하면서 이것들을 결합시킨다. 그러나 생명의 사슬을 결합시키는 건 입자들의 신비로운 열림이다. 그리고 인류가 아는 것 중에서 가장 신비롭고 투명한 존재의 입자는 인간의 가슴이다. 그렇지 않다면 인간의 가슴이 대체 무엇이겠는가?

가볍게 흩날리는 눈을 뚫고 직장에서 집으로 운전을 하는 중에 이 모든 상념들이 스치고 지나갔다. 수천 개의 눈송이들이 땅 위로 떨어지고, 차는 그 사이로 끼익 소리를 내며 나아갔다. 눈송이 하나하나는 마치 우리 인간 같았지만, 안개처럼 함께 흩날리는 모습은 결코 사라지지 않는 존재처럼 보였다.

눈송이들이 지붕처럼 우거져 있는 나무들로 눈길을 인도했다. 어떤 것들은 자라나고 어떤 것들은 죽어가고 있었다. 내가 볼 수 없는 지상의 모든 나무들을 상상해보았다. 그들에게 귀 기울이고 느껴보고자 했다. 나무들은 결코 소리 없는 생명체가 아니었다. 이제 나무 한 그루 한 그루를 보며 인간 개개인의 삶을 상상해보았다. 그들의 삶에 귀 기울이고, 그들의 삶을 느껴보고자 했다. 어떤 이들은 성장하고 어떤 이들은 소멸해가고 있었다.

이런 들음과 느낌은 서로를 받아들여 서로의 연결성을 알고 싶어하게 만든다. 이제 나는 모든 생명이 성장하면서 동시에 소멸해가고 있음을 느낄 수 있다. 이 성장과 소멸 그리고 갈망이야말로 살아 있는 우주의 들숨과 날숨이다. 가까이 오래도록 귀 기울이면, 모든 살아 있는 것들의 들숨과 날숨에 맞춰 함께 호흡할 수 있다.

베를린에서 독주회를 여는 중에 전설적인 기타리스트 안드레스 세고비아Andrés Segovia의 기타에서 크게 갈라지는 소리가 났다. 그는 서둘러 무대를 내려와 기타를 어루만지며 되뇌었다. "내 기타, 내 기타." 곧이어 그는 이 기타를 만든 장인이 마드리드에서 사망했다는 소식을 들었다.

강아지는 지구 중심부에서 시작되는 지진 소리를 듣고, 북극제비갈매기는 이주를 시작하면 지구를 반 바퀴나 돈다. 이럴진대 지혜를 받아들이게 조율되어 있는 가슴이 모두를 이어주는 하나의 살아 있는 감각을 느끼지 못한다고 누가 말할 수 있겠는가?

깊은 들음

깊은 들음은 단순히 귀로 듣는 것을 넘어서
어떤 순간이든 드러난 것을 몸과 존재, 가슴으로 받아들이는 것이다.

– 수전 맥헨리Susan Mchenry

우리 안에 잠들어 있는 것을 깨우고 또 깨우는 것이 사랑의 목적과 선물이라면, 언제나 깨어 있는 상태로 이 선물을 살아 있게 만드는 것이 우리의 의무이다. 그리고 이 의무를 지키게 해주는 것은 깊은 들음이다. 이런 들음은 어떤 목적이나 고귀한 야망을 위한 것이 아니라, 몇 번이고 모든 것에 가슴으로 귀 기울이는 삶의 방식이다.

자의로든 타의로든 무언가를 빨리 진행할수록 우리는 더욱 높이 내던져져서 흥분하거나 무모해진다. 반면에 역시 자의로든 타의로든 속도를 늦추면, 마음은 물론 뱃속까지 평온해진다. 하와이안 연장자 푸아나니 버제스Puanani Burgess는 "가장 좋은 생각은 우리의 배에서 일어난다. …[10] 마음과 정신, 감정, 직관, 경험이 결합하는 곳이 바로 배(내장)이기 때문이다."라고 말했다. 우리 스스로 삶을 조율할 수 있다는 뜻이다.

깊은 들음은 우리 인간성의 잔모래들을 별들의 흙과 뒤섞어 생명의 관계를 파괴할 수 없도록 견고하게 만든다. 산스크리트어로 브라마Brahma는 말 그대로 '모든 것을 일으키는 그것, 모든 것의 근원'을 의미한다. 살아 있는 정수나 근원과 연결된다는 것은 삶이 제공하는 모든 문들을 통해 신을 경험하는 일이다. 그리고 모든 것의 근원에 연결되기 위한 수행은 세계의 영혼에 참여하는 것이다. 바로 이것이 깊은 들음의 목적이다.

파란색과 노란색을 섞으면 녹색이 보이듯

> 끊임없이 주문을 외우며 마음속을 세 바퀴나 뛰어도 추측은 마르지 않는다.[11]
>
> - 낸시 에번스 부시Nancy Evans Bush

깊이 들으려면 세상과의 내적인 논쟁을 내려놓아야 한다. 진정한 들음을 위해서는 먼저 추측부터 지워버려야 한다. 사실 자신의 완고한 확신을 넘어 조금이라도 바깥세상을 보려면, 준비해 두었던 모든 결론들을 버려야 한다. 그러려면 마음속으로 상대의 말을 자르거나, 세상의 반박이나 변론에 맞서기 위해서 내 견해의 저장고를 뒤지지 않도록 마음을 닦아야 한다.

세상과의 내적인 논쟁을 내려놓는다는 것은 다가오는 모든 것을 무시하지 말라는 의미다. 그러려면 모든 것을 심해에서 순식간에 표면으로 솟아오르는 물고기처럼 바라보아야 한다. 그리고 나의 분별력을 들이대는 대신 물고기에게 물을 줄 수 있어야 한다.

말을 할 때는 자신이 정직하게 말하고 있는지, 두려운 것들을 향해 벽 안에서 그냥 짖어대고 있는 건 아닌지 알아차려야 한다. 그리고 받아들일 때는 정말로 타인의 진심을 듣고 있는지, 벽을 튼튼하게 쌓기 위해 또 다른 벽돌을 집어들 듯 다음 논쟁을 준비하고 있지는 않은지 살펴야 한다.

우리는 너무도 많은 견해들을 걸치고 있다. 그래서 미지의 것은 우리의 살갗에 닿을 기회도 얻지 못한다. 누구나 이 문제와 씨름한다. 그러나 진정한 존재의 용기는 우리가 들은 것과 반응을 준비하려는 반사작용 사이에서 모름의 순간이 자라도록 내버려두는 데서 시작된다.

타인들과 다르다는 인식이나 고립감은 대부분 속도를 늦추고 우리 앞의 것들을 받아들이지 못하는 데서 비롯된다. 그러나 매개물이 무엇이든, 다가오는 삶에 선입견이나 판단 없이 정직하게 귀 기울이는 예술은 받아들임에서 시작된다. 들음은 반응이나 반작용이 아니라, 연못이 작은 물줄기들로 채워지듯 열린 마음으로 경험하는 것이다.

독일의 철학자 게오르그 헤겔Georg Hegel은 하나의 아이디어(정正)가 다른 아이디어(반反)와 제대로 관계를 맺는 변증법적 과정을 통해 제3의 새로운 아이디어(합合)가 탄생한다고 했다. 정이나 반 어느 쪽도 완전한 것은 아니지만 둘 모두 합을 만들어낸다. 이런 논리 전개 방식을 흔히 신선한 사고 방식이라고 건조하게 표현한다. 그러나 신선한 사고방식은 사실 서로를 진정으로 바라볼 때 주어지는 살아 있음에 대한 정직한 느낌이다. 혼자서는 누구도 경험할 수 없는 전체성을 통찰하게 만드는 방식이다.

헤겔의 변증법 자체는 부처나 헤라클레이토스Heraclitus 같은 다양한 원천들에서 찾을 수 있는, 경험에 대한 근본적인 개념들을 종합하고 있다. 삶은 끊임없이 변화하며, 우리와 우리를 둘러싼 모든 존재들은 그 순간에는 장애물에 불과한 것처럼 보이는 다른 생명들과의 밀고 당김에 의해 앞으로 나아간다. 또 변화들은 차례차례 필연적으로 일련의 전환점으로 인도해주며, 이런 전환점들은 우리의 존재와 일을 재창조하게 만든다. 자신의 꼬리를 좇는 것처럼 느껴져도, 성장의 길은 끝없는 나선형에 더 가깝다고 헤겔은 주장했다. 비슷하면서도 다른 길을 따라 삶이 전개된다.

그러므로 깊은 들음의 물리학은 고통 사이의 공간들 속으로 멋지게 발을 들여놓는 것이라 할 수 있다. 이것이 우리가 용기를 내서 귀 기울여야 하는 이유다. 그래야 모두를 떠받치는 진리 속으로 함께 들어갈 수 있기 때문이다. 영적인 의미에서 통합한다는 것은 개인적인 요소들을 용감하게 뒤섞어서 우리를 연결지어 주는 생명의 응집된 전체성을 발견한다는 의미다. 파란색과 노란색을 섞으면 녹색이 보이듯, 진정한 들음으로 마음과 정신을 통합하면 대지의 색깔이 보인다.

영원의 실오라기

오랜 세월 시를 쓰면서 터득한 구체적인 들음의 방법들을 들려주겠다. 고백하는데 나는 더 이상 주제를 찾지 않는다. 동상의 얼굴과 전사의 방패에 새겨진 문양이 세월 속에서 마모되듯, 나도 가시적인 것과 비가시적인 것, 주관과 객관, 실제와 상상 사이의 구분이 희미해졌다. 덕분에 고맙게도 나는 더 이상 시의 삶과 삶의 시를 구분하지 않게 되었다.

전체성 속으로 더욱 깊이 들어가면서 경험과 세계를 만나는 방식도 변화했다. 이제는 시를 저자의 입장에서 쓰기보다 이것들과 관계를 맺는 방식으로 쓴다. 덕분에 여름날 거리를 걸으면 현재의 순간들이 환하게 불타오르며 나를 부른다. 한 방울의 바닷물 속에 바다 전체가 들어 있듯, 사랑의 작은 행위 하나 속에 사랑을 경험했던 모든 이들의 느낌이 들어 있듯, 매 순간이 모든 신비를 품고 있다.

이제 할 일은 나를 부르는 모든 순간들 속으로 들어갈 수 있도록 충분히 속도를 늦추고 현재에 존재하는 것이다. 갑자기 땅을 쪼는 까마귀의 부리 위로 햇살이 쏟아지는 순간이나, 반밖에 남지 않은 샌드위치를 노려보는 소녀의 슬픈 얼굴 위로 그림자가 드리워지는 순간 등 생기 충만한 각각의 순간들은 우주라는 천을 이루는 하나의 실오라기와 같다. 이 실오라기들은 영혼과 지혜로 충만하게 물들어 있다. 이제 내가 할 일은 충분한 겸허와 주의력으로 이 실오라기들을 끌어당기는 것이다. 그러면 언제나 존재의 신비를 가리고 있던 보호막이 기필코 풀릴 것이다.

누가 짐작이나 할 수 있을까? 부족한 것은 아무것도 없다. 우리가 스스로 만든 결핍감 속에 들어 있을 뿐이다. 무엇도 조각조각 떨어져 있지 않다. 우리 스스로 고립감 속에 있을 뿐이다. 무엇도 완전하게 어둡지 않다. 우리 스스로 망설임 속에 있을 뿐이다. 이제 나의 주제는 우주—끝없이 펼쳐져 있는 현재라는 천, 시간을 초월한 모든 생명의 짜임—뿐이다. 귀를 열어놓고, 그것을 듣고, 그것과 함께하면 우리 스스로 빛나는 실오라기가 되는 특권을 누릴 수 있다. 만사가 계획대로 된다면, 누구나 여기서 서로를 풀어주고 발견한 것들을 함께 사랑할 수 있다.

우리에게는 우리의 존재를 세상에 쏟아부을 아름다운 기회가 있다. 이 기회를 살리면 서로에게 물을 대줄 수 있다. 우리에게는 잘 전달할 수 있는 특별한 지혜가 있기 때문이다. 그러나 영원의 한 조각을 갖고 있어도 밖으로 끄집어내지 않으면 길을 잃어버리고 만다. 혹은 지구별에 머무는 동안 내내 침묵 상태에 있게 될 것이다.

모든 것 속에 있지만 혼자서만 전달할 수 있는 이 내적 지혜의 조각에는 이름이 없다. 우리는 이것을 영혼이라고 부를 수도 있다. 그렇다면 이름도 없는 이 내면의 것과 조부모나 스승에게 존경을 표할 때처럼 친구가 될 수 있는 방법은 무엇일까? 이 내면의 것과 여러분은 어떤 관계를 맺고 싶은가? 이것이 우리에게 말을 걸어오도록 하려면 어떤 관계를 맺어야 할까?

하나의 곡조

모든 것이 일어나는 근원을 우리는 하나의 곡조라고 부를 수도 있다. 이 곡조는 모든 것의 중심에 있다. 어떤 이들은 우리가 태어날 때 이 곡조를 들은 뒤 평생 이것을 찾아 헤맨다고 말한다. 탄생의 순간에 아기들이 우는 이유는 아마도 그들이 아는 유일한 언어로 삶의 비밀을 알려주기 위해서일 것이다. 이 최초의 울음은 아마도 우리가 평생토록 다시 찾으려고 애쓰는 하나의 곡조에서 나온 노래일 것이다.

피아니스트 마이클 존스는 음악가와 작곡가들에게 이 하나의 곡조를 찾아 연주하고픈 갈망이 처음부터 있었음을 일깨워준다. 초기에 작곡가들은 자연 속으로 들어가 농부들이 들판에서 부르는 노래 소리에 귀를 기울이곤 했다. 대지에서 노동을 하는 농부들과 같은 자세로 듣고, 그 보편적인 소리를 토대로 소나타나 교향곡을 작곡했다.

1916년 안토닌 드보르자크Antonín Dvořák는 현대의 농부들이 노래를 부르지 않고 음악가들도 듣기를 멈춘 탓에 음악의 근본적인 면모가 죽어버렸다고 했다. 드보르자크와 마이클 존스의 말은 예술이 삶에 이바지하는 방식과 관련해서 두 가지 중요한 문제를 제기한다. 첫째, 특히 현대의 삶에서는 일하는 동안 노래도 부르지 않고, 서로에게 귀도 기울이지 않는다. 이런 경험의 사이클이 도대체 무슨 의미가 있는가? 더욱 중요한 두 번째 문제는 무엇을 다시 배워야 대지와 접촉하고 노래 부르는 법을 기억할 수 있을까 하는 것이다. 무엇을 다시 배워야 서로에게 귀 기울이고 이런 들음을 토대로 음악을 만들 수 있을까?

예술은 언제나 대지와 접촉하고 노래를 부를 수 있게 도와주었다. 하나의 곡조를 재발견할 수 있도록 언제나 우리를 도와주었다. 성찰의 노래로 자신을 찬미하게 해주는 위대한 내면의 다리가 바로 예술이었던 것이다. 예술은 언제나 온갖 다양한 형태로 우리를 무감각하게 만드는 경험에서 회복할 길을 제시해주었다.

이전의 유고슬라비아로 여행을 갔을 때 내 친구는 슬라브족 마을을 헤매고 다녔다. 최근에 일어난 인종 분쟁으로 여전히 연기가 피어오르고 잔해가 남아 있었다. 그러다 놀랍게도 슬프고 쇠진한 얼굴로 구즐라Guzla라는 일현 악기를 연주하는 음유시인을 우연히 만났다. 구즐라에는 이야기들을 노래로 부르는 가수라는 의미도 있다.

그의 목소리와 일현 악기 소리는 밤의 매연을 뚫고 하나로 엮여 떠돌았다. 친구는 가만히 귀를 기울였다. 무수한 방식으로 수없이, 그러나 항상 하나의 곡조를 연주하는 일현 악기와 언제나 하나의 이야기를 전하는 하나의 목소리. 이런 곡조를 들으면 누구나 서로를 알아보게 되지 않을까? 이런 노래가 바로 존재의 이야기 아닐까? 지구별에 머무는 동안 우리 개개인의 영혼 속에서 하나의 영혼이 끊임없이 곡조들을 뽑아내고 있지 않은가? 우리도 결국은 고통과 아름다움에 구즐라가 되어 우리만의 이야기를 노래 부르고 있지 않는가? 인정하든 안 하든, 우리도 기억 저편에 멈추어 자신에게 그리고 서로에게 이렇게 말하지 않는가? "당신을 알아요. 당신도 저를 알죠. 오래전부터 당신을 알고 있었어요."

씨앗의 순간

뉴턴의 만유인력 법칙에 따르면 모든 행위에는 반대 방향으로의 동등한 반작용이 뒤따른다. 들음의 정도도 비슷하게 이해할 수 있다. 본질적으로 들음의 깊이는 듣는 수단에 따라 달라진다. 머리로 들으면 삶을 더욱 많이 이해하게 되지만, 마음으로 들으면 삶을 더욱 많이 느낀다. 온 존재와 영혼으로 들으면 스스로 변화해서 삶 자체와 어우러진다.

삶은 순간들 속에서 언제나 완전한 모습으로 우리를 기다리고 있다. 이 순간들을 마주하고 귀 기울이는 방식에 따라 변화의 길이 다르게 펼쳐진다. 젊었을 때 이런 순간을 만나 씨앗처럼 간직할 수도 있다. 오랜 세월이 흐른 뒤에 싹이 돋아날 때까지 경험을 통해 이 씨앗에 물을 준다. 그러다 복을 받으면 안에서부터 이 순간이 열리면서 우리의 씨앗이 꽃처럼 피어나고, 더불어 모든 것이 달라진다.

어떻게 만나든 이런 순간을 알아차리고 이해하면 통찰력이 생긴다. 이것은 그 자체로 가치 있는 일이다. 이런 순간과 연결되고 이런 순간을 느끼면, 연민과 겸허로 마음에 힘이 생기기 때문이다.

이런 순간 속으로 들어가면, 세계가 흔들림 없는 빛으로 우리를 어루만져준다. 이처럼 친밀하고 완전하게 들으면 마주하는 것들에 언제나 감동을 받는다. 다가오는 모든 것을 사물로 취급하지 않고 살아 있는 존재로 받아들이면, 헌신의 마음이 깊은 들음을 불러일으킨다. "모든 존재들과의 관계 속에 머무르라"는 말을 들을 수 있다.

보이지 않는 운명의 흐름

삶이 강이라면 운명은 보이지 않는 흐름과 같다. 이 흐름은 우리 앞에 나타나 계속 흘러간다. 우리에게 남겨진 일은 이 흐름을 발견하고 이것과 어우러지는 것이다. 이렇게 하면 자신의 바람을 이해하는 태도도 달라진다.

지금 나의 바람은 시간의 강물에 귀 기울이는 것이다. 시간의 강물은 나의 인간적인 풀들을 눕혀버리는 진리의 바람을 느끼게 해주고, 내 마음을 어루만지는 오랜 통찰의 빛줄기를 받아들일 수 있도록 내 아가미를 열어준다. 이로써 내 마음 한가운데에 연못 하나가 만들어진다. 낯선 이나 친구들이 똑같이 떠다니며 별을 구경할 수 있는 연못이.

근원은 어떻게 말을 거는가?

지난 여섯 개의 장을 통해 귀 기울여 듣고, 들은 것을 몸과 마음으로 내면화하는 받아들임의 과정이 삶에 필수적임을 깨달았다. 존재의 작업은 지혜를 받아들일 수 있는 우리의 역량을 다시 확인하게 해준다. 이런 역량은 삶을 직접적으로 경험하겠다는 자발적인 의지에 따라 달라진다.

세월 속에서 우리의 마음은 다양한 모습들을 띤다. 삶에서 최고의 것을 가려내거나, 어려운 교훈들을 끄집어내고 걸러내거나, 혼자 무언가를 얻어내려 애쓰는 일을 내려놓거나, 타인들을 풍요롭게 만드는 도구로 살아가고자 한다. 이런 시도에 특정한 순서는 없다. 때로는 스펀지처럼 아무 편견 없이 받아들였다가 망설임 없이 내주기도 한다.

경험의 다른 측면에서 보면, 가슴은 말할 것이 거의 남지 않았을 때 자신의 지혜와 만난다. 그리고 이때 우리는 드디어 침묵에 귀 기울인다. 하지만 세상 속에서 살아야 하기 때문에, 싸우고픈 마음이 오랜 고요에 대한 갈망 속으로 녹아듦에 따라 다시 또다시 나선형을 그리며 평화 속에 깃들었다 나오기를 되풀이한다.

우리를 지탱하는 것은 어떤 걸림도 없는 순간들, 세상의 빛이 마음의 빛과 입을 맞추고 한 숨 한 숨이 빛을 뿜어내는 순간들이다. 이것은 우리가 태어날 때부터 갖고 있는 기술이며, 삶을 여행하면서 다시 또다시 이 기술을 배우기 위해 노력한다. 들음과 느낌을 통해 있는 그대로의 우리 존재에 생기를 불어넣는다.

'존재의 작업'을 통해 우리보다 더욱 큰 모든 것, 근원의 지혜를 간직한 모든 것과의 우정을 탐구했다. 이 우정을 가꾸는 것이 존재의 작업이다. 이것은 개인적인 동시에 우주적이면서 결코 끝나지 않는 작업이다. 이제, 여러분보다 더욱 큰 모든 것과의 우정을 되돌아보아야 한다.

근원은 여러분에게 어떻게 말을 거는가? 여러분은 무엇을 듣는가? 우주의 살아 있는 존재가 최근에 여러분에게 전한 말은 무엇인가? 이 존재는 멀리 떨어져 있는가? 그렇다면 이것에 더욱 가까이 다가갈 방법은 무엇인가? 여러분은 경험을 얼마나 편안하게 받아들이고 내재화하는가? 깊은 침잠을 두렵게 만드는 고착의 고통을 어떻게 직면하고 있는가? 세상과의 내적인 싸움을 내려놓았는가? 싸움과 파멸 밑에서 삶의 전체성이 기다리고 있다고 믿는가? 여러분이 혼자가 아님을 믿는가?

혼자서는 이런 중요한 내면의 작업들을 이해할 수 없다. 그렇다면 이 여정에 대해 이야기를 나눌 내면의 친구나 동료들이 있는가? 없다면 어떻게 해야 의미 있는 친구들을 찾을 수 있을까? 대지의 소리를 들음으로써 귀 기울임의 윤리를 회복할 수 있는가? 노래가 될 때까지 중요한 것을 되풀이할 수 있는가?

이 모든 것이 존재의 작업의 일부다. 생명과 더욱 깊은 관계 속으로 들어가는 길이다. 매일같이 펼쳐지는 경험들 속에, 눈을 뜨고 숨을 쉬고 마음을 여는 것 속에 이 모든 것이 들어 있다. 보고, 호흡하고, 느끼는 낱낱의 행위들 속에 이 모든 것이 기다리고 있다.

이제부터는 삶의 지혜가 들어 있는 경험과의 관계를 탐구해보겠다. 이것은 인간됨의 작업이다.

너무 여러 가지를, 너무 많이 잃어버렸다.
그러나 강을 품고 있던 흙무더기가 강물에 씻겨 자유로워지듯,
잃음은 떠남이자 내려놓음이기도 하다.
이렇게 경험의 강물은 삶의 작은 그릇을 문질러 닦아준다.

2장

우리의 길을 계속 살아내는 것

- 인간됨의 작업

경험의 목적

일본 신화에서 두루미는 2천 살에 불멸의 존재가 되어 더 이상 두루미로 존재하지 않게 되었다. 그리고 거북이는 천 살에 불멸의 존재로 변해 파도가 되었다.

경험의 목적은 아마도 닦이고 닦여서 우리의 이름으로부터 자유로워지는 데 있을 것이다. 우리가 상상하는 모든 구분 아래서는 아마도 모든 영적인 길들이 하나로 모이고, 모든 철학과 직업, 열정도 하나로 결합될 것이다. 모든 야망과 욕망도 같은 샘물의 중심에 몸을 담그고 있는 다양한 모양의 컵과 같을 것이다. 모든 이름이나 칭찬, 비난은 똑같이 달콤한 물이 담겨 있는 컵과 같을 것이다. 그러므로 정말로 중요한 것은 우리를 샘물로 인도하거나 멀어지게 만드는 것이 아니다. 우리가 마시는 물 자체다.

경험이 인간에게 미치는 영향은 침식작용이 원소들에게 미치는 영향과 같을 것이다. 평생 우리가 하는 경험의 목적도 정말로 중요한 것에 다다르기 위함이 아닐까? 그러고 나서 다음 세대가 마실 달콤한 물의 한 부분이 될 때까지 스스로를 마모시키는 것이 아닐까?

그렇다면 인간이 되는 작업이란 무엇일까? 불에게 타오르는 이유를 물을 수 없는 것처럼 분명하게 정의 내리기는 힘들다. 하지만 날개가 사라지는 순간까지 한결같은 자세로 날아가는 두루미처럼, 껍질이 마모되어 사라질 때까지 힘차게 헤엄치는 거북이처럼, 우리도 앎의 순간에 들어설 때까지 우리의 길을 살아낼 수밖에 없다.

어떻게 배우고 가르칠 것인가?

불교의 위대한 스승 페마 초드론Pema Chödrön이 다음과 같은 이야기를 들려주었다.

반야심경을 설하는 동안 부처는 사실 한마디도 하지 않았다고 한다. 그는 깊은 명상에 들어가 자비의 보살인 관세음보살에게 설법을 하게 했다. 이 용감한 보살은 부처를 대신해서 반야바라밀다(지혜의 완성)에 대한 자신의 경험을 들려주었다. 그녀의 통찰은 지력이 아니라 깊은 들음의 수행으로 얻은 것이었다.

그러자 부처의 10대 제자들 가운데 한 명인 사리불이 관세음보살에게 질문을 시작했고, 관세음보살은 그의 질문에 힘을 얻어 설법을 계속했다. 이 위대한 보살이 설법을 마치자 부처가 명상에서 깨어나 이렇게 말했다. "잘했다. 잘했다. 그대는 아주 완벽하게 드러내주었다!"

이 이야기의 전개 방식—개개의 인물들이 삶의 숨겨진 전체성이나 서로와 관계를 맺는 방식—은 교육과 진리을 추구하는 방식, 배우고 가르치는 방식, 스승과 제자 사이의 신성한 관계를 알려주는 화두와 같다. 또 주어진 상황에서 누가 스승이고 제자인지 본질을 알기 힘들다는 것도 보여준다.

부처는 삶의 근본 흐름을 경험하기 위해서 깊은 명상을 통해 내면으로 들어간다. 여기서 침잠과 침묵 속의 흡수는 배움의 일차적인 방법이고, 현존은 가르침의 주요 수단이다. 관세음보살은 자신과 부처 사이의 핵심적인 공간 속으로 들어가, 말로 표현할 수 없는 것들을 가능한 전부 되찾아 중생들에게 의미 있는 언어로 설명해준다. 이것은 배움과 가르침의 일차적인 수단인 해석의 헌신적인 형태를 보여준다.

마지막으로 사리불은 부처가 아무리 성스러워도 그를 흉내내지 않고, 관세음보살이 아무리 자비로워도 그녀에게 맹목적으로 복종하지 않는다. 받아들일 수 있는 것들을 더욱 진지하게 흡수한 다음 한층 개인적인 차원에서 이해할 수 있을 때까지 질문을 통해 그것들을 확인한다.

부처가 명상에서 깨어나 "잘했다. 잘했다. 그대는 아주 완벽하게 드러내주었다"고 말했을 때, 이 '그대'는 다중을 의미한다. 또 부처가 되찾은 씨앗을 심을 수 있게 돌을 옆으로 밀쳐놓은 사리불과 관세음보살의 정직한 대화를 가리키는 것이기도 하다.

여기에 함축되어 있는 의미는 이런 배움이 모든 방향으로 흐른다는 것이다. 사리불의 공손한 질문은 자비로운 관세음보살에게 영감을 불어넣어 주고, 진리의 현존을 해석하려는 진지한 노력은 성스런 부처에게 영감을 불어넣는다. 물론 애초에 모든 이들에게 영감을 불어넣은 이는 깊은 명상에 든 부처였지만 말이다.

여기서 지속적인 교육의 모든 실제를 확인할 수 있다. 침묵 속에서 근원의 소리를 듣는 것, 근원을 경험한 사람들의 소리를 가슴으로 듣고, 현존을 의미 있는 말로 해석해주는 것, 누가 혹은 무엇이 전달하든 가르침에 귀 기울이고 진지한 질문과 진솔한 대화를 통해 세상에서 가르침을 펼치는 것이 바로 교육의 실제다.

반야심경의 등장 과정에 대한 이 이야기는 본질적으로 깊은 침묵과 깊은 언어, 깊은 질문이 환영 밑에 살아 있는 마음의 중심으로 우리를 인도한다는 것을 알려준다. 개개인의 내면에는 깊이 듣는 자(내면의 부처)와 깊이 말할 수 있는 자(내면의 관세음보살), 깊이 질문하는 자(사리불)가 모두 있다. 그리고 듣고 해석하며 자신의 경험에 질문을 던지다 보면, 삼라만상의 경이롭고도 꾸밈없는 본성 속에서 살아가게 된다.

우리 모두는 경험하고 해석하고 질문하는 일을 돌아가며 떠맡는다. 자신의 생에서 이런 역할들을 교대로 담당하기도 한다. 이것은 영혼이 한 번에 한 순간 한 가지 대화로 세상에서 자신의 현존을 키우는 방식이기도 하다.

깊은 들음

몰입과 흡수 그리고 현존을 통해 근원의 소리에 귀 기울이면 깊이 듣게 된다. 천체의 음악이 폭포처럼 쏟아져내려 「9번 교향곡」을 작곡하게 될 때까지 청각 장애가 선물한 지고至高의 침묵에 귀 기울였던 베토벤Beethoven처럼, 상대성의 속삭임이 들릴 때까지 물체를 계속 움직여보았던 아인슈타인Einstein처럼, 투시자들이 다가오는 신호들을 확신할 수 없을 때 산자와 망자 사이의 흐름에 계속 귀 기울이는 것처럼, 슬픔의 원인은 확신하지 못해도 지구 반 바퀴 저편에 사는 타인의 고통은 느낄 수 있는 것처럼, 아흔네 살의 할머니가 편히 눈을 감기 위해 나를 기다리고 있음을 내가 알았던 것처럼.

이런 깊은 들음을 갈고닦는 방법은 무엇일까? 어떤 순간 속에 있든 그 순간 속으로 깊이 침잠해 들어가도록 자신을 내버려두는 것이다. 언제나 존재하는 깊은 곳으로 들어가는 것이다. 이곳을 발견하기 위해 여행을 할 필요는 없다. 그저 마음을 편안하게 이완하고 우리 존재의 토양 속으로 들어가기만 하면 된다. 오랜 호우 뒤에 뿌리가 땅속으로 뻗어나가는 것처럼.

깊이 말하기

근원의 소리를 전달하는 이가 누구든 혹은 무엇이든, 이 현존의 소리를 마음으로 듣고 의미 있는 언어로 해석하면 깊이 말할 수 있다. 신화에도 그런 예들이 있다. 모세가 시나이 산에서 내려오자 동생 아론Aaron은 모세의 더듬거리는 말을 사막의 백성들에게 해석해주었다. 예수의 가르침도 그의 제자와 추종자들을 통해 복음서의 저자들에게까지 전해졌다. 소크라테스도 직접 글을 남기지는 않았다. 제자였던 플라톤이 스승의 지혜들을 모아 기록한 것이다. 신비주의자 루미의 경우도 마찬가지다. 그가 마음의 습관 저 아래의 소리들을 듣고자 돌고 또 도는 사이, 그를 사랑하던 이들이 그의 시를 글로 옮겼다. 이것들은 뚜렷한 인간 여정의 원형이다.

우리는 묵묵히 역할들을 교대로 떠맡는다. 어쩔 수 없이 산에 오르는 자가 되기도 하고, 사막에서 유혹에 빠지는 자가 되기도 하며, 자신이 태어난 사회의 맹목적인 약속에 의문을 품는 자가 되기고 하고, 억측에서 벗어나 삶을 새로운 눈으로 보기 위해 빙빙 도는 자가 되기도 한다.

삶에서 이것은 단순하고도 심오한 양상으로 나타날 수도 있다. 너무도 완벽한 피아노 곡을 듣다가 경이감에 빠져드는 순간, 내내 혼자였던 소년 시절부터 늘 가려져 있던 내면의 어느 자리에서 말이 터져나오는 것처럼 말이다. 이해할 수 없는 어떤 커다란 존재로 신을 받아들이기 시작하면서 내게도 이런 일이 일어났다. 암을 물리친 후 다시 삶 속으로 던져졌을 때, 더 이상 기대와 판단이 중요한 척 가장할 수 없었을 때 그랬다.

혹은 꿀이 흥건한 벌집 같은 입안에서 갑자기 말들이 쏟아져 나올 수도 있다. 그러면 주변 사람들 가운데는 벌침에 쏘일지도 모른다며 줄행랑을 치는 이들도 있을 것이다. 한편 믿을 수 없을 만큼 달콤한 것을 얻었다며 곁에 머무는 이들도 있을 것이다.

깊이 말하는 법은 어떻게 갈고닦을 수 있을까? 먼저 자신이 들을 것을 인정하고 연구해야 한다. 대개는 자신의 믿음에 따라 들은 내용을 걸러내서 익숙한 것만 받아들인다. 이런 태도는 모든 것을 있는 그대로 이해하는 힘을 약화시킨다. 고통의 소리를 들을 수 있지만 고통 자체가 되지는 못하는 것처럼, 천둥소리를 들을 수 있어도 천둥이 되지는 못한다. 갈등의 소리를 들을 수 있지만 갈등을 믿지는 않는다.

깊이 말하기는 모든 것이 있는 그대로 가슴을 통과하게 허용하는 것과 관련되어 있다. 비단에 잉크가 닿으면 우리가 입는 옷에 영속적인 무늬가 찍히는 것처럼.

깊이 질문하기

주어진 것을 듣고 심도 있는 질문과 진솔한 대화를 통해 의미와 유용성을 밝히면 깊이 질문할 수 있다. 미국의 조류학자 겸 화가인 존 오듀본John Audubon이 끊임없이 스케치를 하다가 새들의 비행에 의문을 품게 된 것처럼, 간디Gandhi가 맨발로 바다를 향해 걸어 오랜 권위에 질문을 던진 것처럼, 14세기 인도 판다르푸르Pandharpur 출신의 하녀였던 시인 자나바이Janabai가 밀을 빻다가 위대한 스승 겸 시인이 된 것처럼, 위대한 치유가들이 손가락으로 몸의 점자들을 읽어내는 것처럼, 내 친구의 아이가 나뭇잎들은 땅 위에 뒤섞여 있을 때도 왜 서로에게 자신의 색깔을 튀기지 않는지 알고 싶어했던 것처럼, 이 아이가 10대 시절 내게 인간의 모든 감정에 대해서 질문을 던졌던 것처럼. 전쟁에서 살아남은 어느 노파가 그녀를 찾아온 사람들의 말을 듣고 한숨을 내쉬며 "여러분들 말이 맞아요. 하지만 모든 고난은 여러분들에게서 최고의 것을 끄집어내 세상으로 돌려보내고 싶어하죠." 하고 말했던 것처럼.

어떻게 갈고닦아야 깊이 질문할 수 있을까? 질문을 비판이나 분리의 은밀한 방법으로 생각하지 말고, 경험과 자신 사이를 열어주는 문으로 생각해야 한다. 혹은 자신의 계획에 따를 수 있을 때까지 약간의 시간을 버는 전략으로 받아들여야 한다. 어떤 질문을 던져야 이 문을 열 수 있을까? 어떤 질문을 던져야 문 안으로 들어갈 수 있을까? 좋은 질문의 신호는 질문을 던짐으로써 질문자가 한층 생기로워지는 것이다.

해처럼 햇살도 모든 곳을 비춘다. 이것도 일체성이 지닌 신비의 일부다. 하지만 일체성을 향해 자라나야만 그 빛을 알 수 있다. 깊이 듣고 깊이 말하고 깊이 질문할 수 있는 내면의 존재가 생기를 얻어야 우리의 경험을 열 수 있다. 이런 기술들은 눈을 뜨고 숨을 쉬고 밥을 먹는 것만큼이나 필수적이다.

자신감의 회복

진실인지 거짓인지 논쟁을 벌이고픈 욕구에 /
저항하도록 도와주소서. / 낮인지 밤인지 /
입씨름을 벌이는 것과 같은 짓이니.

언제나 / 여기 아니면 저기 / 세상의 어딘가에 있나니.

태양처럼 언제나 / 우리를 비추는 고차원적인 진리를 /
함께, 통찰할 수 있기를.

위의 시는 명령하는 힘으로서의 신을 떠나보내고, 모두와 함께 호흡하는 다양한 이름으로 불리는 신을 발견하던 시기에 내게로 왔다. 어떤 것도 분명하게 통찰하지 못하고 있었지만, 상충적인 내 견해들 아래서 모든 생각들을 품어주는 바다가 나를 불렀다. 그리고 어느 아침 이 드넓은 바다에서 이 시가 속삭이며 내게 다가왔다.

이 시는 내게 커다란 도움을 주었다. 이 시를 붙잡아 되뇌고 곱씹는 사이, 표피적인 들음에 휘말리면 자신감을 상실하고 이

원론적인 생각으로 인해 분열될 수도 있음을 깨달았다.

자신감을 회복하려면 이런 휘말림에 저항하고, 깊은 들음을 통해서 모든 것이 일체성으로 어우러져 있는 영역으로 들어가야 했다.

덕분에 나는 '자신감confidence'이라는 말을 더욱 잘 이해하게 되었다. 인도 유럽어족에서 자신감이라는 말의 어근은 'bheidh'이며, 이것의 의미는 '믿고 기다리다'이다. 독일어로 'bīdan'은 '믿음을 갖고 기다린다'는 의미다. 그리고 '회복하다restore'는 '되살리다bring back to life'는 의미다.

그러므로 '자신감을 회복한다'는 것은 삶에 대한 신뢰를 되살리는 것과 연관되어 있다. 자신감을 잃었다는 것은 삶에 대한 믿음을 상실한 것이므로 믿음을 되살리는 훈련이 필요하다는 뜻이다.

인간인지라 누구나 고통스럽게 혼란 속으로 표류해 들어간다. 그러다 다시 조종 장치에 의해 조화롭고 명료한 상태를 회복한다. 이런 순환은 성장의 한 부분이자, 영광과 고통, 신비와 좌절이 혼재되어 있는 인간 삶의 불가피한 한 부분이다.

모름의 수행

현자들의 심오하기 그지없는 말들은 … 불어오는 바람 소리처럼, 흐르는 물소리처럼 가르침을 던져준다.

– 안토니오 마차도Antonio Machado

신뢰를 회복하려면 깊이 들어야 한다. 지금도 나는 이런 들음을 배우고 있다. 하지만 60년이 흐른 지금도 여전히 어렵게 느껴진다. 바람의 뒤편에서 스승들이 그들의 비밀을 발견하는 일에 자신을 바치라고 재촉하는 것만 같다. 이 스승들 가운데 둘은 모름과 역설이다. 본질적으로 진정한 앎은 두 가지를 한 번에 붙잡을 수 있는 우리의 능력 저편에서 기다리고 있다. 그러나 이 둘 모두 실재이다.

암으로 고통받던 중에 터득한 진정한 앎의 한 가지 측면은 죽어야 산다는 역설이었다. 지금도 나는 매일 이 의미를 체화시키려 노력하고 있다.

여기서 역설에 대해 잠시 이야기하고 넘어가야 할 것 같다. 두 개의 배타적인 선택 사항들이 불러일으키는 긴장이 갈등이라면(같은 시각에 두 곳에 있을 수는 없다.), 역설은 상반되는 것처럼 보이는 것들 사이의 긴장이라고 할 수 있다. 둘이 분리되어 있다는 착각에서 벗어나 서로에게 영향을 미친다는 분명한 진실을 받아들이기까지 우리는 이 긴장을 견뎌내야만 한다(마음으로는 같은 시각에도 두 곳에 존재할 수 있다.).

역설paradox은 그리스어 para(저편)와 dox(믿음)가 결합된 말로 '믿음을 넘어'라는 뜻이다. '믿음을 넘어선다'는 말은 '믿을 수 없는 상태에 이른다'는 것이 아니라, '상황이나 사물에 대한 현재의 이해를 넘어선다'[1]는 의미다. 이것은 단순한 추상적 정보가 아니다. 역설에 참여한다는 것은 아주 중요하다. 표면 아래의 소리에 귀 기울이는 용기와 참을성이 없으면, 믿음을 갖고 기다리는 능력이 없으면, 삶의 심층까지 충분하게 몸을 담글 수 없다. 나는 암 덕분에 나의 믿음과 이해를 넘어 자유롭고도 고통스러운 죽음의 여정에 들었다. 충만한 삶을 위해서였다.

역설을 살아내는 법

상반되는 것들의 긴장을 견뎌내는 능력이야말로 역설 속으로 들어가는 열쇠다. 그리고 이런 능력의 열쇠는 모름의 가능성을 편안하게 받아들이는 데 있다. 이해할 수 있는 일이지만, 대부분의 사람들은 상황이나 일이 명확하지 않을 때, 전후좌우 위와 아래, 옳고 그름이 애매할 때 불편해한다. 그러나 깊은 진실이 다가오는 데는 언제나 시간이 필요하다. 우리가 할 일은 열린 마음으로 기다리는 훈련을 하는 것이다.

이것은 모름의 긴장을 견뎌내는 것과 관련 있으며, 삶에서 마주치는 것들을 성급하게 명명하거나 정의 내리지 않도록 지속적으로 노력해야 한다. 이런 노력은 아주 중요하다. 진정으로 의미 있는 진실에 다가가려면 개인적인 견해나 믿음을 섣부르게 갖지 말아야 하기 때문이다. 그리고 삶의 전체성이 우리를 에워싸고 역설적인 진실이 스스로를 드러내도록 시간을 넉넉히 둘 줄도 알아야 한다.

모든 전통에서 인정하는 것처럼 역설은 끝이 아니라 시작이다. 역설은 변화의 문턱과 같다. 모든 것이 진실인 영역으로 들어가 머무르면, 짧은 순간이나마 고차원적인 진리의 한가운데 존재할 수 있다. 나는 역설을 이해하는 것만으로는 충분하지 않음을 경험을 통해 깨달았다. 역설 속에 깃들어 역설을 포용해야 했다. 나는 결국 모름에 저항하려는 몸부림에 지쳐서 역설의 경험에 순응했다. 그러나 나를 변화로 이끈 것은 역설과의 이런 관계였다.

그러면 어디서부터 시작해야 할까? 모름의 수행은 모두가 호흡하는 신비로운 공기 속에서 우리를 지탱하고 있는 명명할 수 없는 공간에 대한 신뢰에서 시작된다. 들음과 배움의 진정한 공간도 바로 여기다. 짧게나마 이 완전한 공간에서 경험한 삶은 그것이 가혹한 것이든 평화로운 것이든, 우리의 편협한 인식의 지도에는 잘 들어맞지 않았다.

암으로 죽음의 문턱까지 내몰렸을 때는 나도 삶과 죽음을 두 개의 전혀 다른 영역으로 생각했다. 그러나 죽을지도 모르는 상태에 이르자 나는 이 분리 밑으로, 명명의 지도 밑으로 떠밀려갔다. 그리고 명명할 수 없는 순수한 경험의 흐름 속에서 삶과 죽음은 서로를 밝혀주는 분리할 수 없는 것으로 결합되었다. 이렇게 고래 입속에서 튀어나온 요나Jonah처럼 다시 일상 속으로 내뱉어졌는데, 어떻게 둘을 다르게 보던 과거의 지도로 돌아갈 수 있겠는가?

이 모든 과정을 겪은 후 나는 모름에 대한 신뢰가 언제나 근본적임을 확신하게 되었다. 그런데 이런 점을 어디서 배울 수 있을까? 역사 속의 시인과 현자들이 삶의 일체성이라고 부른 그 장엄한 파도를 탈 수 있을 때까지 오래도록 혼란과 모호함의 파도를 견뎌내는 법을 어디서 배울 수 있을까?

벌집과 생각의 현

"몸을 튼튼히 해야 생각의 현이 내는 소리를 들을 수 있어."
벌집을 먹으면서 맨티스Mantis 할아버지가 말했다.

이것은 남아프리카인들의 이야기다. 맨티스 할아버지는 생각의 현들이 내는 소리를 듣고, 노쇠한 태양을 계속 하늘 높이 떠 있게 만드는 법을 발견했다. 이 이야기[2] 속에는 삶의 전체적인 철학과 세계를 움직이는 신비로운 존재의 사슬 속에서 하나의 생명이 다른 생명에게 힘을 불어넣는 방법이 들어 있다. 너무 지쳐서 계속할 수 없을 것 같은 느낌이 들 때 이 관계를 떠올리면 새로운 힘을 얻을 수 있다.

이야기의 줄거리는 이렇다. 생명체들이 태양의 온기를 그리워하기 시작했다. 알고 보니 노쇠한 태양이 매일 하늘을 가로지르는 데 피로를 느끼고 있었다. 그들은 맨티스 할아버지에게 해결을 부탁했다. 그에게 생존을 가능하게 해주는 재능이 있었기 때문이다.

맨티스 할아버지는 명료하게 생각하려면 먼저 몸을 튼튼하게 만들어야 하며, 그러려면 몸에 영양을 공급해줘야 한다는 것을 깨달았다. 그래서 샌들을 신고 땅을 한번 크게 찼다. 그 순간 샌들은 강아지로 변했고, 강아지는 그 길로 달려가 할아버지가 먹을 벌집을 물어왔다. 벌집을 먹고 몸이 튼튼해진 할아버지는 드디어 생각의 현이 내는 소리를 들었다.

생각의 현으로 생각들이 떠올랐다는 것은, 아이디어가 창조하는 것이 아니라 얻는 것임을 말해준다. 생기와 힘을 되찾은 맨티스는 생각의 현이 들려주는 소리를 듣고, 생명들에게 해가 눈을 뜨기 직전, 즉 동틀 무렵에 피곤한 해를 들어올린 후 하늘에서 가장 높은 곳에 이르도록 힘을 불어넣어 주라고 일렀다. 이렇게 하자 높이 떠오른 태양을 기류가 이리저리 움직여주고, 모든 생명들이 다시 태양의 온기를 쬐게 되었다.

이 이야기 속에서 시들어가는 생명력을 즉시 되살려준 치유제는 바로 믿음이다. 생명체의 각 부분들이 다른 모든 부위에 영향을 미치고, 다른 부위들을 건강하게 기능하도록 만드는 데 나름의 역할을 한다는 믿음 말이다. 그리고 이 치유제를 낳은 저변의 비결은 어떤 생명체도 홀로 자신의 생명력을 창조해낼 수 없으며 생명력은 하나의 생명체에서 다른 생명체로 흐르기 마련이라는 인식에 있다. 그러므로 지치거나 심신이 불편할 때는 먼저 어느 지점에서 다른 생명체들과의 연결 고리가 끊겼는지를 살펴보아야 한다. 이것은 전등이 깜빡거리기 시작할 때 소켓에 플러그가 제대로 꽂혀 있는지를 확인하는 일과 같다.

이 이야기는 힘을 불어넣는 것과 생각을 떠올리는 방식, 언제나 따스하고 밝은 상태에 머무는 방법과 관련해서 몇 가지 근본적인 점을 알려준다. 생각을 명료하게 하기 위해 맨티스 할아버지는 벌집을 먹는다. 벌꿀은 벌들이 꽃의 꿀로 만든 달콤하고 걸쭉한 액체다. 봄에 꽃이 피면 벌집에 있던 수많은 벌들은 꽃에서 꿀을 따 벌집으로 옮겨온다. 그리고 벌들이 우글대는 한가운데서 밀랍으로 얇게 벽을 쌓고 그 안에 꿀을 저장한다. 벌집의 다른 곳에는 아직 태어나지 않은 유충들이 자라고 있다.

맨티스 할아버지는 몸을 튼튼하게 만들고 생각을 명료하게 하기 위해서 벌집을 먹었다. 그러나 그가 먹은 것은 사실 이 전체 과정이다. 겨울의 반대편에서 땅을 뚫고 피어오른 꽃들과 모든 꽃들의 가슴에서 만들어진 꿀, 향기로 꿀을 찾아가 벌집 한가운데로 옮겨온 무수한 벌들의 여정, 꽃에서 얻은 꿀로 벌꿀을 만들어낸 신비로운 방식, 밀랍으로 벌집을 지은 벌들의 노동 등 이 모든 것을 먹은 것이다. 이로써 맨티스 할아버지는 다양한 생명체들이 꿀을 따 모아 달콤하고 걸쭉한 액체를 만들어내는 끊임없는 과정을 내면화해야 강하고 명료해질 수 있다는 사실을 받아들였다.

맨티스 할아버지가 생각의 현들이 전하는 소리를 들을 수 있었던 이유는 이렇게 흡수한 전체성에서 얻은 힘 덕분이었다. 바람이 현에 닿아 음악이 흘러나올 때까지 그리스의 에올리언 하프를 산꼭대기에 놓아두었던 것처럼, 이 이야기는 더욱 커다란 힘이 마음의 현을 울리도록 마음을 탁 트인 곳에 두어야 한다는 점을 일깨워준다. 사실 생각을 낳는 것은 마음이 아니기 때문이다. 우리가 할 일은 맨티스 할아버지처럼 생각의 현에서 울려나오는 생각과 통찰들에 귀를 기울이는 것이다.

이 이야기는 삶의 한 방식도 넌지시 가르쳐준다. 생명력이 생각의 현을 잡아당겨 마음속에 만들어내는 음악을 들을 만큼 강해지려면, 세계가 작용하는 방식을 받아들여야 한다. 그렇다면 이 모든 것이 지향하는 목적은 무엇일까? 그것은 바로 태양이 자신의 궤도를 따라 하늘을 계속 가로지르게 만드는 것이다. 그리고 모든 것을 계속 움직이게 만드는 데는 모든 존재가 다 필요하다. 서로를 도와야 삶의 가장 강한 흐름 속으로 되돌아가 흐를 수 있다.

> 이렇게 부분은 우주 전체를, 우주 전체는 부분을 계속 생기 있게 만들어준다.

남아프리카인들의 이야기에서 가져온 이 두 행 속에 이 모든 가르침이 새겨져 있다. 이 놀랍고도 분명한 이야기는 자양분과

힘, 온기를 주는 것이 우리를 통해 우리에게서 나온다는 것을 말해준다. 이것의 수용 여부에 따라 삶의 방식은 전혀 다르게 발전한다. 이 모든 것이 듣고 사랑하고 살아가는 방법에 영향을 미친다.

물론 일상에서 이것은 그렇게 간단한 문제가 아니다. 맨티스 할아버지처럼 타인들에게 삶의 모든 과정에 참여해서 그 결과를 그냥 받아들이게 하기는 힘들다. 우리 스스로 이 과정들을 경험해야 한다. 벌집을 먹는다는 것의 진정한 의미는 바로 이것이다! 세계가 이런 식으로 움직이면, 들음은 분류와 분석이 아닌 받아들임과 결합의 문제가 된다. 그리고 사랑은 거울이 아닌 통로에, 삶은 우리의 의지로 생명을 물리치기보다 모든 것을 언제나 연결시키는 것에 더 가까워진다.

이런 점들을 염두에 두고 읽으면, 위의 이야기는 자기 성찰적인 질문들을 던지게 만든다. 고통을 잘 견디고 직면해왔는가? 가슴 속에서 고통이 꿀을 만들어낼 때까지 고통을 부드럽게 어루만졌는가? 고통을 드러낸 적이 있는가? 고통을 타인들과 나누었는가? 아니면 혼자서만 삭혔는가? 부드러워진 타인들 속에서 고통을 찾아본 적이 있는가? 내게 주어진 것을 우정과 사랑을 통해 꿀로 만든 적이 있는가? 자신의 경험을 꿀로 승화시켜서 벌집에 저장해본 적이 있는가? 스스로 얻은 것을 먹어본 적이 있는가? 아니면 그냥 바라만 보았는가? 더욱 큰 힘이 나를 발견할 수 있도록, 이 모든 과정에서 얻은 힘으로 자신을 열린 자리에 놓아본 적이 있는가? 생각의 현에서 울리는 소리를 들을 수 있는가? 이 음악을 잘 해석하고 있는가?

이것들은 물론 쉬운 일이 아니다. 이런 일들을 해내는 데는 당연히 서로가 필요하다. 샌들이 강아지로 변해 우리가 잃어버린 달콤함을 되찾아줄 때까지 우리는 서로에게 자극을 줄 수 있다. 원한다면, 서로를 도와 태양이 다시 하늘을 가로지르게 만들 수 있다.

다시 불길 속으로

신의 축복이 그물망을 꿰매거나 잘라도 그냥 두라,
잇거나 분리해야 할 것이 있어도
이어지거나 분리되게 그냥 두라,
원치 않거나 보고 싶지 않은 기적도
그냥 펼쳐지게 두라.

레시아Lesia는 아홉 살 때 가스 불에 심하게 데었다.[3] 이후 불에 대한 공포가 트라우마로 남아 그녀의 생을 지배했다. 누군가가 가스레인지를 켜면 땀을 흘릴 정도였다. 30년도 더 지난 어느 날, 눈을 뜬 레시아는 다시 불 속으로 들어가봐야 삶을 바꿔놓은 그 끔찍한 순간에서 벗어날 수 있음을 퍼뜩 깨달았다.

그녀는 소방관들과 함께 이 생각을 실천에 옮겼다. 소방관들이 일부러 불을 일으키자, 그녀는 방화복을 입고 불 속으로 들어가 가만히 서 있었다. 물론 처음에는 잔뜩 공포에 떨었다. 공포는 아주 오래도록 그녀를 휘감고 놓아주지 않았다. 그러다 서서히 공포가 녹아버리면서, 뜨거운 열기를 뚫고 불을 바라볼 수 있게 되었다. 불꽃 저편의 세계가 여전히 그녀를 기다리고 있었다. 그녀는 손을 펴고 높게 치솟은 불꽃이 그녀의 손가락들을 똘똘 감는 모양을 바라보았다.

불길 속에서 나오자 열기의 벽이 갈라졌다가 다시 닫히는 게 느껴졌다. 다시 맑고 시원한 공기에 둘러싸이자, 30년 넘게 저 깊은 안쪽에 오그라들어 있던 심장이 드디어 편안하게 풀어지고 펴지는 게 느껴졌다.

레시아에게 불은 실재적인 것이었다. 대부분의 사람들에게 고통은 정말로 실재적인 것이다. 불은 때로 우리를 소진시켜 버리는 두려움이나 상처가 된다. 불 속으로 다시 들어가봐야 하는 이유가 여기에 있다. 고통과 두려움의 불꽃에 모든 것이 약화되고 왜곡되면, 삶과 타인과 영혼의 목소리에 귀 기울이기 어려워지기 때문이다.

돈Don은 30대 초반인 아내와 뒷좌석에 빵 한 덩이와 우유 1갤런을 싣고 집으로 가는 중이었다. 늦은 가을 오후였다. 햇살이 화려한 나뭇잎들의 가장자리를 어루만지던 순간, 시골 역을 찾던 트럭 운전사가 길에서 벗어나 차를 멈추려다가 그만 돈의 차 조수석을 정면으로 들이받았다. 그의 차에서 불길이 치솟았다. 돈은 심하게 화상을 입었고 아내는 죽고 말았다. 이제 70이 된 돈은 재혼을 해서 네 아이의 할아버지가 되었다.

몇 년 전 돈은 신선한 토마토를 사려고 근처 농장의 가판대를 향해 혼자서 차를 몰았다. 그런데 늦여름의 햇살 속에서 갑자기 그 모든 일들이 다시 떠올랐다. 첫 번째 부인과 불가사의하던 햇살, 갑작스런 충격과 폭발. 그는 길 한 쪽에 차를 대고 펑펑 울었다. 그 후 돈은 알 수 없는 이유로 그 트럭 운전사를 찾기 시작했다. 좀 시간이 걸리기는 했지만 어쨌든 그를 찾을 수 있었다.

돈은 트럭 운전사와 커피를 마셨다. 늙은 트럭 운전사가 냅킨을 만지작거렸다. 그도 아직 치유되지 못한 게 분명했다. 돈은 냅킨을 뜯던 그의 손을 잡아 쥐고 더듬더듬 말했다. "다 … 당신을 … 용 … 용서 … 했어요." 그러자 늙은 트럭 운전사는 흐느끼며 자신도 그 후로 트럭 운전을 못하게 됐다고 고백했다.

둘은 돈의 차를 타고 드라이브를 했다. 그리고 침묵 속에서 햇살이 들판을 감싸는 걸 지켜보면서 생명의 흐름이 여전히 둘을 떠받쳐주고 있음을 느꼈다. 이렇게 둘의 가슴은 서서히 서로를 향해 열렸다.

이야기를 마친 후 돈은 멍하니 허공을 응시했다. 그러다 잠시 후 침묵에 마침표를 찍었다. "죽기 전에 멍에를 벗겨줘야 할 것 같았어요."

레시아와 돈은 우리에게 훌륭하고도 겸허한 스승이다. 무엇을 어떻게 말해야 하는지를 가르쳐주었기 때문이다. 죽기 전에 자진해서 불 속으로 들어가고 다른 사람의 멍에를 벗겨주는 것보다 자신이나 세상을 위해 더 친절하고 용감한 행위가 있을까?

상처를 통과하는 법

살기를 갈망하는 영혼들은 자신의 상처 속으로 깊이 들어가 /
그곳에 살고 있는 불을 꺼내온다.

이 불은 탁 트인 곳으로 가져오면 빛이 된다.

향상을 갈망하는 이들은 마음 깊은 곳으로 들어가 /
거기서 불을 꺼내온다.

탁 트인 곳으로 나오면 이 불은 진리가 된다.

사랑을 하는 이들은 비처럼 모든 불을 달래준다.

내게도 다시 들어가보기 두려운 불길과 멍에를 벗겨주지 못한 사람이 있다. 나는 이 문턱들을 넘는 방법을 여전히 모른다. 상처에게 내 영혼에서 떠나달라고 요구하지 못하는 무능의 핵심에는 역시 상처에 대한 극도의 두려움이 있다. 다시 들어가봐야 할 불길이 무엇이든 이 불길이 나를 산 채로 집어삼킬까 두렵고, 용서를 하려면 과거의 폭력을 다시 느껴야 하는데 그 감정을 견뎌내지 못할까 겁난다.

그래도 지상에서 가장 희망적인 존재 방식들을 신성하게 간직하는 것은 아주 중요한 일이다. 삶에서 이 방식들을 잘 실천하지 못해도 말이다. 그렇지 않으면 결국은 냉담하고 잔혹하기까지

한 철학을 구축해서 자신의 한계를 합리화하게 될 것이다. 연민을 무가치한 가르침으로 축소하거나 폐기시켜 버릴 것이다. 친절한 존재가 되어야 한다는 점을 망각해버리기 때문이다.

사실 살다보면 어느 시점에서든 우리를 망가뜨리거나 불태워버리는 사건들이 있다. 이것은 염세적이거나 냉소적인 생각 때문이 아니다. 삶의 지형이 원래 그럴 뿐이다. 이런 지형을 통과하면서 우리는 변화한다. 그럼에도 어떤 사건들이 우리를 망가뜨리거나 불태워버릴 때면 신에게 배반당한 것 같은 느낌이 든다. 타인들이 우리를 망가뜨리거나 불태워버릴 때면 그들의 영혼에 배반당한 것 같은 느낌이 든다.

내게는 이런 사건이 암이었다. 암 덕분에 변화를 경험했지만, 지금도 이 불길 속으로 되돌아가 보기가 겁난다. 사람들에 의해 망가지거나 불타버리는 일도 겪을 만큼 겪었다. 여기서 다 풀어놓기 힘들 정도다. 그래도 몇 가지만 꼽아보면, 약속을 파기당하기도 하고, 자기 이익만 챙기는 뻔뻔한 사람을 만나기도 하고, 아주 소중했던 것을 빼앗기기도 하고, 친밀한 관계를 공개적으로 거부당하기도 했다.

반면에 오래 살다보니, 의도하지 않게 내가 타인들을 어떻게 배반했는지도 깨닫게 되었다. 그러자 가슴 깊은 곳에서부터 내게 상처를 주었던 사람들을 향한 사랑이 샘물처럼 다시 샘솟았다. 그들을 대면하는 고통의 폭풍우를 뚫고 나가기는 여전히 두

렵지만 말이다.

여러분에게 불길 속으로 되돌아가 본다는 것은 어떤 의미인가? 죽기 전에 누군가의 멍에를 벗겨준다는 것은 무엇을 의미하는가? 이것은 보편적인 만큼 개인적인 일이기도 하다. 그러나 본질적인 역설은 개개인에게 이런 노력이 꼭 필요함을 강조해준다.

불길 속으로 다시 들어가 보거나 누군가의 멍에를 벗겨주는 일은 우리가 지향해야 할 목적지나 해결의 장소처럼 여겨진다. 그러나 내적인 의미에서 이것들은 영혼을 단련시키는 신성한 형식에 더 가깝다. 삶의 앙금들을 비워 더욱 분명히 호흡하게 해주는 영혼의 단련법인 것이다.

이런 면에서 목적지가 어떻게 보이고 느껴질지, 해결의 장소에 언제 도착할 지는 알기 어렵다. 모든 생각에서 자유로워질 때까지 명상을 하듯, 모든 것을 바꿔놓는 적나라한 순간에 발이 걸려 넘어져도 목적지에 도착할 때까지 강하게 집중할 뿐이다.

되돌아가봐야 할 구체적인 불이 있어도, 실제로는 레시아처럼 불길 속으로 다시 들어가 볼 수도 그러지 못할 수도 있다. 멍에를 풀어주어야 할 누군가가 있어도, 실제로는 상대에게 말을 할 수도 그러지 못할 수도 있다. 그래도 완전해진다는 느낌은 가능하다. 신의 축복이 신비로운 논리에 따라 자신을 드러내지 않으면서도 우리를 닦아줄 것이기 때문이다.

에디? 그래서 다음은 어디로 향하는 거야?

신비는 우리의 계획을 너그럽게 봐주면서 우리가 발을 들여놓기만을 기다린다. 계획은 흔히 더 기분 좋게 미지의 영역으로 발을 들여놓기 위한 짐작의 한 형태다. 앞과 주변, 안의 것을 파악하면 확실히 언제나 도움이 된다. 그러나 두려움 때문에 정보들을 꿰어 맞춰 미래에 일어날 일들을 그리면, 이런 그림은 흔히 기대로 굳어진다. 기대는 더욱 즐겁게 원하는 것을 향해가도록 만들어주지만, 이것을 통과하는 동안 실제로 펼쳐지는 일들과 마주할 때는 기분이 별로 좋지 않다. 그러므로 우리가 할 수 있는 일은 주변을 둘러보면서 다음 걸음을 내딛는 것뿐이다.

브라질에 있을 때 내 친구 데이비드David는 에디E daí라는 말을 알게 되었다. 이 말은 포르투갈어로 "그래서?"라는 의미다. 어떤 이야기나 고충을 들었든, 들은 사람이 잠시 후에 "그래서? 그래서 지금은 어떻게 됐는데?" 하는 의미로 "에디?" 하고 물어봐주는 게 브라질 풍습이었다. 말 그대로 'e'는 '그리고'를, 'daí'는 '거기서부터', '네게서 가까운 자리에서'를 의미한다. "네가 있는 자리 바로 너머에는 뭐가 있는데?", "그래서 너의 다음 발걸음은 뭔데?" 하는 것처럼 말이다.

이야기를 끝까지 들은 사람이 "에디?"라고 물을 때, 이 말은 흔히 세 가지의 연속적인 의미를 담고 있다. 첫째는 '삶이 네게 무엇을 주었는지 들었어. 에디? 그래서? 이게 뭐가 중요한 건데? 무슨 의미가 있는 거지?' 하는 것이다. 둘째는 '네가 어디 있는지 알겠어. 에디? 그래서, 거기서 네 앞에 뭐가 있는데? 네가 있는 곳 바로 너머에는 뭐가 있지?', 셋째는 '에디? 그래서 지금은? 다음 발걸음은 뭐야?' 하는 것이다.

아주 실제적인 면에서 보면, 이 풍습은 당면한 상황에 적용할 수 있는 가장 큰 준거의 틀로, 주어진 상황에서 자신의 위치를 안에서부터 찾게 해준다. 그러므로 현재의 상황에 성급하고 과도하게 반응하기 전에 '에디? 시간을 가로지르는 모든 생명의 큰 여정에서 볼 때 지상의 시간을 여행하는 한 생명의 삶에서 이것이 갖는 의미는 뭐지?' 하고 물어보는 것이 좋다. 이런 질문은 우리의 반응 여부나 방식에 영향을 미친다.

이렇게 더욱 큰 틀에서 어떤 사건이 차지하는 위치를 파악한 후에는 구체적인 상황을 살펴보고 결정한다. '에디? 내 앞에는 뭐가 있지? 앞에 놓인 기반이 무게를 견뎌낼 수 있을까? 지지대를 세워야 하나? 상황을 비켜가야 하나? 지금의 자리를 굳건히 지켜야 하나?' 더욱 커다란 준거의 틀과 구체적인 맥락 모두 다음의 질문을 던지고 답을 찾는 데 도움이 된다. "에디? 그래서 다음의 발걸음은 뭐지?"

절박함은 대개 큰 문제가 되지 않는다. 대부분의 경우 상황을 살펴볼 시간은 충분하다. 충분히 훈련하면 이런 성찰은 호흡처럼 자동적으로 이루어진다. 그리고 드물게 신속한 행동이 필요할 때는 자신의 직관을 믿고 주저 없이 용감하게 그 순간 속으로 발을 들여놓는다. 그런 순간 속에서는 시간이 느리게 흐르고 초시간적으로 열린다. 신체적인 위기를 겪고 난 사람들이 사건이 슬로우 모션으로 전개되는 것 같았다고 말하는 것도 이 때문이다.

불 속으로 되돌아가보거나, 죽기 전에 서로의 명에를 벗겨주거나, 다음의 발걸음을 내딛게 도와주는 일은 사랑의 행위와 같다. 이런 행위에는 용기와 연민이 필요하다. 이런 행위는 주는 자와 받는 자 모두를 변화시키는 심오한 몸짓으로서 삶의 풍경까지 바꿔놓는다. 훌륭한 정신 분석가이기도 했던 에리히 프롬Erich Fromm은 사랑의 중요성을 이렇게 말했다. "(사랑은) 인간과 인간 사이의 벽을 뚫는 적극적인 힘이다. … (사랑은) 우리를 타인과 하나로 결합시킨다."

무슨 말이건 마음으로 들으면 모든 것이 변화한다.

손안에 무한을 담는 길

새로운 경험으로 확장된 마음은 결코 과거의 차원으로 돌아갈 수 없다.

– 올리버 웬델 홈스Oliver Wendell Holmes

마주치는 모든 것을 살아 있는 존재로 보느냐, 아니면 생명력이 없는 것으로 여기느냐에 따라 많은 것들이 달라진다. 사물이나 사람을 마주할 때 그들의 생명력에 관심을 기울이면, 듣고 받아들이게 된다. 관계를 맺고 어우러진다. 그러나 생명력 없는 불활성의 존재로 보면 관찰하고 조종만 한다. 이렇게 마주치는 모든 것을 개별적인 존재로 보느냐, 아니면 모든 생명을 포함한 존재로 여기느냐에 따라 세상을 경험하는 방식은 달라진다.

돌을 그저 거추장스러운 사물이나 무겁지만 쓸모 있는 것으로만 보면, 삶의 제한적인 차원에 이끌린다. 그리고 이런 차원을 지배하는 것은 문제 해결이다. '여기에는 이게 맞지만 이건 안 맞아. 이건 저기에 도달하는 데 도움이 되지만 저건 방해만 될 거야' 하는 식으로 생각한다. 이런 전략적인 삶은 할 일의 목록을 줄여주지만 우리를 열어주지는 않는다. 모든 것이 연결되어 있음을 인식하지 못하면, 일을 진척시킬 수 있을지는 몰라도 결코 생명에 감동을 느끼지는 못한다.

그러나 충분한 관심을 갖고 온 존재로 돌을 쥐어보면 수 세기에 걸친 돌의 여정이 느낄 수 있다. 돌이 언제나 딱딱했던 것은 아님을, 돌의 광물질들이 어떻게 합쳐졌는지를, 말과 차들이 쿵쾅거리며 짓누르거나 사람들이 돌 위에 길을 깔 때 어떤 느낌이었는지를 알게 된다. 이로써 대지와의 유대감은 더욱 깊어진다. 그리고 이런 유대감은 개인적인 삶의 한계 너머로 시야를 넓혀준다. 이렇게 자기관계성self-reference을 허무는 것이 들음의 한 가지 목적이다.

자신의 실루엣을 넘어서 들으면, 돌이든 파리든 교향곡이든 진주든 마주하는 모든 것들이 살아 있음을 느낀다. 이 개개의 것들은 살아 있음 속에서 생명 전체를 나름대로 기호화하고 비춰준다. 그래서 들을 줄 알게 되면, 개개의 존재들은 아무리 작은 것일지라도 우리의 주의와 현존을 자극한다. 덕분에 우리는 이들을 통해 우주를 듣고 느끼게 된다. 물리학적으로 어떻게 설명하든 조개껍질을 귀에 가져다댔을 때 바닷소리가 들리는 것도, 비탄에 잠긴 사람을 안을 때 인류 전체가 느껴지는 것도 이 때문이다. 시인이자 선지자였던 윌리엄 블레이크William Blake도 "한 알의 모래 속에서 세계를 보면 … 그대 손바닥 위에 무한을 담을 수 있다"고 했다.

만나는 모든 것들에 공감하면 우리 스스로 더욱 많이 성장할 수 있다. 다른 존재들이 보고 느끼는 것을 통해 성장하는 것이다. 그런데 돌이 어떻게 보고 느낀다는 것일까? 글쎄, 그것은 열림의 작업을 통해 알 수 있는 문제가 아닐까? 열림의 작업을 통해 우리는 인간은 물론이고 다른 존재들이 지닌 들음의 방식까지도 발견하고 공감할 수 있다.

세월이 흐르면서 혼자서는 모든 존재들의 일체성을 이해하고 흡수할 수 없음을 인정하게 되었다. 이런 면에서 들음은 모든 존재들과 대화를 나누게 해주는 동반자와 같다. 말보다는 현존과 주의를 통해 소통할 때 이 대화는 모든 것을 결합시키는 동반자가 되어준다.

그러니 물질이 공간과 처음으로 대화를 시작한 이래 지속되고 있는 이 대화에 꼭 참여해보기 바란다. 우리를 언제나 살아 있게 해주는 깊고 신선하고 영원한 들음의 길 속에 푹 젖어보기 바란다.

나를 막는 것에서 존재하게 해주는 것으로

진정성은 우리를 열어준다. 이것을 에둘러 갈 수는 없다. 진실하면 중요한 것에 가까워지거나 손에 쥘 수 있다. 가끔 손에서 진정성을 내려놓게 되기도 하지만 말이다. 그 이유는 어리석어서가 아니라—물론 그럴 때도 종종 있지만—현존을 유지하기가 어렵기 때문이다. 우리는 흔히 비밀이 바로 손안에 있음을 깨달을 만큼 오래도록 듣거나 주의를 기울이지 못한다. 때로는 기존의 사고 습관으로 너무 빨리 되돌아가서 다가오는 자원들을 놓치고 만다.

훌륭한 이야기꾼인 마고 매클로플린Margo McLoughlin과 함께 브리티시 콜롬비아 주에서 수련회를 이끈 적이 있다. 마고가 「진정으로 들을 때 일어나는 일들」이라는 힌두 설화를 읽어준 후, 참가자들에게 지금 이 순간에 들리는 것을 써보라고 했다. 얼마 후 한 여성이 '나를 가로막는 게 무얼까?What prevents me?' 하는 궁금증이 일기 시작했다고 했다. 그런데 그녀가 실제로 적은 말은 '나를 존재케 하는 것은 무엇일까?What presents me?'였다.

얼핏 보기에는 펜이 미끄러지거나 정신이 깜빡해서 그런 것처럼 보였다. 그녀는 주의력이 다시 살짝 흩어져서 그런 거라고 생각했다. 그러나 prevents대신에 presents가 등장한 것 자체가 질문에 대한 응답이었다. 시각을 전환하라는 심층의 어떤 목소리—그녀 내면의 스승이나 그녀의 영혼 혹은 아메리카 원주민들이 말하는 위대한 영혼—임을 그녀가 받아들인다면 말이다.

그녀는 presents와 prevents 사이의 간극에 귀 기울인 덕분에 자기 비난에 빠져 허우적대거나 문제 해결에만 초점을 맞추는 짓을 그만둬야 한다는 것을 깨달았다. 그리고 무엇이 그녀를 존재케 하고 그녀에게 베풂과 보살핌을 선사하는지 묻는 소리에 귀 기울였다. 간단해 보이지만 우리가 듣는 모든 것이 우리에게서 비롯된다고 생각하면 거의 들을 수가 없다. 삶의 다른 목소리들이 우리를 통과하게 허용해야 진정으로 들을 수 있다.

마음으로 들으면 사람이나 사물의 실제가 우리의 심층까지 건드린다. 그리고 심층의 소리를 들으면 사람이나 상황의 깊이와 넓이가 우리의 본질을 형성해준다. 이런 내적인 형성으로 가슴 깊은 곳이 열리면 진정으로 듣게 된다. 이렇게 들음은 계속된다.

그렇다면 진정한 들음은 세계와의 관계에 어떤 영향을 미칠까? 상대의 고통을 얼마나 많이 들어야 상대를 안아줄 수 있을까? 텔레비전 뉴스가 언제 실제처럼 여겨질까? 어떻게 해야 세상 속에서 실천하게 될 만큼 깊이 들을 수 있을까?

첫 들음

브리티시 콜롬비아 주에서 마고가 들려준 힌두 설화는 이런 내용이었다. 어느 교양 있는 부인이 게으르고 부주의한 남편에게 일주일간 계속되는 《라마야나Ramayana》[4] 공연을 보고 오라고 했다. 첫날 남편은 관람 중에 잠이 들어버렸는데, 깨어나기 전 그의 입속에 사탕이 물려 있었다. 남편은 아내에게 《라마야나》가 아주 달콤했다고 말했다. 아내는 기분이 좋았다. 남편은 그 다음 날도 공연 중에 잠이 들었고, 어느 소년이 무대를 보기 위해 그의 어깨 위에 앉아 있다가 그가 깨어나기 전 자리를 떴다. 이번에 남편은 《라마야나》가 너무 무거워서 견디기 힘들었다고 말했다. 아내는 남편이 사색적이라고 생각했다. 셋째 날 남편은 바닥에서 꾸벅꾸벅 졸았고, 그가 깨어나기 전에 강아지가 그의 몸 위에 오줌을 누었다. 남편은 《라마야나》에서 오줌 냄새 같은 게 났다고 했다! 그제야 아내는 진실을 알아차렸다. 아내는 남편의 무기력을 확인하고 넷째 날에는 남편과 함께 공연을 보러 갔다.

이제 남편은 맨 앞자리에 앉게 되었다. 무대 위에서 펼쳐지는 라마Rama의 이야기와 그 사이에는 아무것도 없었다. 덕분에 남편은 처음으로 이야기에 온 정신을 기울였고, 자신이 극장에 있다는 것도, 자신이 보는 게 공연이라는 것도 잊어버렸다. 이야기에 푹 빠져버린 것이다.

그때 변사가 원숭이 신 하누만Hanuman의 대사를 읊었다. 하누만은 라마의 반지를 시타Sita에게 전해주려고 막 바다를 건너온 참이었다. 그런데 파도를 뛰어넘는 사이 반지가 손에서 미끄러져 바닷물 속으로 빠져버렸다. 하누만은 당황해서 어쩔 줄 몰라 했다. 변사가 절망에 빠져 계속 그의 손을 비틀자 처음으로 온 마음을 다해 이야기를 듣던 남편이 소리쳤다. "하누만! 걱정하지 마세요! 제가 찾아다 드릴게요!" 그러고는 무대 위로 올라가 바닷물 속으로 뛰어들어 심해의 바닥에서 반지를 찾아다 하누만에게 주었다. 변사는 반지를 건네받고 놀라서 할 말을 잃었다. 아내를 포함한 모든 사람들이 물을 뚝뚝 흘리며 무대 위에 서 있는 그 새로운 청자를 넋이 나가서 쳐다보았다.

진정으로 들을 때는 바로 이런 일이 일어난다. 이 마법을 피할 길은 없다. 들음은 우리를 익숙한 논리의 저변으로 끌어당겨서 가슴속에 새겨져 있는 회복력의 영역으로 인도해준다.

또 다른 이야기를 들려주겠다. 아는 사람 중에 키가 훤칠한 신사가 한 명 있다. 그는 평생 교사로 일하다가 심장 바이패스 수술을 받은 후 아메리카 원주민들의 플루트를 배우기 시작했다. 플루트의 흐르는 듯한 소리에 매료됐기 때문이다. 그는 연주법을 배우는 데 몰입했고 급기야는 협주도 하게 되었다.

일 년 후 그는 다시 검진을 받으러 심장 전문의에게 갔다. 의사는 그의 심장이 튼튼해지고 폐활량도 증가했다며 놀라워했다.

혈압도 낮았고 심장 박동도 힘이 넘쳤다. "뭘 하신 거죠? 운동을 하고 계신가요? 조깅이라도 하셨어요?" 연관성을 깨닫는 데 얼마간 시간이 걸렸지만 신사는 곧 미소를 지으며 집으로 돌아가 계속 플루트를 연주했다.

종종 지나쳐버리곤 하지만 언제나 우리 앞에는 삶의 신비와 힘이 있다. 2004년 바르셀로나에 있을 때였다. 나는 노점상과 멋진 마임 배우들이 수두룩한 시내 중심가에서 나무가 즐비한 람블라 거리를 어슬렁거렸다. 그런데 카탈루냐 광장 인근에서 배우 두 명이 눈썹까지 광택 나는 회색 물감을 칠하고 알록달록하게 천사 분장을 한 채 동상처럼 미동도 하지 않고 서 있었다. 작은 천사가 손을 앞으로 내밀고 있었는데, 그녀의 손에 동전을 얹어주면 둘은 우아하고 당당한 몸짓을 보여주었다. 그러고 나면 작은 천사는 동전을 준 사람에게 축복을 보냈다.

모두들 아주 기발하고 멋진 공연이라고 생각하는 것 같았다. 그런데 모여 있던 소규모의 구경꾼들 사이에서 어린 소녀가 엄마에게 받은 동전을 들고 사람들의 다리 사이로 달려나왔다. 천사를 둘이나 만나서 한껏 신이 난 것 같았다. 소녀가 어찌나 확고한 믿음으로 작은 천사의 손바닥에 동전을 올려놓았던지, 젊은 마임 배우는 소녀가 아주 귀중한 무언가를 주는 줄 알았다. 어쨌든 마임 배우는 말 없이 정중하게 고개를 숙이고 소녀를 축복해 주었다. 소녀는 환한 얼굴로 깡총거리며 돌아갔다. 천사들은 다시 동상이 되었고, 구경꾼들은 가던 길을 계속 갔다. 나는 축복을 받고 싶은 간절한 마음에 동전을 찾아 더듬더듬 호주머니를 뒤져보았다.

말할 수 있는 용기

어느 친한 친구가 내게 물었다. "넌 언제나 이렇게 표현을 잘했니?" 나는 한창 일에 빠져 있다가 서서히 꿀이 만들어지는 걸 보고 놀란 일벌처럼 깜짝 놀랐다. 그 순간 말로 표현할 수 없는 모든 것에 다다르기 위해 평생 말을 갖고 씨름해왔다는 생각이 스쳤다.

이것은 예술의 본질이기도 하다. 말할 가치가 있는 것은 말로 표현할 수 없는 것뿐이다. 그런데 내 머리가 대답을 찾아내기도 전에 마음속에서 먼저 이런 대답이 톡 튀어나왔다. "본 것을 말할 용기를 얻은 후부터는 그랬지."

어느 멋진 봄날 잘 닦인 도로 위에서 받은 이 놀라운 질문 덕분에 나는 언제나 진실이라고 믿어왔던 중요한 것을 말할 수 있게 되었다. 그것은 바로 언어를 유창하게 구사하는 능력이 아니라, 비전에 대한 충실함이 있어야 표현을 잘할 수 있다는 것이다. 본 것을 말할 용기를 찾으면 누구나 잘 표현할 수 있다.

여기서 몇 가지 점들을 유추해낼 수 있다. 누구에게나 실재와 영원에 대한 비전, 시각, 관점이 있으며 각자가 갖고 태어난 언어를 경험 속에서 발견하는 것이 존재의 의무라는 점이다. 이 언어를 찾아야 살아 있는 우주 속에서 우리의 공통 자리를 발견하고 여기에 깃들 수 있다. 그러려면 먼저 본 것을 자신의 언어로 표현할 줄 알아야 한다.

나만의 언어를 찾아서

'생각이나 감정을 표현하다articulate'라는 말의 라틴어 어원은 분리된 역사를 지니고 있다. 라틴어 '아티큘라스articulas'는 '이음매로 접합하다'라는 의미지만, 이 말에서 자라난 '아티큘라레articulare'는 '여러 개의 이음매로 나누어지다'라는 뜻이다.

다른 영역들에서 articulate는 한결 역동적인 의미를 갖고 있다. 해부학에서 'articulation'은 두 개 이상의 뼈들이 접촉하는 부위를 가리킨다. 사회학에서는 특정한 공동체들이 문화적 형식과 실제를 그들의 용도에 맞게 바꿔서 적용하는 과정을 의미한다. 그리고 음악에서는 다양한 목소리나 곡조, 소리들 간의 연속성을 나타낸다.

고도로 분리된 형태 아래서 우리의 표현 작업과 이것이 주는 기쁨은 영원한 현존의 공간을 향한 새로운 움직임에 있다. 둘 이상의 가슴이 만나는 공간, 살아 있는 노래를 위해 서로에게서 배움을 얻는 공간을 향한 움직임 말이다.

미국 문화에서 articulate는 개념적으로나 언어적으로 얼마나 잘 쓰고 말하는지를 나타내는 말로만 여기는 경향이 있다. 하지만 언어가 많은 만큼 직업도 다양하고, 개개의 모든 직업들에서 배움을 얻을 수 있다. 어느 하나가 다른 것보다 우월하지 않다. 벌목꾼, 정원사, 말 조련사, 무덤 파는 사람 모두 발견해야 할 나름의 언어와 경험을 지니고 있다.

새는 자신의 둥지를 알아보는 방법에서, 바람은 버드나무 가지를 들어올리는 방법에서, 조류는 아무것도 빼앗지 않으면서 자신에게 닿는 것들을 부드럽게 만드는 방법에서, 절벽은 세월 속에서 원만함을 찾아가는 방법에서 표현적인 존재가 될 수 있다. 그리고 지구는 누구도 느끼지 못하게 지축을 중심으로 도는 방법에서 표현적 존재이다.

바다의 표현은 강한 동시에 부드러우며 비춤과 투명함을 번갈아 보여준다. 그 안으로 들어오는 모든 것을 부드럽게 받아들이며 매일 자신을 전부 내주지만 아무것도 잃어버리지 않는다. 듣는 법을 내게 처음으로 가르쳐준 스승도 바다와 같았다. 지금도 나는 바다처럼 듣고 싶다.

몇 년 전 이것을 깨닫기 전에 시가 한 편 다가왔다. 이 시에는 내가 갖고 태어난 언어의 일부가 스며 있다. 다음의 시 속에서 나는 본 것을 표현하는 훈련을 하고 있다.

경이 속에 살기

태양이 햇살을 비춰 / 생각을 한다면 / 태양의 언어는 온기.

바다가 파도 덩어리들을 들었다 놓으며 /
생각을 한다면 / 바다의 언어는 촉촉함.

나무가 빛을 당분으로 바꿔 / 생각을 한다면 /
나무의 언어는 / 움트는 나뭇잎들.

바람이 모든 것들 사이로 / 보이지 않게 움직여 / 생각을 한다면 /
바람이 우리를 휘어지게 만드는 방법이 / 바로 바람의 말.

인간처럼 생각만 하는 것에는 / 신물이 나 /
햇살을 비추고, 파도를 들었다 놓고, 새순을 틔워주고 /
그리고 모든 것들 사이로 / 보이지 않게 / 움직일 /
용기를 달라고 기도하네.

자신이 아닌 삶의 일면들을 통해 배우려면, 본 것을 판단 없이 솔직하게 말할 수 있어야 한다. 역설적으로 자신이 본 것을 말하는 것은 들음의 신선한 방식이다. 또 우리가 이해할 수 있도록 영혼이 사물의 이치를 탁 트인 자리로 내놓는 방식이기도 하다. 증언의 첫걸음인 것이다.

삶이 지속적인 대화와 같음을

삶의 의미를 이해하려는 시도를 통해 경험이 인간에게 미치는 의미는 침식작용이 원소들에게 미치는 영향과 같음을 발견했다. 경험에 저항하려 해도 우리는 철철이 닳고 닳으면서 자신의 아름다움을 찾아간다. 인간이기 때문에 상처받고 삶에 신뢰를 잃기도 한다.

그러므로 신뢰를 회복하는 방법을 꼭 이해해야 하며, 그러려면 마주치는 것들을 섣부르게 명명하거나 판단하지 않아야 한다. 개인적인 견해나 확신도 내려놓아야 한다. 대신에 시간 속에서 삶의 전체성이 우리를 에워싸게, 역설적인 진실이 스스로를 드러내게 허용해야 한다. 때가 되면 불길 속으로 들어가봐야 할지도 모른다. 또 죽기 전에 누군가의 멍에를 벗겨주어야 할 수도 있다.

우리에게 주어진 것들과 이렇게 마주한 후에는 지속적인 수행을 통해 정말로 중요한 문제로 돌아간다. 깊이 듣고, 깊이 말하며, 깊이 질문하는 것. 침묵 속에서 근원의 소리를 듣고, 마음으로 경험에 귀 기울이는 것. 이렇게 얻은 가르침을 의미 있는 언어로 옮기고, 정직한 대화로 세상에 더욱 깊이 뿌리내리는 것. 이것들 모두 지속적인 수행에 포함된다. 이렇게 시간이 흐르면, 삼라만상이 계속 움직이는 데 모든 존재가 필요함을 분명하게 깨닫는다. 서로를 도와야 생명의 가장 강력한 흐름을 발견하고 이 흐름을 탈 수 있음을 알게 된다.

이제 여러분 자신에게 물어보면 좋겠다. 지칠 때 나는 무엇을 하는가? 아름다움이 가까이 있어도 무감각할 때는 무엇을 하는가? 듣고 말하고 질문하는 행위는 어떻게 나를 살아 있는 치유제 속에 머물게 하는가? 요즈음 삶에 대한 나의 신뢰는 얼마나 굳건한가? 신뢰가 흔들리고 있다면 어떻게 회복해야 할까? 삶과의 연결점이 사라져버리지는 않았는가? 계속 움직이며 열고 있는가? 고통이 가슴속에서 꿀이 될 때까지 고통을 부드럽게 승화시켰는가? 이 꿀을 조금이라도 맛본 경험이 있는가? 타인들의 가슴에서 부드럽게 승화된 고통을 발견한 적이 있는가? 그들의 꿀을 조금이라도 맛본 적이 있는가?

새로운 경험들을 흡수해 통합시키고 있는가? 아니면 다가오는 것들을 분류하고 분석하는 일에만 사로잡혀 있는가? 듣고 받아들일 수 있는가? 아니면 관찰하고 조종하기만 하는가? 둘 다 누구나 하는 일이다. 누구나 일어섰다가도 다시 무너진다. 하지만 누구나 용감하게 자신을 열린 자리에 두어야 한다. 그래야 더욱 커다란 힘이 우리의 마음을 통해 말한다. 그러므로 매일 자신에게 물어야 한다. '나는 어디서 왔는가? 어디가 탄탄한 자리인가?'

그러면 머지않아 삶이 지속적인 대화와 같음을 알게 된다. 멈추어 듣지 않으면 중요한 것들은 스스로를 드러내지 않는다. 들음은 모든 것에 귀 기울이고 모든 것과 대화를 나누게 하는 삶의 동반자이다. 그러니 부디 이 대화를 꼭 탐구해보기 바란다.

더 이상 들을 수 없을 것 같은 때일수록 더 들어야 한다. 더 이상 받아들일 수 없을 것 같은 때일수록 더 받아들이고, 더 이상 줄 수 없을 것 같은 때일수록 더 주어야 한다. 이 모든 것이 인간됨의 작업이며, 이 작업을 면제받을 수 있는 사람은 아무도 없다.

이제 영혼의 부름을 살펴보겠다. 영혼의 부름은 살아 있음의 멈추지 않는 소리다. 자 그럼, 지상에서 살아가는 동안 우리가 통과하는 들음의 여러 계절들을 들여다보자.

영혼의 부름

우푼드 우즈 우페!Ufunde uze ufe!

- '죽을 때까지 배워라!'는 의미의 줄루족 말 -

쉰아홉의 나는 상실과 고통, 전환의 부담 속에서 힘든 시기를 보내고 있었다. 그때 친구가 내게 물었다. "덧없음과 변화무쌍함을 상당히 많이 느끼고 있는 것 같은데, 정말 그래?" 이 질문을 던져 준 친구가 정말로 고마웠다. 나를 이해할 뿐만 아니라 한결 넓은 시야도 갖고 있어서 이런 질문을 던졌을 것이기 때문이다.

나는 그녀의 어깨너머로 흩날리며 겨울을 불러들이고 있는 찬란한 낙엽들을 바라보면서 생각했다. '그래, 사실 그 이상이지.' 난 내게 닥친 숱한 재앙들을 분석하는 일에, 내게 닥친 사건들과 삶의 질곡들을 납득하려고 애쓰는 일에, 계획과 대안을 준비하는 일에 지쳐 있었다.

그러다 기진맥진해서 마침내 모든 것들을 향해 나를 열었다.

강물에 실려온 것들을 강의 어귀가 전부 받아들이듯, 닥쳐오는 일들을 어떤 결론도 내리지 않고 흡수했다. 내 마음 밑바닥에 흔적이 남고 골이 패게 내버려두었다. 경험을 마주하는 데는 이것이 더 좋은 방법인 것 같았기 때문이다. 무시하고 거부하기보다는 이 경험도 나를 다듬어주리라 여기면서 진심으로 받아들이는 편이 더 현명한 것 같았다.

바로 이럴 때 '광시곡rhapsody'의 그리스어 어근에 '꿰매다'와 '노래 부르다'라는 의미가 있음을 발견했다. 놀라움 속에서 이런 생각이 들었다. '끊임없이 꿰매고 노래 부르는 것, 진정한 인간이 되는 기술은 바로 이런 게 아닐까? 자신을 다시 본래 상태로 꿰매 이을 정도로 지금 여기에 충분히 정직하게 존재할 때 만나는 순간이 바로 광시곡과 같지 않을까? 다시 꿰매지고 있다는 느낌에서 공통의 노래가 흘러나오는 것이 아닐까?'

그러자 영혼의 소명the soul's calling과 영혼의 부름the call of the soul 사이에는 차이가 있다는 생각이 들었다. 우리에게는 둘 다 필요하다. 둘 모두 귀중하고 언제나 존재하지만 붙잡기는 어렵다. 이런 깨달음 덕분에 이제는 아직 벗어나지 못한 힘든 시기가 어느 면에서는 내 영혼의 소명에서 영혼의 부름으로 넘어가는 과도기와 같음을 알게 되었다.

둘의 차이점을 설명하자면 이렇다. 영혼의 소명이 필생의 일을 발견하게 도와주는 것이라면, 영혼의 부름은 살아 있음에 대한 지속적인 요구이다. 둘 다 중요하다. 그리고 존재와 행위처럼, 베풂과 받음처럼, 이 두 개의 깊은 부름은 일체성의 에너지가 지닌 분리할 수 없는 측면이자 바람wind과 평정의 영적인 형태이기도 하다.

이런 생각을 하다 보니 우정과 나무 이야기가 떠오른다. 지난해 나는 어디로 들어가게 될지 모르는 불확실한 상태로 이 문턱을 넘었다. 그러나 근원에 더 가까이 다가가고 다른 존재들에게 나를 열어야만 한다는 느낌이 들었다. 그래서인지 수위에서 석회암 조각가로 변신한 윌리엄 에드먼슨처럼 조각을 해보고픈 마음이 들었다. 조각에 대해서는 아는 게 하나도 없었는데도 말이다. 그래도 나는 나무로 조각을 해보고 싶었다. 오랜 세월 바람과 비가 나무에게 전한 말의 의미가 느껴질 때까지 나보다 더 오래 산 나무 조각을 손에 쥐어보고 싶었다. 나무를 깎아낸 후 그 안의 것을 보고 싶었다.

마침 친한 친구 조지George가 나무와 땅에 대해 많은 걸 알고 있었다. 그는 아내 팜Pam과 노바스코샤 주에 집을 짓고 말로 땅을 갈면서 살았다. 그러다가 우리 집과 가까운 리버뷰 드라이브 저편으로 이사를 왔다. 거기서 조지는 숲으로 이어지는 곳에서 목공소를 운영하고 있었다. 그런데 여느 때처럼 산책을 하던 중에 키가 200피트에 가까운 오래된 쌍둥이 벚나무 한 그루를 발견했다. 한쪽 가지는 폭풍우에 꺾여 있었다.

어느 가을날 그와 나는 정원에서 길을 따라 내려가 숲으로 들어갔다. 들장미 가지들을 건너뛰고 부러진 가지들을 치우면서 걷다 보니 드디어 그 부러진 벚나무가 나타났다. 우리는 굵은 나뭇가지들이 뻗어 있는 곳까지 걸어가 통나무를 몇 개 자른 다음, 숲으로 더욱 깊이 들어갔다. 근육이 쑤셨지만 기분 좋은 통증이었다. 웃음을 멈출 수가 없었다. 잔가지들을 즈려밟으며 걷는데 조지가 말했다. "나무가 아주 젊을 때는 가지들에 뒤덮여 있지. 하지만 나이가 들수록 가지들은 대부분 죽어 떨어져 버려."

우리는 다 자란 떡갈나무 앞에 잠시 멈췄다. 쭉 뻗은 오래된 떡갈나무 껍질에 손을 가져다 대자 세월의 지혜가 느껴졌다. 나무 끝까지 햇살이 비추고 있었다. 순간 이런 생각이 분명하게 스쳤다. '숲속의 나무들은 처음엔 빛을 향해 가지를 뻗지만, 나중에는 빛 속에 서 있게 돼. 일단 빛 속에 서게 되면 가지를 뻗을 필요는 줄어들지.'

내게도 이런 일이 일어나고 있는 것 같았다. 세상을 향해 팔을 뻗던 나의 가지들이 죽어 떨어져나가고 있었다. 팔다리를 잃어가고 있었지만 슬프다기보다 오히려 발전적인 일이었다. 그 모든 세월을 겪어낸 덕에 나는 팔을 잃는 대신, 그저 존재하게 되었다. 이렇게 본래의 모습으로 더 많이 서 있을수록, 우리에게 신비가 더 자주 나타나는 것이 아닐까?

영적인 소명의 중심에는 빛을 향해 두 팔을 뻗는 행위가 있다.

이런 행위를 통해 우리는 깨어나 목적을 이루고 세상에서 자신의 자리도 찾는다. 그러나 일단 빛을 발견하고 그 빛 속에서 성장하고 나면 영혼의 부름에 응해야 한다. 영혼의 부름은 살아 있음 속에 그저 머물러야 한다는 것이다. 물론 이 둘은 지속적으로 일어나며 끊임없이 서로에게 조언을 해준다. 한 시간이나 하루, 평생토록 하나가 다른 하나로 인도해준다.

이 모든 것을 느끼고 난 후 나는 우리 안의 변하지 않는 깊은 자리가 하나의 매개체와 같음을 깨달았다. 계속 우리를 부르는 본래의 존재Original Presence와 우리를 이어주는 매개체 말이다. 이것은 바로 영혼의 빛이었다. 이 빛이 우리의 영혼을 부르는 것이다.

그렇다면 이 빛이 우리에게 바라는 것은 무엇일까? 나름의 구체적이고 진실한 방식으로 변하지 않는 본래의 존재를 향해 계속 팔을 뻗는 것, 이 존재를 발견하는 복을 누리며 거기 탁 트인 자리에 서서 그저 존재하는 것, 바로 이것일 것이다.

다섯 가지 약속

영혼의 빛에 다가가 그 속에 서려면 어떻게 해야 할까? 생명의 광대하고 불가해한 힘 앞에서 어떻게 해야 사라지지 않을 수 있을까? 어떻게 해야 실존에 으스러지지 않을 수 있을까? 어떻게 해야 탁 트인 곳에서 함께 살아갈 수 있을까? 어떻게 해야 오늘, 바로 지금, 모든 호흡 속에서 진실한 존재가 되어 위대하고 우주적인 공동체의 일원임을 깨달을 수 있을까? 어떻게 해야 영혼의 소명과 부름을 듣고 따를 수 있을까?

우리는 이 두 부름과 지속적인 협력 관계를 유지해야 한다. 그러나 이 상태들은 도달하거나 이룰 수 있는 것이 아니다. 그저 우리 자신과 타인 그리고 전체와의 관계 속에서 언제나 자신의 영혼을 생기 있게 유지하면 된다. 누구나 이런 존재의 흐름 속으로 비틀거리며 들어갔다 나오기를 되풀이한다. 그러나 나는 도움이 되는 몇 가지 서약들을 매일 꼭 지키려 노력한다. 여러분도 이 서약들을 나름대로 정리해서 실천했으면 좋겠다.

첫째로 나는 언제나 눈에 띄는 존재가 되려고 애쓴다. 사람들의 이목을 끌겠다는 의미가 아니라, 입을 닫거나 내 존재와 걱정을 숨기지 않겠다는 말이다. 그러려면 자기 정직을 엄격하게 실천해야 한다. 안 그러면 사랑하는 이나 낯선 사람들로 북적대는 방 안에 있어도 누구 하나 내가 있는지조차 모를 수 있다. 눈에 띄는 존재가 된다는 것을 주목받을 만한 사람이 된다는 말로 생각하는데, 그런 뜻이 아니다. 공개적인 장소에서 눈에 띄는 존재가 되지 않으면 우리 스스로를 이해할 수 없다. 이것도 우리가 흔히 간과하는 중요한 사실이다. 자신을 드러내지 않으면 우리의 시각 안에 스스로 갇혀버린다. 그래서 나는 열린 자리에서 살며, 연어가 물살을 거슬러 오를 때 배를 먼저 들이대는 것처럼 상처를 두려워하지 않고 힘 있게 모든 것을 마주하려 노력한다.

나는 또 언제나 열심히 보려고 노력한다. 삶과 삼라만상을 있는 그대로 마주하고 받아들이는 데 초점을 맞춘다는 말이다. 폭풍처럼 휘몰아치는 경험들은 종종 우리를 외면하게 만들거나, 우리 눈에 먼지를 뿌리거나, 길에 장애물을 설치해둔다. 이 영원한 춤에서 우리가 할 일은 다시 일어나 본래의 상태를 회복하고, 눈에서 두려움의 부스러기들을 닦아내고, 장애물이 나타난 이유를 파악할 때까지 장애물과의 관계 속에 머무는 것이다.

나는 또 언제나 순간에 충실하려고 노력한다. 현재의 순간은 우리의 변함없는 안내자이자 모든 중요한 것들로 인도하는 출입구와 같다. 속도를 늦춰 매 순간의 중심과 만나면 삶의 신비와 힘으로 인도된다. 라코타 족의 러셀 민즈Russell Means가 말한 것처럼 "누군가 시계를 발명했다고 조급하게 살아가야 하는 건 아니다." 어떤 순간이든 매 순간 급하게 내달리다 보면, 언제나 스스로를 드러내기 위해 기다리고 있는 깊은 생기를 놓치고 만다. 상실감으로 인해 특별하게 여겨지는 것을 뒤쫓는 경우가 흔한데, 깊은 생기는 우리가 존재하는 바로 그 순간 속에서 우리를 기다리고 있다.

나는 또 모든 영원한 것들과 우정을 유지하려고 노력한다. 누구나 뒤엉켜버린 크리스마스 전구선을 풀기 위해 씨름하다가 불이 켜지지 않는 낡은 전구를 발견한 경험이 있을 것이다. 이럴 때 전구를 살살 빼내서 살펴본 후 다시 끼우면 환하게 불이 들어온다. 때로는 전구를 깨끗이 닦기만 해도 불이 켜진다.

영원한 것들과 우정을 유지한다는 것도 결국은 언제나 환하게 불이 켜지도록 이것들과의 관계를 깨끗이 닦는다는 의미다. 이것이 전부다. 그러려면 지금까지 탐구해온 많은 것들, 생명과 직접 접촉할 만큼 충분히 속도를 늦추게 해주는 많은 것들이 필요하다. 생태신학자인 토머스 베리Thomas Berry는 그의 저서 〈지구의 꿈The Dream of the Earth〉에서 생명체들 간의 맑고 열린 관계가 상호 현존을 위한 필수 요건이라고 했다.

마지막으로 삶을 연습하는 짓은 그만두려고 노력한다. 이것은 실천하기 어렵고, 그만큼 중요하다. 우리는 지나치게 많은 생각으로 경험에 대해 조언을 구하고 모든 것을 준비한다. 생존에는 매우 도움이 되지만 이런 준비에 너무 치중하면 어떤 새로운 것도 접촉하지 못한다. 언제나 다가올 일들을 예측하다 보면 미리 준비한 반응에 의존하고 만다. 예측이 지나치면 맞기도 전에 "아야" 하고 울음을 터뜨린다. 그러면 결국 신선한 충격을 경험할 가능성은 사라진다. 지나친 경계로 인해 마음의 그물망과 정신의 골키퍼가 생겨나, 좋은 것이든 나쁜 것이든 다가오던 모든 것들이 방향을 바꿔버린다.

이런 것들이 내면에서 어떻게 살아가고 있는지는 오로지 자신만이 알 수 있다. 그러므로 본래의 존재가 하는 말을 알아들을 수 있도록 자신만의 수행법을 만들어내야 한다. 강바닥처럼 모든 것에 자신을 열어서 삶이 자신을 통과하게 만드는 방법은 무엇일까? 나는 빛을 향해 두 팔을 뻗고 있는가? 아니면 빛 속에 서 있는가? 두 상태에서 무엇을 얻었는가? 나의 본래 모습은 무엇인가? 본래 내가 해야 할 일은 무엇인가? 세상에서 내가 해야 할 일과 내 자리는 어떻게 알 수 있을까? 가장 중요한 문제인데, 모든 찢어진 것들을 꿰매어 경험을 공통의 노래로 엮어내는 광시곡의 기술은 어떻게 터득할 수 있을까?

들음의 계절

불필요한 것들로 마음에 구름이 끼어 있지 않을 때,
이때가 바로 삶에서 가장 좋은 계절이다.

– 무몬 선사Wumen

살아가면서 얼마나 많은 종류의 계절을 경험할 수 있을까? 24년 전 오늘 내 머리에서 종양이 사라졌다. 이것은 어떤 계절일까? 25년간의 들음에서 나는 무엇을 들었나? 가족과 사랑, 각기 다른 방향으로 성장한 친구들 등 너무도 많은 일들이 오갔다. 세월 속에서 바닷물에 절벽이 깎여나가듯 내 정신과 마음의 얼굴도 달라졌다. 들음으로 세월 속에서 형상을 얻는 것. 가장 헌신적인 형태의 들음은 아마 이것일 것이다.

내가 아는 것은 전체를 들을 때와 부분에 귀 기울일 때, 삼라만상의 결합 방식에 귀 기울일 때, 우리의 가면 밑에 살아 있는 것들을 들을 수 있게 모든 것을 차단해야 할 때가 있다는 것뿐이다. 또 조용한 곳에 있을 때와 도심의 거리에 있을 때, 동이 트기를 갈망할 때와 일몰을 그리워할 때 들리는 것이 다르다. 우리가 잃어버린 것들과 우리가 발견한 것에 귀 기울이는 방식도 각기 다르다.

하루하루 롤러코스터를 타듯 느낌과 생각들에 휘둘리지만 우리는 어느 하나의 느낌이나 생각이 미래를 지배하지 않으리라는 것을 확인하고 싶어한다. 개개의 느낌과 생각들은 미래를 지배할 수 있다고 우리를 설득하려 들지만 말이다. 한편 우리의 영혼은 느낌과 생각들이 일어나는 정점Still Point을 찾아야 한다고 주장하면서 우리로 하여금 삶의 계절들을 헤쳐나가게 해준다.

이 정점은 끊임없이 움직이는 모든 것들의 밑에서, 우리가 상상할 수 있는 모든 계절들의 밑에서 우리를 기다린다. 정점은 우리의 정신을 온전하게 유지해주는 침묵의 중심이기도 하다. 대지가 바로 정점이며, 이 정점을 중심으로 계절들이 순환함을 기억하는 것도 도움이 된다. 이처럼 우리 삶의 계절들은 움직일 수 없는 공통의 토대를 갖고 있으며, 이것을 중심으로 삶의 다양한 상황들이 펼쳐진다.

이 움직일 수 없는 토대를 저마다 다르게 부르는데, 나는 이것을 영혼이라 칭한다. 나아가기를 멈추지 않으려면, 한 해 한 해 지날 때마다 이 영혼의 토대로 돌아가보아야 한다. 한 해 한 해 지날 때마다, 봄에는 씨앗처럼 빛을 향해 자신이 갈라지는 소리에 귀 기울이고, 여름에는 시냇물처럼 자신이 부드럽게 졸졸거리는 소리를 듣고, 가을에는 자신의 오렌지 빛 얼굴에 귀 기울이며, 겨울에는 눈처럼 고운 가루로 내려앉아 쉴 수 있는 고요한 자리에 귀 기울여야 한다.

다섯 번째 계절

아직은 건강해서 몇 년 더 살기를 바라지만, 나는 이제 예순 살로 중국인들이 말하는 다섯 번째 계절에 접어들었다. 중국의 민간 전통에서 다섯 번째 계절은 불꽃이 사그라들고 삼라만상의 본래 색깔이 우리에게 다가오는 늦여름을 가리킨다.

이렇게 벌거벗은 계절에 이르는 데는 모든 계절이 다 필요하다. 온갖 소용돌이 속에서 모난 부분들이 깎여나가고, 온갖 상실 속에서 어떤 것에도 집착하지 않게 되고, 온갖 계절들을 지나면서 두 손을 비우게 된다.

이 계절에 안착한 후 나는 아무것도 원하지 않게 되었다. 원하는 것은 오로지 순간들뿐이다. 햇살 속에서, 빗속에서, 그대와 함께하는 순간들. 혼란스럽거나 슬플 때도 함께 혹은 홀로, 존재에 의지해 기쁨 속으로 들어가고 싶을 뿐이다. 이렇게 내가 짊어지고 있던 것들을 모두 내려놓고 싶을 뿐이다.

자신이 모아놓은 것들을 어떻게 처리해야 할지 모르는 다람쥐처럼 우리도 온갖 지식을 축적해놓고 있다. 이런 지식으로 무엇을 해야 할까? 다시 중요한 것으로 돌아가는 데는 어떤 들음이 필요한 걸까?

빛이 사그라드는 다섯 번째 계절은 중국인들이 말하는 천공의 중심점을 나타낸다. 지식이 닦여 앎이 되고, 관찰이 어울림으로, 구함이 존재로, 진리를 찾기 위한 분투가 이 분투의 진모를 살아내는 쪽으로 바뀌어가는 삶의 전환점을 나타낸다. 요컨대 천공의 중심점은 우리의 경험을 이해하게 되는 변화의 시기다.

모든 계절은 우리를 이 계절로 인도하고, 모든 경험은 이렇게 경험을 이해하게 도와준다. 그러므로 하나의 정체성에서 다른 정체성으로, 순진무구함에서 성숙으로, 오만에서 겸허로, 상호의존에서 개성화individuation로, 무감각에서 연민으로, 견습생에서 달인으로, 달인에서 초심자로 이어지는 계절들의 순환에서 어느 시기에 있든 다섯 번째 계절을 꾸준히 준비하면서 천공의 중심점에 대한 저항을 서서히 벗어던져야 한다.

고요의 순간을 찾아서

이야기를 하나 들려주겠다. 자신을 담고 있는 병을 깨버리고 싶어하는 병 속의 번갯불처럼 그에게도 억누를 수 없는 드문 재능이 있었다. 그러나 이런 어마어마한 재능에도 나름의 계절들이 있으며, 이 계절들이 피워내는 것을 모르는 사람들에게 이런 재능은 때로 가혹하다.

그의 알코올 중독자 아버지는 능력 있는 음악가였다. 그는 아들의 재능을 발견하자 다섯 살밖에 안된 아들을 무자비하게 몰아쳤다. 늦은 밤 술에 취해 들어와서는 폭풍우처럼 휘몰아치면서 아침이 될 때까지 피아노 연습을 시켰다. 자신에게 부족한 재능을 어린 아들에게서 확인하기 위해 아들을 압박했으며 실수를 하면 호되게 벌을 주었다.

이로 인해 이 재능 있는 아들에게는 고요의 순간이 허락되지 않았다. 평화를 느끼게 해주는 존재는 어머니뿐이었다. 후에 그는 어머니가 최고의 친구였다고 회고했다. 그는 일곱 명의 자식들 중에서 길 잃은 진주나 마찬가지였다. 하지만 침울한 아버지가 술에 취해서 아들의 재능을 이용해 자신의 존재감을 확인하려고 할 때는 예외였다. 이럴 때 아들은 마음의 소리를 듣기 힘들었다. 그래도 그는 일곱 살에 처음으로 대중 공연을 가졌으며, 열두 살이 되기도 전에 첫 음악 작품도 발표했다. 당시 그는 오르간 연주나 작곡으로 이미 가족의 생계를 책임지고 있었다.

어마어마한 재능을 지닌 이 소년은 이렇게 어려서부터 영원한 침묵에서 폭포처럼 쏟아져내리는 소리를 들으면서 세상의 폭풍우를 물리쳤다. 마치 자신의 재능에 부림을 당하듯 그는 계속 자신의 재능을 써먹었다. 그러면서 그는 끊임없이 고요의 순간을 찾았다. 삶에서 물러선 순간이 아니라, 삶의 음악에 더욱 직접적으로 몰입할 수 있는 고요의 순간을 원했다.

우리도 삶이 주는 이런 긴장을 이해할 수 있다. 우리가 지닌 재능의 크기나 성격에 상관없이, 모든 것을 관통하며 흐르는 음악을 듣기 위해 언제나 세상의 폭풍우를 물리치고 있기 때문이다. 언제나 아이처럼, 자신의 소리를 듣기 위해 타인들의 목소리를 물리친다. 언제나 그의 아버지처럼 되는 것을 거부하고, 분노 속에서 자신에게 없는 것을 타인에게서 찾지 않으려 한다.

폭풍우나 음악, 내면에서 기다리고 있는 재능, 스스로 가치가 없는 존재인 것 같은 느낌 등 우리가 귀 기울여야 하는 것들 속에서 누구나 긴장에 직면한다. 혼란의 계절이나 조화의 계절, 자기 인정의 계절, 자신을 타인과 끊임없이 비교하는 계절 같은 것들이 우리의 관심을 받기 위해 서로 경쟁을 벌이는 것 같다.

이 재능 있는 소년은 곧 집을 떠나 당대의 거장들과 공부하기 시작했다.[5] 그 안의 번개가 밖으로 향하는 길을 비춰주고 있었다. 덕분에 그는 놀랍게 발전했다. 그러다 어머니가 돌아가시면서 열일곱 살에 집으로 돌아왔다.

이제 그는 슬픔의 반격을 받을 수도, 슬픔으로 재능을 살찌울 수도 있었다. 처음에 그는 슬픔 말고 오로지 그의 재능에만 귀 기울이려 했다. 그러나 곧 재능의 목적은 기쁨뿐만 아니라 슬픔과 인간적인 면, 혼란, 미지의 것들 앞에서 느끼는 경이감까지 실어 나르는 것임을 깨달았다.

폭풍우

알코올 중독자이자 음악가였던 아버지에게 지극히 소중한 존재였던 이 소년은 바로 음악사에서 위대한 작곡가 가운데 한 명으로 평가받는 베토벤이다. 그의 막을 수 없는 창작열과 불타오르는 재능은 누대의 작곡가와 음악가들에게 영감을 불어넣고, 심지어는 이들을 위협하기도 했다.

우리 중에 이런 엄청난 날것의 재능을 타고나는 사람은 극소수에 불과하다. 하지만 삶의 여정은 누구나 같다. 누구나 삶의 폭풍우와 음악 사이에서, 삶의 내재적인 슬픔을 마주하는 일과 자신이 지닌 재능의 유용성을 발견하는 일 사이에서 똑같이 긴장을 경험한다.

재능 있는 음악가에게 닥칠 수 있는 숱한 병들 가운데서 베토벤을 괴롭힌 것은 공교롭게도 점진적인 청력 상실이었다. 유명하든 그렇지 않든, 일이 잘 풀리든 그렇지 않든, 삶을 여행하다보면 누구나 힘든 시기를 맞는다. 이럴 때는 본연의 자기로 존재하는 데 필요한 것들이 도전에 직면한다.

등산가는 심각한 부상으로 등산을 못하게 될 수도 있고, 집을 짓는 사람은 손에 관절염이 걸릴 수도 있고, 화가는 백내장으로 모든 것이 뿌옇게 보일 수도 있고, 시인은 뇌수술로 기억력과 말이 어눌해질 수도 있다. 그러나 재능과 장애물 사이의 이런 갈등에서 예기치 못한 힘이 다시 샘솟기도 한다.

베토벤은 아주 영웅적으로 이것을 입증해 보였다. 20대 후반에 그는 귓속에서 소리가 울려서 어떤 음악도 듣기가 힘들다고 토로했다. 악기 소리를 구분하기도 힘들 정도였다. 내면에서는 음악이 끊임없이 흘러넘쳤지만, 그의 귀는 더 이상 세상의 소리를 듣는 도구로서 제 구실을 못했다. 거기다 그는 타인들의 말을 알아들을 수 없어서 대화를 기피하게 되었다. 음악으로 세상을 만나도록 타고난 사람에게 이것이 얼마나 큰 고통이었을지 어느 정도 짐작이 된다. 나도 청력이 서서히 감퇴하는 경험을 했기 때문이다.

이 젊은 작곡가가 경험한 것은 이명의 초기 증상들이었다. 이명은 보통 귓속을 울리는 소음으로 설명한다. 하지만 높게 윙윙대는 소리나 쉬익거리는 소리, 훙얼거리는 것 같은 소리, 호각을 부는 것 같은 소리 등도 들릴 수 있다. 어떤 이들은 재깍이는 소리나 딸깍거리는 소리, 포효하는 듯한 소리가 계속 들린다고 하고, 머리 뒤편에서 귀뚜라미나 메뚜기 소리 같은 게 들려온다고 호소하기도 한다. 그런가 하면 바람이나 파도소리처럼 휘익거리는 소리가 난다는 이들도 있다. 안에서 끊임없이 들려오는 이런 소리들에 지배받지 않으려면, 중심을 잃지 않게 괴팍할 정도로 신경을 곤두세우거나 순응하는 도리밖에 없다.

현대 사회에서는 전 세계 곳곳에서 전송된 이미지나 소리들의 끊임없는 폭격으로 귓속이 언제나 윙윙거린다. 이로 인해 삶의 음악을 깊이 듣거나 영혼의 부름에 귀 기울일 수 있는 기회들이 엄청나게 위협받고 있다. 이런 이미지나 소리들을 내면화할 시간이나 바탕이 안 되어 있을 경우, 마음의 이명을 경험할 수도 있다. 가슴이 경이적인 인식 기관으로서의 역할을 제대로 못하는 것이다. 다행히 신체적인 이명과는 달리, 다시 일어서게 만들어주는 고요의 순간을 되찾아 부동의 영적인 토대에서 새로이 시작할 수 있다.

그러나 베토벤은 다시 시작할 수 없었다. 앞으로 나아가야만 했기 때문이다. 그의 빛나는 재능은 점점 심해지는 청력 상실에 주저하지 않았다. 거의 90년 전에 반 고흐를 벼랑 끝으로 몰아붙였던 것처럼, 재능은 자신을 세상에 알리기 위해 이 작곡가를 소진시켜 버렸다. 자신의 어마어마한 재능을 펼칠 기회를 얻자마자 이 재능에 다가갈 주요한 도구인 청력이 망가지고 있음을 알았을 때, 이 젊은 음악가의 내면에 얼마나 커다란 압박감이 쌓였을지 한번 상상해보라.

1801년 베토벤은 본에 사는 친구들에게 귀머거리가 돼가는 게 말할 수 없이 두렵다고 고백했다. 그러나 영원의 침묵에서 폭포처럼 쏟아져내리는 음악은 영혼을 관통할 만큼 갈수록 뚜렷해졌다. 반면에 이런 음악을 연주하거나 나누려는 시도는 귀머거리가 되기 일보 직전의 귀에서 생겨나는 모호한 잡음들로 인해 갈수록 혼란만 불러일으켰다.

결국 이듬해에 그는 우울증에 빠져버렸다. 음악을 계속하는 게 불가능한 것처럼 느껴졌다. 그는 얼마간 비엔나를 벗어나 오스트리아의 작은 마을 하일리겐슈타트에 은거했다. 이곳에서 그는 자살을 생각했다. 전대미문의 음악을 전달하는 창조자인데도 자신의 음악을 세상에 들려줄 수 없다니, 이런 절망 속에서 어떻게 살아갈 수 있었겠는가?

그런데 하일리겐슈타트의 오두막에서 뭔가 중요한 일이 일어났다. 아마도 그가 품고 있던 번갯불이 그를 놓아주지 않았을 것이다. 1802년 10월 6일 베토벤은 그 유명한 '하일리겐슈타트의 유서'를 작성했다. 그의 형제 카를Carl과 요한Johann에게 쓴 이 편지에서 베토벤은 운명의 불공평함과 무자비하게 찾아온 난청, 겪어내고 싶지 않은 삶의 여정에 절망을 토로했다.

그러나 이 유언장은 그의 몸속에 음악이 흐르고 있음을 보여주는 증거가 되었다. 그는 이해할 수 없을 정도의 자발적인 순응으로 시간이 허락하는 한 이겨내고 참아내면서 재능을 펼치겠다고 다짐했다. 베토벤은 이 편지를 보내지 않고 남은 생애 내내 숨겨두었다. 이로 인해 편지는 1827년 3월 그의 사망 직후에야 발견되었다.

베토벤의 위대한 음악은 그의 재능과 인간적인 약점에 대한 받아들임에서, 의지와 순응의 혼란스러운 뒤섞임에서 나온 것이다. 그는 자신의 재능을 위해 자신의 재능을 통해서 살아가겠다고 다짐했다. 그의 삶 전체를 침묵으로 휘덮는 그 고요의 지점에서 할 수 있는 한 많은 음악을 풀어내면서 고통스러워도 청력의 상실을 받아들이겠다고 결심한 것이다.

이후 그는 20년 동안 창작에 몸을 던져서, 피아노 소나타 「템페스트Tempest」(피아노 소나타 17번, D 단조, 작품 31, 2번)에서부터 「환희의 송가Ode to Joy」가 나오는 전대미문의 명작 「9번 교향곡」(작품 125, D 단조)에 이르기까지 거의 100편에 가까운 작품들을 작곡했다.[6] 모두 침묵의 벼랑 끝에서 창조해낸 작품들이다.

「템페스트」는 격변의 하일리겐슈타트 시절에 작곡한 작품이다. 셰익스피어Shakespeare의 희곡에서 영감을 받은 작품이라고 주장하는 이들도 있지만, 베토벤은 한 번도 이렇게 말한 적이 없다. 이 곡에 순환적으로 등장하는 폭풍우는 훨씬 내면적이다.

고전음악 베이스 기타 연주자이자 교사인 친한 친구 앤더스 달베르그Anders Dahlberg와 「템페스트」로 이야기를 나눈 적이 있다. 이 음악을 들으면서 눈보라를 뚫고 드라이브를 할 때였다. 앤더스는 부분 부분이 끝날 때마다 열정적으로 이렇게 말했다. "처음에는 어두운 내면의 질문들을 풀려고 애쓰는 것 같아. 그게 뭔지는 아무도 모르지. 어쨌든 처음에는 큰 소리로 문제를 풀려다가 부드럽게 태도가 변해. 더욱 높아졌다가 낮아지지. … 하지만 문제는 계속 되돌아와. 문제가 떠나가려 하지 않는 거야. 내 생각엔 청력의 상실이 그 문제 같아. 아니면 삶의 가혹한 덧없음이거나 … 그게 뭐든 결국은 문제를 안고 살아가야 해. 얼마간은 가능한 일처럼 보이지만 문제는 계속 되돌아와. 그래도 삶은 여전히 굴러가. 그래, 삶은 계속 굴러가. 우리는 계속 이렇게 살아가지."

이 곡은 우리 모두를 위한 송가였다. 이 대단히 인간적이고도 긍정적인 곡은 폭풍우를 뚫고 우리를 통찰하는 영원의 침묵 속으로 눈처럼 고요히 돌아가는 것으로 끝이 난다.

「9번 교향곡」은 1824년 5월 7일 빈의 카른트너토르 극장에서 첫 선을 보였다. 12년 만에 처음으로 무대에 등장하는 베토벤을 보기 위해 많은 시민들이 빈 극장을 가득 메웠다. 무대 중앙에 베토벤이 서 있었지만, 실제로 연주를 지휘한 사람은 무대 옆에 서 있던 지휘자 마이클 움라우프Michael Umlauf였다. 그는 가수와 연주자들에게 귀가 완전히 먹어버린 베토벤의 지휘는 무시하라고 했다. 베토벤은 악보를 부지런히 넘기면서 오케스트라를 위해 박자를 맞춰주었다. 그러나 그는 이 오케스트라의 연주 소리를 들을 수 없었다.

그날 연주를 했던 바이올리니스트 요셉 뵘Josef Böhm은 이렇게 회고했다.

> 베토벤이 직접 그 곡을 지휘했어요. … 지휘대 앞에 서서 맹렬하게 팔을 휘저어댔죠. 가끔은 솟구쳐 오르기도 하고 가끔은 밑으로 움츠러들기도 하면서, 모든 악기를 스스로 연주하고 합창곡 전체를 노래하고 싶어하는 것처럼 지휘를 했습니다.

교향곡이 끝나자 관객들은 일제히 기립해서 박수를 보냈다. 베토벤은 몇 소절 늦어서 여전히 지휘를 하고 있었다. 그때 여성 알토 가수인 캐롤린 웅거Caroline Unger가 걸어 나와 혼란에 빠져 있는 베토벤을 관객석과 마주보도록 부드럽게 돌려세웠다. 베토벤은 소리를 하나도 들을 수 없었지만 관객들을 보고 이내 울음을 터뜨렸다.

삶과의 대화

베토벤은 손님이 오면 메모장에 하고픈 말을 적게 했다. 이 메모장은 일종의 탈무드이다. 평생 주고받은 질문과 대화들이 모두 담겨 있지만 대답은 극히 드물다. 음악과 목소리에 대한 허심탄회한 논의가 담겨 있고 삶에 대한 통찰들도 곳곳에 들어 있다.

인간적인 나약함을 받아들일수록 삶의 모든 요소들과 더욱 많이 대화를 나눠야 한다. 우리에게도 삶과의 진정한 관계를 살피고 이해하게 해주는 나름의 메모장이 필요하다. 역설적이게도 내면의 고요한 지점을 찾을 때는 혼자서든 여럿이든 모든 것을 털어놓는 공간이 필요하다. 이런 대화에 생각보다 많은 것들이 달려 있다. 그러므로 여러분도 나름의 메모장을 만들어보기 바란다. 미지의 영역에 들어설 때 들려오는 것들을 적어 넣는 책, 자신이 겪은 들음의 계절을 기록하는 책, 자신의 것이자 모두의 것인 대화의 공간을.

침묵 속으로 더욱 깊이 표류해 들어가 사적인 동시에 우주적인 공간에서 베토벤이 들었던 것은 무엇일까? 무엇을 들었기에 견뎌낼 수 있었을까? 그가 보여준 모범은 지금의 우리에게 어떤 도움을 주는가?

그의 위대한 음악에 우리는 마땅히 경외감을 느낀다. 그러나 지금 우리 논의의 핵심은 그의 삶을 통해 드러난 도구이다. 이 세상에서 해야 할 일이 무엇이든 어떤 장애물과 직면하고 있든, 갈수록 심해지는 상실의 경험에도 아랑곳 않고 이 세상을 버리지 않기로 한 그의 약속은, 계속 창작에 전념하겠다는 그의 약속은 우리 모두의 삶에도 그대로 옮겨올 수 있다.

쇠잔해지는 자신에 굴하지 않고 들리는 것들을 받아들여 할 수 있는 한 어떤 음악이든 만들어내는 것. 이것은 삶에의 도전이다. 계속 들으며 삶을 만나는 것이야말로 우리의 할 일인 것이다. 물살을 거스르며 헤엄치는 연어처럼, 바람 속으로 곧장 돌진하며 날아가는 갈매기처럼, 삶과 직면하는 태도만이 우리에게 비상의 순간을 선사한다. 쇠약해지는 자신에게 굴하지 않고 계속 들을 수 있는 용기와 다짐이 있어야만, 나무의 푹 파인 부분이 바람 속에 쌓여 있던 노래를 드러내주듯 우리가 터득한 섬세한 진실들이 모습을 나타낸다. 이렇게 영혼의 숨결은 우리의 텅 빈 부분을 관통해서 삶의 노래를 들려준다.

귀머거리에 가까웠던 타악기 주자 에벨린 글레니, 유엔 사무총장을 지냈던 미얀마의 우 탄트, 위대한 수피 스승 하즈라트 이나야 칸 등 앞서 이야기했던 사람들 모두 고요의 지점을 만났을 때 경험의 밑바닥에서 무엇이 열리는지를 보여주었다. 고요의 지점을 만났을 때 우리는 존재의 맨 모습 속으로 들어선다. 그리고 이런 경험은 모든 존재들에게 영향을 미치는 하나의 살아 있는 감각과 우리가 태어나면서부터 맺고 있던 관계를 새롭게 만들어준다. 우 탄트가 말한 대로 삶의 거침없고 진실한 반응을 통해 "위대한 신비들로 우리 내면의 존재를 조율하는 것"이다. 그리고 매일의 들음과 느낌을 통해 하즈라트 이나야 칸이 말한 것처럼 "지혜의 표현을 위해 가슴을 조율"한다.

강제로든 자의로든 필터들을 제거한 후 마주하는 것들을 듣고 느끼면, 존재의 맨 모습이 우리 각자에게 모습을 드러낸다. 베토벤은 비범한 재능을 지닌 평범한 사람으로서 경험을 통해 이 존재의 맨 모습에 가까이 다가간 감동적인 예이다. 이것은 고통스러운 동시에 보람 있는 일이다. 온갖 고통을 겪어낸 후 몸속에 깃들어 있던 재능으로 「환희의 송가」와 같은 음악을 탄생시켰다는 것은 회복력의 원자가 모든 영혼 속에서 씨앗처럼 싹을 틔우기를 기다리고 있다는 증거이다.

폭풍우와 침묵을 모두 받아들여 다섯 번째 계절로 들어설 때까지 빛의 필라멘트는 우리 안에 그대로 남아 있다. 다섯 번째 계절에서 불꽃은 사라지지만 삼라만상의 본래 색깔은 있는 그대로 우리에게 다가온다. 인간됨의 핵심 작업은 아마 이것일 것이다. 물론 나도 확신할 수는 없다.

그러나 비틀거리며 다섯 번째 계절로 들어서는 순간, 나는 삶 속으로 더욱 완전히 몸을 숙이고, 더욱 깊이 듣고, 존재의 맨 모습을 기꺼이 받아들이고픈 마음이 들었다. 때때로 서로에게 의지하면, 짊어지고 있던 것들을 전부 내려놓고 천공의 중심점에 대비하도록 서로를 도울 수 있다.

구름보다 오래 기다리기

영적인 수행의 기능은 기본적으로 구도자의 힘을 빼놓는 데 있다.
수행을 제대로 하면 무엇을 찾고자 하는 에너지는 소진되고,
그러면 실재가 스스로를 드러낼 기회를 얻는다.

– 아디야샨티Adyashanti

오래도록 깨어 있는 상태에 들어갔다 나오기를 반복하면서 나는 많은 것들을 배웠다. 처음에는 글을 쓰고, 음악을 연주하고, 그림을 그리고, 정원을 가꾸는 등 연달아 많은 일들을 했다. 그러다 무언가를 창조하는 데 관심을 기울이는 일을 그만두고, 창조의 행위 속에서 열리는 공간 자체가 되는 일에 관심을 쏟기 시작했다. 덕분에 이제는 창조의 행위 속에서 크나 큰 기쁨을 느낀다. 창조 행위의 결과물이 아니라 창조의 행위가 열어주는 공간이 나를 구원해준다는 것을 깨달았기 때문이다.

자연히 이제는 무언가를 완성하는 일이 중요하게 여겨지지 않

는다. 그냥 창조의 공간 속에 있으면 되기 때문이다. 창조를 하는 이 신성한 휴식의 시간에 나는 토대를 얻는다. 영원한 것과 대화를 나누며 비로소 흔들림 없는 근본적인 앎 속에 굳건히 선다. 그 자리에 서면 마음이 평온해진다. 그 자리에 서면 서로 다른 날씨에도 잘 적응할 수 있다.

무엇에 헌신하든, 우리가 하는 수행은 우리의 헌신으로 인해 모닥불 속의 장작처럼 타서 없어진다. 불꽃도 열과 빛을 창조하면서 사그라져 버린다. 그렇다고 인간 장작도 아니면서 뭐가 그리 걱정이란 말인가? 형태를 부여하거나 창조하려는 온갖 노력에도 불구하고, 삶에의 참여로 인해 형태를 부여받고 새로이 창조되는 것은 바로 우리 자신인데 말이다.

기다림의 예술

최근에 소살리토를 여행했다. 하늘을 배경으로 나지막하게 솟아 있는 언덕들을 바라보며 계곡에서 아침을 먹는데, 때 맞춰 모든 것들이 말을 하기 시작했다. 다음은 그때 들은 것이다.

산마루에서

산마루 위의 나무가
하늘을 향해 뻗어 있는 나뭇가지들에
귀를 기울이는 것처럼, 피가
상처 부위를 찾아가는 흐름에
귀를 기울이는 것처럼, 머릿속이 슬픔으로
가득차서 그대 눈을 똑바로 바라볼 수 없을 때
그대가 물웅덩이처럼 귀를 기울여주는 것처럼,
단지 듣기만 해도
우리는 성장할 수 있다.
우리 내면의 늑대를
가슴이 부드럽게 만들어주는 것처럼
우리는 들음을 통해
울부짖음에서 벗어나 길을 찾아갈 수 있다.
뿌리가 옆의 좁은 땅에 귀를 기울이는 것처럼
늙은 거북이가 자신이 들은 모든 것들이
껍질의 무늬 속에 새겨지는 소리를 듣는 것처럼,
우리는 깊은 들음으로 계속 살아남을 수 있다.

이날 아침 들음에 대한 이해가 넓어지면서 나는 다시 다듬어졌다. 간단하고도 뻔한 이야기처럼 들리겠지만 들음에는 시간이 걸린다. 심층의 것들이 스스로를 드러내는 데는 시간이 필요하다. 달의 모든 형태들을 하룻밤에 다 볼 수 없는 것처럼, 느낌의 진실이 차올랐다가 이지러지고 다시 차오르는 과정을 오랜 시간 귀 기울여 듣지 않으면, 마음이나 진실의 상相들을 제대로 들을 수 없다. 눈을 떠야 볼 수 있듯 세계를 여는 핵심 기술은 바로 기다림의 예술, 즉 인내인 것이다.

깊은 들음에 시간이 걸리는 또 다른 이유는 흘려보내야 할 장애물들이 등장하기도 하기 때문이다. 그러나 구름보다 오래 기다리면, 햇살을 느끼고 옥잠화 위에 이슬이 구슬처럼 맺혀 있는 것을 보게 된다. 구름보다 오래 기다리면, 우리 가슴속의 새가 모습을 드러내고 우리 머릿속의 거미줄이 보이기 시작한다.

들음이라는 창조의 행위

소살리토로 여행을 갔던 날 아침 나는 깊은 들음이야말로 창조의 행위임을, 이런 창조가 우리의 의지를 넘어 우리를 형성시킨다는 것을 깨달았다. 나는 늘 들음이 먼저고 행동은 그 다음이라고 배웠다. 이렇게 하면 자연히 마음속에서 연민이 싹틀 시간이 생긴다. 그러나 여러 해가 지난 지금은 오랜 세월에 걸친 깊은 들음도 중단 없는 성장이자 하나의 지속적인 행위임을 알아가고 있다.

이런 면에서 산마루의 나무가 휘어진 방향대로 자랄 때까지 바람에 몸을 구부리는 것도 나름의 듣는 방식이다. 그리고 가장 고통스러운 절규를 받아들이는 행위 속에서 가슴은 상처의 울부짖음을 부드럽게 만들기 시작한다. 늙은 거북이는 존재의 속도로 움직이는 것이 곧 들음의 방식이 될 때까지 세월에 길들여진다. 오랜 세월 누군가를 사랑하면, 그물 침대에서 잠자는 상대의 모습을 바라보기만 해도 가슴이 환하게 열려 피어날 때까지 상대를 받아들이게 된다.

여기에 존재하는 이유

언제나 깊은 들음을 역행한 결과, 현대 사회는 소음으로 가득하다. 할 일의 목록은 끝이 없어 보인다. 여러분도 나름의 목록이 있을 것이다. 설거지와 세탁을 마치면 자동차에 가솔린을 넣고 전기를 고쳐야 한다. 이제는 컴퓨터의 메인보드가 고장 난다. 페이스북 페이지는 해킹을 당하고, 현금자동지급기는 작동을 멈춘다. 이체도 제대로 안된다. 세탁물은 여전히 쌓여가고 직장에는 정리에 오랜 시간이 걸리는 스프레드시트들이 수두룩하다.

나이를 먹을수록 이런 것들 때문에 중요한 일들을 방해받는 게 두려워진다. 언제나 진정으로 살아 있는 상태를 유지하는 데 최상의 에너지를 바치고 싶기 때문이다. 요전 날 일을 시작하려다가 우연히 이 시를 만났다.

벗어나기

할 일이 많지만
행위를 위해 여기 존재하는 것이 아니다.

문제를 풀고픈 바람 밑에는
존재를 풀고픈 갈망이 숨어 있다.

존재가 충만해지면 흔히
문제는 사라져 버린다.

존재의 씨앗은 피어남으로
어둠을 풀어준다.

존재의 가슴은 마주하는 모든 것을 사랑함으로써
그 외로움을 풀어준다.

존재의 차는 차가 됨으로써
물을 풀어준다.

할 일이 많지만 우리는 행위를 위해 이곳에 존재하는 것이 아니다. 나도 이것을 계속 망각한다. 그러다가도 다시 기억해내고 제대로 보지 못하던 나를 재정비한다. 확실히 이것은 행위를 회피하거나 세속의 삶을 외면하는 것과는 관련이 없다. 이런 회피는 "나는 숨을 쉬지 않을 거야"라고 말하는 것이나 마찬가지다. 그렇다면 할 일이 무수히 많은 상황에서 어떻게 하면 이런 사실을 계속 기억할 수 있을까? 삶은 결국 하나의 일을 끝내고 다음 일로 넘어가기 전의 짧디짧은 휴지기들에 불과한 것일까?

몸을 갖고 사는 일도 마찬가지다. 우리는 우리를 실어 나르는 몸을 무시할 수 없다. 안 그러면 죽고 말 것이다. 그런데 몸이 하나의 신전이라면, 이 몸속에 깃들어 사는 동안 우리가 헌신해야 할 것은 무엇일까? 이 질문은 피어남으로 어둠을 풀고, 모든 것에 대한 사랑으로 외로움을 풀어주는 경외의 작업으로 우리를 인도한다.

어느 해 봄 태평양 연안 북서부에서 강의를 한 적이 있다. 사랑스런 학생들 가운데서 작은 섬에 살던 어느 여학생이 'serene'의 의미가 '투명하고, 밝고, 구름이 끼지 않은'이라는 것을 가르쳐주었다. 깊이 들여다보면 '평정serenity'을 갈고닦는 일은 구름보다 오래 기다리는 훈련과 같다. 그리고 구름보다 오래 기다리는 일은 참을성을 가져야 하는 느린 자각의 과정과 같다. 이런 자각에는 본질적으로 시간이 걸리므로 급하게 서두르지 말아야 한다. 한편 베일을 걷어내는 것은 환영을 통과하는 일과 같다. 우리는 평정을 갈고닦는 일과 환영을 통과하는 일 모두를 끊임없이 배워야 한다.

어둠의 땅 건너기

일상과 근원 사이에는 누구에게나 어둠의 땅이 있다. 여기서 말하는 어둠은 악이나 금기라기보다 숲의 우거진 윗부분이 빛을 차단할 때 생기는 어둠 같은 것이다. 이 어둠의 영역을 건너는 일은 자신이 누구인지를 알아가는 과정과 같다. 어떤 이들은 이런 건넘을 내성introspection 혹은 자기 직시라고 부른다.

대부분의 사람들은 상실이나 고난으로 어쩔 수 없이 이 어둠의 영역을 건너게 된다. 한편 창조성을 통해 내면의 숲을 지나는 이들도 있다. 작가들은 글쓰기로 이 숲을 건너고, 가수들은 노래로, 화가들은 그림으로 이 어둠을 지나 자신의 길을 찾아간다. 그렇다고 예술가만 이런 여정에 참여할 수 있는 건 아니다. 방법과 상관없이 누구나 이런 여행을 한다. 이런 여행이야말로 영원한 안식처를 발견하는 유일한 길이다.

힌두교도들이 쓰는 "환영을 걷어낸다"라는 말도 이 건넘의 다른 표현이다. 힌두교에서 마야Maya는 환영의 여신이나 환영을 의미한다. 환영은 삼라만상의 진모와 실제에 덧씌워진 모든 것을 가리킨다. 이 환영의 막이 지닌 위력이 '나me'나 '나의 것mine'을 구분하게 만든다. 환영의 위력으로 인해 개인적 자아의 무지에 빠져 자신은 다른 생명체들과 다르다고 생각하는 것이다. 이처럼 겹겹이 덧씌워진 환영으로 인해 생명의 일체성은 자기중심적인 생각들로 쪼개진다.

누구나 온갖 소유욕과 고립 속에서 환영의 막을 통해 세계를 본다. 시대를 가로질러 널리 퍼져 있는 갈등의 이야기들이 이것을 보여준다. 반면에 환영의 밑에서 모든 생명들이 서로 연결된 채 일체를 이루고 있는 모습을 볼 수도 있다. 영혼과 사랑이 만들어내는 영원한 변화의 이야기들이 그 예다.

환영을 마주하는 법

환영을 마주할 때는 어떻게 해야 할까? 모든 영적인 전통에서 이 질문에 답하기 위해 애써왔지만 누구도 이것을 풀지는 못했다. 그렇다고 인류의 실험이 실패했다는 의미는 아니다. 환영을 만나는 것은 인간 여정과 영적인 지형의 한 부분이다. 그러므로 환영을 받아들이는 방식은 살아 있는 동안 우리의 변화 여부에 중요한 영향을 미친다.

환영이 집요한 안개와 같다면 안개를 만났을 때 어떻게 해야 할까? 먼저 익숙해질 때까지 가만히 있을 것이다. 그런 다음 안개가 일시적인 것인지, 떠안고 살아야 할 것인지 파악한다. 안개가 지속적인 것이라면 안개와 더불어 살아가야 할까? 아니면 어딘가 다른 곳에서 살아야 할까? 처음부터 다시 시작해야 한다면 안개를 벗어나게 도와주는 순례길은 어떤 것일까? 안개가 부분적으로만 끼었다면 안개를 이겨내는 방법은 무엇일까? 안개로 눈과 마음과 정신이 모두 어두워져 있다면 어떻게 해야 할까? 안개를 데리고 다니면 어떻게 될까?

이런 질문들에 답해주는 수행법은 여러 가지 명칭으로 불린다. 하지만 이런 명상법과 기도법들의 핵심은 눈앞이 보일 때까지 가만히 서 있는 것이다. 그리고 있는 그대로 받아들일 때 가장 중요한 것은 더불어 살아가야 할 것을 알아차리는 일이다. 진실에 토대를 두면 올바른 행동을 알아차릴 수 있기 때문이다. 우리는 우리 앞의 것들과 더불어 살아가고 있는가? 이것들을 변화시키기 위해 애쓰거나, 어딘가 다른 곳에서 살아가고 있지는 않은가?

겸허와 초심이 있으면 모든 존재들과 있는 그대로 더불어 살아갈 수 있다. 환영의 안개가 부분적으로 끼어 있을 때는 고요히 안개가 걷히기를 기다리거나 사랑과 연민으로 안개를 태워 없애야 한다. 그러나 눈과 정신과 마음에 안개가 드리워져 있을 때는 보고 생각하고 느끼는 방식을 새로 구축해야 한다. 자기 변화의 과정을 통해 다시 태어나야 하는 것이다. 이것은 결코 배워서 할 수 있는 일이 아니다. 그저 삶에서 구름이 걷히리라 믿고 언제나 서로의 친구가 되어 안개가 자욱한 길을 걸어가는 수밖에 없다.

명상의 근본 목적

명상이 눈을 뜨기 위한 훈련이라면 정관靜觀은 눈을 뜨고 난 후 제대로 보는 훈련이다. 명상과 정관 모두 맑음의 영속적인 길을 제시해준다. 그러므로 명상과 정관은 단지 스트레스를 줄이기 위한 것이라기보다 살아 있음에 더욱 부드럽고 분명하게 지속적으로 몰입하는 것이다. 일단 시작하고 나면 명상과 정관은 삶에서 맞닥뜨리는 안개 같은 환영과 구름을 이겨내게 도와준다.

힌두교, 선불교, 기독교 같은 전통에서는 명상을 할 때 절제된 수행을 통해 고요의 지점을 창조하라고 한다. 이 고요의 지점에 있으면 세상에서 더욱 평화로이 살아갈 수 있기 때문이다. 또 이 고요의 지점 속에서 살면 궁극적으로는 수행과 삶이 분리되지 않는 진정한 존재 방식 속으로 어떤 수행이든 통합시키고 이용하게 된다.

그러나 가장 좋은 의도들을 갖고 명상에서부터 글쓰기, 읽기, 수영 등 무엇이든 시도해보았지만 이런 노력들은 그 자체의 고

귀한 추동력으로 삶을 종종 밀어낼 뿐이었다. 그래서 나는 진정으로 살아 있게 돕는 것이 모든 수행의 목적임을 거듭 자신에게 일깨워주어야 했다.

들은 대로 실천하기

뿌연 막이 타인들로 인해 생긴 것이든 자신이 만든 것이든, 환영의 안개를 걷어낼 때까지 어떻게든 고요를 수행해야 한다. 하지만 이런 봄과 들음은 강력하기는 해도 충분하지는 않기 때문에 보고 들은 대로 실천하려는 욕구와 직면한다. 그러면 우리가 진실이라고 여기는 것에 따라 살아보아야 한다. 우리에게 주어진 한 번의 삶이 이것을 요구하기도 한다.

인간의 여정에서 이런 순간은 언제나 결정적인 전환점이 되어준다. 이야기 속에 영원히 살아 있는 신화적 존재들의 삶이나 시대를 초월한 현자와 성인들의 내적인 변화를 살펴보면 모두 이런 전환점이 있었다. 전도 유망한 청년이었던 싯다르타Siddhartha도 존재의 본질을 탐구하기 위해서 세상과 가족, 지위를 버렸다. 이처럼 그는 진실이라고 들은 것에 따라 행동한 덕분에 부처가 되었다. 또 모세는 파라오의 아들로서 누릴 수 있는 삶을 버리고 사막으로 들어가 신을 발견했다.

한편 자신이 있던 자리에 머물면서 스스로를 변혁시킨 사람들도 있다. 로자 파크Rosa Parks는 앨라배마 주의 버스 안에서 자신의 자리에 계속 앉아 있을 권리를 찾아야 한다고 느꼈다. 그리고 넬슨 만델라Nelson Mandela도 27년 동안이나 그를 감옥에 가둔 고국에 남아 있어야 한다고 생각했다.

그러나 영웅들만 이런 전환점을 맞이하는 것은 아니다. 우리는 이 전설적인 인물들을 너무 떠받들기만 하는 탓에 이들의 여정에 숨어 있는 힘들고 인간적인 부분을 보지 못한다. 더불어 이것이 우리의 여정을 어떻게 비춰주는지도 이해하지 못한다. 싯다르타는 자신이 부처가 되리라는 것을, 넬슨 만델라도 자신이 남아프리카 공화국 역사에서 인종차별주의정책이 실시된 이래 최초의 흑인 대통령이 되리라는 것을 몰랐을 것이다. 어떤 삶에서든 이런 결정적인 전환점은 커다란 용기와 마음을 요구한다. 주시하는 사람이 전혀 없어도 말이다.

궁극적으로 전환점은 떠남이나 머묾이 아니라, 우리의 영혼과 세계 사이에서 기다리고 있는 문을 여는 것과 관련이 있다. 세상이나 비바람에 의해 언제나 닫혀 있지만 진리와 사랑으로 언제든 다시 열 수 있는 문 말이다. 그리고 이 문을 연 후에는 우리에게 주어진 삶을 살아내야 한다.

엉킴과 풂

선구적인 평화 구축자 존 폴 레더라크John Paul Lederach는 멕시코에서 초기 연구를 할 때 어느 마을의 평범한 주민들에게 그들이 갈등에 빠져 있음을 알리기 위해서 어떤 말을 사용하는지 물었다. 그러자 주민들은 40분간 활발하게 논의를 하고 나서 200개에 달하는 말들을 내놓았다. 그중에 스페인어 두 개가 눈에 띄었다. 하나는 '어머니가 없는'이라는 의미의 '데스마드레desmadre'였고, 다른 하나는 '그물망이 엉켜 있다'는 의미의 '인레도enredo'였다. 어근 '레드red'는 어부의 그물망을 의미한다.

존 폴은 어부들의 오랜 어망 풀기 역사를 다음과 같이 설명했다. 그의 설명은 스페인어로 이런 표현이 어떻게 생겨났는지를 알려준다.

> 모든 것이 엉망으로 뒤엉켜 있다는 의미의 스페인어 enredo는 갈등의 동의어로 가장 흔하게 쓰이는 말이다. enredo를 생성시킨 어근—red, 영어로는 '그물망net'이라

는 의미다.—은 말 그대로 어부의 도구와 관련되어 있다. 바다에서 유난히 힘든 시간을 거친 어망처럼 완전히 뒤엉키고 끊어져버린 그물망과 같은 것이 갈등이라고 생각한 것이다.

그런데 흥미롭게도 이것에 대응하고 복구하는 데는 어부의 끈질긴 노고가 필요하다. 새벽 조업을 마치고 잡은 것들을 정리한 후 늦은 아침이나 오후까지 작은 배 안에서 어망을 붙들고 앉아 있는 어부를 본 적이 있다면, 핵심적인 이미지가 떠오를 것이다. 그는 엉키고 찢긴 부분들을 참을성 있게 풀어내고 기워 어망을 다시 온전하게 만든다. 이렇게 온전해지면 수많은 매듭과 연결점, 이음새들은 개개의 어망 줄들을 하나로 이어준다.

Enredo는 치유를 보여주는 하나의 이미지이며, 치유의 시작과 끝은 집단적인 전체의 특질과 관계망에 초점을 맞추는 데 있다. 요컨대 어부는 엉킴을 '푸는 게' 아니다. 단지 연결과 관계를 복구해서 공동체의 구조와 기능에 다시 생명을 불어넣을 뿐이다.

여기서 적용되고 있는 가설을 한번 살펴보자. 우리는 엉킨 그물망을 자르지 않고 푼다. 망이 없으면 먹을 것을 구할 수 없기 때문이다. 엉킴이 너무 심할 때는 물론 자를 수도 있지만, 그러면

망을 새로 짜야 한다.

마찬가지로 '어머니가 없다'는 것은 길을 잃고 중심과의 연결도 끊겨버린 상태를 의미하므로 중심과의 연결을 재발견해야 한다. 그러므로 갈등의 해결은 엉킨 망을 풀어 서로를 먹여 살리고 중심과의 연결을 회복하는 일에 달려 있다. 이런 노력들이 당면한 갈등 저변의 관계들을 중점적으로 해결해준다.

현대의 복합적인 구조 속에서 갈등에 빠져 있다고 말할 때 우리가 초점을 맞추는 것은 막다른 골목이다. 일체성의 붕괴가 아니라 망가짐 자체에 집중한다. 그러나 어부들처럼 '어머니가 없다'거나 '망이 엉켜버렸다'고 말한다면, 우리가 떨어져나온 일체성의 상태에 초점을 맞추게 된다. 갈등을 누구의 탓으로도 돌리지 않는 것에 역점을 두게 된다.

바닷물 속에 오래도록 있다 보면 어망은 엉켜버리기 마련이다. 이런 엉킴은 자연스러운 현상이다. 그리고 탓하기 게임에서 벗어난 이상, 매듭을 푸는 것은 인간으로서 우리가 해야 할 일이다.

존 폴은 같은 이야기를 들려주었다. 그는 전 세계의 분쟁 지역들을 돌면서 "갈등이 언제 시작되었나요?" 하고 물었다. 그 결과 흔히 세 가지 차원의 반응들과 맞닥뜨렸다. 첫 번째 일반적인 반응은 폭력이나 혼란의 시작을 설명하는 것이었다. 두 번째는 폭력이나 혼란을 불러일으킨 원인을 이야기하는 것이었다. 가장 심오한 세 번째 반응은 우리 본질의 긴 역사를 살펴보는 것이었다. 그는 갈등에서 벗어나는 데도 갈등에 빠질 때만큼 긴 시간이 필요하다는 점에 주목했다. 이런 이유로 문제를 깊이 탐구할수록 관계를 변화시킬 가능성도 커진다.

모든 영적인 수행은 우리를 옭아매고 있는 삶의 엉킨 그물망을 푸는 데 목적이 있다. 그러나 구체적인 상황들을 해결하는 법을 터득하고 실제로 엉킴을 잘 풀어내도, 지상에서의 삶은 엉킴과 풂의 끊임없는 교직으로 이루어져 있다.

엉킴을 인정하는 것은 우리가 배운 어떤 풂의 기술보다도 중요하다. 그리고 이런 인정은 완전하게 열렸다가 반만 열리기도 하는 마음의 리듬과 밀접하게 연관되어 있다. 수축과 팽창, 들숨과 날숨처럼 삶에서 마음의 이런 닫힘과 열림이 필요하다. 그러나 엉킴과 풂, 성심과 시큰둥함, 열림과 닫힘 같은 상태들 중 어느 것에도 영원히 머물러 있을 수는 없다. 마음이 반만 열려 있을 때는 그물망이 뒤엉키지만, 온전히 다 열려 있을 때는 엉킴이 풀려버린다. 그래도 엉킴은 결코 끝나지 않는다.

관계의 어망을 풀 때

다른 사람들처럼 내게도 갈등을 회피하는 성향이 있다. 갈등을 직면하고 꿰뚫는 법을 익혔음에도 그렇게 하기가 어렵다. 이런 성향을 투쟁 도피 반응fight or flight response 탓으로 쉽게 돌려버릴 수도 있다. 그러나 삶에서 이런 성향이 힘을 갖는 이유는 회피를 하나의 생존 전략이나 삶의 원칙으로 소리 없이 강화시켜 왔기 때문이다. 실제로 세계의 몇몇 지역들에서는 갈등 회피를 예의나 점잖음으로 여기기도 한다.

어쨌든 우리는 갈등을 피하면 엉킴도 모면할 수 있을 거라고 생각한다. 그러나 이런 생각은 부정의 근원일 뿐이다. 밥그릇을 깨뜨린 후 안 보려고 두 눈을 손으로 가리는 갓난쟁이를 생각해 보라. 엉킴을 피할 수 있다고 생각하는 것은 유아적인 태도에 불과하다. 그런데도 누구나 이런 실수를 저지른다.

지난 여름 누군가가 나의 마음을 아프게 했다. 우리의 관계는 즉시 엉켜버리고 말았다. 무방비 상태에서 허를 찔려버린 후 나는 다시 상처 속으로 끌려 들어갔다. 상대의 얼굴을 마주할 때마다 우리 사이의 엉켜버린 매듭이 나를 잡아당기는 것만 같았다. 그러나 더욱 가슴 아픈 일은 그가 얼마나 잔인할 수 있는지를 깨달았다는 점이었다. 이로써 우리의 관계는 달라졌다.

물론 일어날 수 있는 일이었다. 가끔씩은 일어날 필요가 있는 일이기도 했다. 그러나 나는 가슴 아픈 관계에서 물러서기만 할 뿐, 우리 사이의 갈등에는 결코 직면하지 않았다. 더욱 생각해 보아야 할 점은 갈등을 직면하지 않은 탓에 상대의 잔인성으로 나의 자존감이 뒤엉켜버리고 말았다는 사실이었다. 몇 달이 지난 지금도 이 매듭이 나의 자존감에 영향을 미치고 있는 게 느껴진다.

솔직히 이런 영향의 근원을 거슬러 올라가보면, 부당한 상처와 이 상처를 내 안에 머물도록 허용한 나의 태도가 있다. 이제 나는 성찰의 족집게를 들고 홀로 앉아 이 작지만 성가신 마음의 매듭을 풀어버리려 애쓰고 있다. 이 매듭이 주제넘게 더욱 많은 공간과 주의를 좀먹고 있기 때문이다.

엉킨 그물을 무시하는 기간이 길어질수록 풀기는 더욱 힘들어진다. 뒤엉킨 채 차고에 버려져 있는 호스나 전기 연장선을 갖고 씨름해본 적이 누구에게나 있을 것이다. 나는 하도 단단하게 꼬이고 말려 있어서 꼬인 줄을 풀려다 얼마 안 가서 결국은 좌절감에 호스나 연장선을 바닥에 내동댕이치곤 했다. 그러면 꼬인 부분이 풀어지기라도 할 것처럼 말이다. 그러나 이렇게 갈등을 회피하면 폭력의 힘만 커진다. 이런 폭력은 우리가 오랜 세월 무시해온 상황에 대한 좌절감과 성급함에서 비롯된다.

어망을 펼 때 어부들은 어망의 끝을 한 쪽씩 잡고 서 어망이 완전히 팽팽하게 당겨질 때까지 뒤로 물러난다. 그러면 어망의 매듭과 엉킨 곳들을 더욱 쉽게 볼 수 있다. 손질을 마친 후에는 어망을 펼쳐들고 함께 바닷물 속으로 들어간다. 이런 사실은 갈등에 직면할 용기와 헌신이 있어도 충분한 거리를 두어야만 엉켜버린 관계의 망이 완전하게 다시 풀어지고 펼쳐진다는 점을 보여준다. 이렇게 엉킴을 풀어버리면 어망으로 바다 깊은 곳에서 먹을 것들을 잡아 올릴 수 있다. 관계의 그물망도 마찬가지다. 관계 역시 엉킨 부분을 풀어야 우리의 심신을 살찌워준다.

나도 이제 어부들의 인내심을 배우려 노력하고 있다. 나의 내면과 관계 사이에서 엉킨 부분을 찾아내 매듭들을 부드럽게 천천히 풀려고 애쓴다. 이렇게 그물망을 다시 온전하게 만들려 한다. 누군가와 불편한 관계에 놓이면, 그에게 다가가 손을 잡고 눈을 들여다보려 한다. 그리고 사람들과 잘 공유하지 않는 공간으로 초대해 부드럽게 속삭인다. “우리의 그물이 그만 엉켜버렸어요. 당신도 느끼시나요?”

신과의 놀이

나는 계속할 수 없다. 그렇지만 난 계속한다.

- 새뮤얼 베케트Samuel Beckett

미국의 소설가 트루먼 커포티Truman Capote는 이렇게 말했다. "기도에 응답이 없을 때보다 있을 때 눈물이 더 많이 흘러내린다." 그는 사람들이 무엇을 구해야 하는지 제대로 모르며, 원하는 것과 필요한 것이 같다고 생각하다가 나중에야 둘이 서로 다른 주인임을 깨닫는다고 했다. 그의 주장에 나는 모든 말의 밑에서 진정으로 듣는 것이 기도라고 덧붙이고 싶다. 구석으로 몰렸을 때 문제를 해결해주는 것이 기도가 아니라고.

'기도한다pray'라는 말은 '간절하게 묻다'라는 의미의 라틴어 '프레카리precari'에서 유래되었다. 그러므로 기도는 질문을 던지는 것과 밀접한 관계가 있다. 기도는 절박한 상태에 놓였을 때만 무언가를 구하는 것으로 변질되었다. 물론 부서져 버렸을 때 도피하거나 그냥 지켜보는 사람들도 있다. 그러나 산산이 부서진 사람은 그것이 가장 깊은 질문의 출발점임을 안다.

나와 절친한 친구 웨인 멀러는 이런 상태를 다음과 같이 표현했다. "죽으리라는 것을 아는 상황에서 어떻게 살아야 할까?" 절실하게 물으면 이런 질문은 기도가 된다. 그리고 이렇게 꿰뚫은 지혜는 삶의 방식이 된다.

이 삶의 바다에서는 응답 없는 질문을 안고 살아가는 것 자체가 곧 기도다. 이런 기도는 힘들 때 구원해주는 것을 넘어서 우리를 삶에 더 가까이 인도해주기도 한다.

이제 비로소 이해가 된다. 우리 중 누군가가 다칠 때든 진리의 노래를 부를 때든 사실은 우리 모두가 신의 얼굴 없는 얼굴에서 피를 짜내고 있다는 것을.

자신의 인간성을 받아들이는 길

질문을 품고 진지하게 살아가다 보면 상처, 경이, 현시, 침묵, 꿈, 역설, 타인들의 사랑 등을 통해 전체성으로 들어가는 문턱이나 암시들을 얻을 수 있다. 그리고 이 암시나 문턱들과 관계를 맺는 방식은 우리의 인간적인 면모들의 수용 여부와 많은 관련이 있다. 〈욥에게 주는 대답Answer to Job〉에서 칼 융은 이렇게 분명히 이야기했다.

> 의식이 해야 할 일은 이런 암시들을 이해하는 것이다. 그러지 못해도, 개성화의 과정은 계속될 것이다. 차이가 있다면 희생자가 되어 피할 수 없는 목적지를 향해 운명에 이끌려가게 된다는 점뿐이다. 수고를 받아들이고 충분히 인내심을 발휘해서 우리의 길을 가로지르는 근원적인 힘의 의미를 제때 이해한다면 허리를 곧게 펴고 걸어서 목적지에 도달할 텐데 말이다.

존재의 작업은 우리가 자발성을 발휘하든 안 하든 저절로 계속 이어질 것이다. 이 작업에 우리의 평화가 달려 있다. '화해한다reconcile'는 것은 '재통합하다, 다시 결합하다, 관계를 회복하다, 받아들이다, 조화롭게 만든다'는 의미다.

인간이기 때문에 우리는 경험에 의해 끊임없이 분열된다. 자신의 인간적인 면모들을 인정한다는 것은 자신의 고통을 받아들이고 전체성을 회복하는 방법을 끊임없이 배운다는 의미다. 흔히 부서지지 않게 자신을 굳건히 다질 수 있다거나 고통을 비켜갈 수 있다고 잘못 생각하는데, 둘 다 불가능한 일이다.

인간으로 살아가는 한 운명적으로 우리는 분열과 통합을 되풀이할 수밖에 없다. 이 열림과 닫힘 속에 비밀이 숨어 있다. 충분히 인간적인 존재가 되어 이 열림과 닫힘이 이끄는 대로 살아가는 것 말고 지혜에 이르는 길은 없다.

모두가 옳을 때

나의 착한 친구 밥Bob이 입원 중인 여든아홉 살의 노모를 만나러 갔다. 그녀는 포커 치는 걸 좋아했다. 추수감사절이라 한껏 들떠 있던 노모는 약간 황급하게 그를 반겨주었다. "신과 놀이를 하고 있어! 너도 보이지 않니? 사실 난 신과 놀이를 하고 싶지 않아. 그런데 신이 저기 있는 거야! 지금은 정말 모든 사람들이 옳아!" 신과 만난 느낌이 너무도 충격적이고 강렬해서 그녀는 계속 같은 말을 되풀이했다. 일상의 솔기를 뚫고 더욱 깊은 실제 속으로 들어간 것이다. 파도 하나하나가 바다를 이해하게 도와주듯 이 실제 속에서는 개개의 시각이 지닌 진실이 삶을 근본적으로 통찰하게 해준다.

죽음에 가까워지면 어르신들은 흔히 벼랑 끝에서 발을 떼어놓듯 상반되는 것들의 긴장을 꿰찌른다. 그 순간 누구나 느끼지만 언제나 이해하지는 못하는 삼라만상의 위대한 일체성 앞에서 옳고 그름, 선과 악 사이의 끝없는 경계는 흐릿해진다. 이런 갑작스러운 자각은 물론 어르신들만의 전유물은 아니다. 삶의 위기나 병, 사랑 혹은 예상치 못했던 커다란 기쁨의 순간에 우리도 종종 이런 상태를 경험한다.

모든 것이 성스럽고 모든 길이 옳다는 말이 혼란스럽게 여겨질 것이다. 우리는 삶이 모든 것을 성공에 이르는 좁은 오르막길이나 실패를 불러오는 실수들로 점철된 내리막길 사이의 선택이라고 배웠기 때문이다. 그러나 인식하든 못하든 우리는 언제나 신과 놀이를 하고 있으며, 누구나 옳다.

나의 경우 세상을 바꾸기 위해서 분주히 움직이다가 암으로 멈출 수밖에 없었다. 그때 세상이 나를 변화시키고 있음을 겸허히 깨달았다. 그리고 동료 환자들이 그들의 보이지 않는 무게에 굴하지 않고 살아남는 모습을, 조각처럼 아름답고 부드러운 간호사들이 이들의 무게를 덜어주기 위해 열심히 움직이는 모습을 고통 속에서 지켜보았다. 그러면서 사실은 모든 사람들이 옳음을, 신이 쥐고 있다가 그들을 대신해서 젖혀줄 카드가 에이스이기를 누구나 바라고 있음을 역시 고통 속에서 깨달았다.

고통에 마음이 열리면, 우리가 쥐고 있던 카드가 무엇이었건 겸허와 절박함으로 인해 전부 환히 빛을 발한다. 이로써 퀸과 킹의 얼굴은 우리 자신의 얼굴이 되고, 정말로 기적처럼 모든 얼굴이 모든 것을 담아낸다. 그러면 죽든 살아남든, 우리 모두가 하나의 선물이며 모든 카드가 에이스임을 분명하게 깨닫는다.

인간의 존엄성은 어디에서 비롯되는가?

부서지기 쉬우면서도 탄력적인 삶의 기적은 되풀이할 수 있는 것이 아니다. 어느 차원에서든 누구나 이것을 알고 있다. 1온스의 과즙을 만들어내기 위해 자연이 무수한 시도를 감행한다는 점을 생각해보면, 어쨌든 우리가 존재한다는 것 자체가 꿈 같은 일이다. 그런데도 우리는 살아 있다는 아름다운 사실을 까무룩 망각해버리는 경향이 있다.

실제로 바닷물이 무수한 방식으로 해변을 깎아내리는 모습을, 꿈이 영원의 불길에 땔감을 공급해주는 모습을, 원만하고 귀중한 존재가 될 때까지 경험이 우리의 자존심을 마모시키는 모습을 맨눈으로 바라보라. 삼라만상이 닦이며 흩어졌다가 결국은 존재 속으로 응축돼 들어가는 모습을 맑은 눈으로 바라보라. 이 모든 것이 삶을 비루하고도 찬란한 것으로 만들어준다.

인간의 영혼을 진정으로 용감무쌍하게 만들어주는 것은 의식이 아니다. 삶의 모든 물결을 열린 가슴으로 마주하는 억누를 수 없는 본능이다. 삶의 강력하고도 압도적인 흐름들에 깎여나가면서도 입을 벌리고 노래의 길을 찾아나가는 것. 이런 놀라운 모습 속에 인간의 존엄성이 있다.

자신이 서 있는 자리를 안다는 것

24년 전 뉴욕 주 올버니에서 타코닉 파크웨이를 따라 브루클린의 킹스브룩 메디컬센터를 향해 달렸다. 나는 이번이 할머니를 보는 마지막일지도 모른다고 생각하면서 초봄의 굽이진 길을 따라 나아갔다.

도착해보니 할머니는 종기가 생긴 발뒤꿈치에 밴드를 감은 채 침대 가장자리에 앉아 있었다. 나는 그녀의 뒤꿈치가 이민자로 살아온 94년여의 여정으로 아픈 거라고 생각했다.

다시 만나서 우리는 행복했다. 몇 달 동안 바깥 구경을 못했을 것 같아서 나는 할머니를 휠체어에 태우고 마당으로 나갔다. 마당에서는 겨울을 이겨낸 온갖 것들을 햇살이 깨워주고 있었다.

이 날의 일을 계기로 나는 길을 잃었다가 다시 중심을 찾는다는 것의 의미를 이해하기 시작했다. 우리가 얼마나 자주 타인에게 문턱이 되어주는지도 알게 되었다. 그날 집으로 돌아오면서 테이프 녹음기에 다음의 시를 녹음했다. 그런데 휴게소에서 들어보니 하나도 녹음이 안돼 있었다. 그래서 다시 녹음을 하려는 데 내 가슴속에서 할머니가 살아 계신 자리가 느껴지기 시작했다. 다시 녹음을 하려고 마음먹은 덕분에 할머니가 전하려는 진실이 내게 와닿았고, 이로 인해 눈물 속에서 내가 말하려는 것의 안으로 들어가게 되었다.

이번에는 생명의 맥박 가까이에서 붓질을 하는 원시인이 그의 사라지기 쉬운 느낌을 동굴 벽에 새겨 넣듯 냅킨 위에 시를 휘갈겨 썼다. 다음의 시 속에 이때의 느낌이 담겨 있다.

축복을 살아내기 위하여

햇살 속에서, 뜰에서
벽돌 건물들 사이에서
청소부들이 딱딱한 롤빵을 먹고
하품을 하는 곳에서, 햇살 속에서
고무 브레이크를 잡고
발판을 따뜻하게 하고
햇살 속에서, 일곱 달 만에
처음으로, 아직 잊지 않은 신선한 대지를 향해 그녀가
미소를 보내네.

햇살 속에서, 병원 뜰에서

포근한 바람은 그녀의 얼굴을 어루만지고
그녀는 이렇게 말하네.
"집으로 돌아가고 싶어."
나는 그녀를 휠체어에 태우고 주변을 도네.
그녀는 나무가 아름답다고
구름이 아름답다고 말하네.
팬지꽃도, 상처 입고 굶주린 길 고양이들도
아름답다고 말하네.
"왜 집에 갈 수 없는 걸까?"
햇살을 들이마시고 한숨을 토해내면서
지저분한 벽돌들까지
아름답다고 생각하네.

그녀의 흰 머리칼은 물결처럼 바람에 날리고
햇살 속에서 그녀는 치유되네.
우리 고향에 있음을
나도 느끼기 시작하네.

그녀는 두 눈을 감고
벌들은 열기를 더하고
온기와 윙윙거리는 벌들의 소리

백 살에 가까운 그녀의 눈꺼풀을 휘덮네.
그녀는 정원 저편을 바라보고 미소 지으며 말하네,
"여기가 어디지?"

그녀를 기억의 액자에 담아두기 위해
나는 하루를 되짚어보기 시작하네. 그러나 태양은
신의 조종弔鐘처럼 우리를 압도하고
나는 그녀의 얼굴에서 바람을 털어내네.

그녀는 내 손을 잡아 우리 사이를 흐르는 공기의 접시 속에
담가 씻어주며 고요히 말하네,
"여기가 어딘지 모르겠어."
내 목 안
모든 기억의 기관들로
나도 고백하네,
"저도 모르겠어요."

존재의 중심과 행위의 중심이 나누는 대화

할머니와 함께했던 그 순간을 나는 몇 번이고 되돌려보았다. 식

구들에게 각오하라는 말을 하도 들어서 나는 할머니가 기력도 쇠하고 총기도 사라졌으리라 생각했다. 그래서 "여기가 어디지?"라는 할머니의 질문을 처음에는 노망이 불러온 슬픈 헛소리쯤으로 여겼다. 그러나 곧 더욱 깊은 진실을 깨달았다.

서른여섯 살의 나는 나보다 거의 세 배나 나이를 먹은 여인과 햇살 속에 앉아 있었다. 러시아에서 브루클린의 이 작은 마당에 이르기까지 거의 100년의 세월을 살아낸 여인, 인생이 완전하게 한 바퀴 도는 근 100년의 세월 동안 영어를 못하는 우크라이나인 실향 소녀로, 미국에서 사랑에 빠진 아가씨로, 대공황을 이겨낸 피곤한 어머니로, 부헨발트에서 죽은 사람들에게는 중년의 자매로, 상실에 적응하지 못한 미망인으로, 바로 너희들 때문에 미국으로 건너온 것이라고 끊임없이 이야기하는 할머니로 살아온 여인과.

이제 이 고령의 여인은 파도에 깎여나간 절벽처럼 그 많던 가슴의 언어들을 모두 잃어버린 것 같았다. 모든 여정을 마친 후, 근 100년의 삶을 살아낸 후, 햇살 속에서 개미 한 마리가 작은 꽃을 갉아먹는 모습을 바라보면서 그녀는 더 없이 심오하고 겸허한 목소리로 물었다. "여기가 어디지?"

이따금씩 나는 윤곽이 뚜렷한 얼굴로 질문을 던지던 그녀와 당황해하며 질문을 들어주던 나의 모습도 되풀이해서 떠올려본다. 그녀와 나의 대화는 영혼과 자아, 내 존재의 중심과 행위의 중심이 나누는 대화 같았다.

이런 추억은 이제 나의 여정을 점검하는 하나의 방법이 되었다. 힘들게 평화를 얻은 소중한 순간에 나의 영혼은 이렇게 묻는다. "여기가 어디지?" 그러면 부산하기 이를 데 없던 나의 자아는 하늘을 올려다보며 걸음을 늦추고 순례자의 여정을 다시 더듬어본다.

영혼의 나침반

나는 왜 집으로 갈 수 없는 걸까?
지금 우리는 어디 있는 걸까?
우리가 어디에 있는 건지 모르겠어.
나도 모르겠어.

위의 문장은 영혼의 나침반에 붙어 있는 바늘과도 같다. 이 말을 음미하다 보면, 내가 길을 잃었는지 중심을 잘 잡고 있는지 확인할 수 있다. 이 말들을 정직하게 곱씹어보면, 내 본래 모습으로 존재하지 못하게 가로막고 내 자리도 찾지 못하게 방해하는 것들까지 받아들이게 된다.

이제 나는 할머니와의 경험이 내 방향을 잡아주고 있음을 안다. 돌아가시기 전 할머니를 찾아뵌 덕분에 나는 진정성을 닦는 내면의 수행법을 구체화하기 시작했다. 그날 나의 감정을 시로 표현하려다가 겪은 고충도 내게 재능을 살리는 방법을 가르쳐주었다.

처음에는 테이프 녹음기가 제대로 작동하지 않아서, 그렇지 않아도 힘들었던 하루가 더 험난해진 것처럼 느껴졌다. 그러나 차를 몰면서 속마음을 이야기하다가 멈추어 눈물을 흘리고 다시 녹음을 시도하면서, 할머니가 준 선물을 천천히 의식 위로 끌어올릴 수 있었다. 덕분에 할머니가 전해주려던 진실에 의해 나는 확장되었다.

녹음기가 제대로 작동하지 않은 것은 사실 축복이었다. 덕분에 할머니가 전해주려던 지혜를 내 심장의 조직 속에 기록해둘 수 있었다. 나는 글쓰기보다 말 속에서 지혜를 발견했다.

덕분에 이제는 호머Homer가 왜 눈이 멀었으면서도 〈오디세이Odyssey〉를 읊고 또 읊조리면서 그리스의 시골길을 돌아다녔는지 이해를 할 수 있다. 비밀의 멜로디가 드러날 때까지 앞을 못 보면서도 고통의 이야기를 거듭 이야기하는 것. 살아 있음의 의미를 발견하려면 누구나 겸허히 받아들여야 할 일이다.

이제 나는 말할 수 있다. 할머니가 돌아가시고 난 후 내가 경험한 많은 시련과 탈피를 통해, 암을 통해, 자아의 죽음 같은 폭풍우를 통해, 하나의 사랑을 잃고 또 다른 사랑을 얻은 경험을 통해, 끊임없이 다가오는 삶의 부침 속에서 수없이 길을 잃었다가 다시 중심을 찾았다고.

우리가 어디 있는지는 여전히 모르지만, 이런 깊고도 겸허한 모름이야말로 우리가 다시 생명의 맥박과 접촉하게 해준다.

삶의 열쇠

존재와 행위처럼, 베풂과 받음처럼, 영혼의 소명은 필생의 일을 발견하게 도와준다. 한편 영혼의 부름은 살아 있음으로의 지속적인 초대이다. 둘 모두 중요하다. 그리고 모든 것을 계속 살아 있게 해주는 본래의 존재에 귀 기울이겠다는 맹세야말로 삶의 열쇠다. 예기치 못하게 어떤 혼란이나 격변에 부딪쳐도 본래 존재와의 우정은 우리의 자리를 가르쳐준다.

사실 살아 있음은 성취하는 것이 아니다. 삼라만상의 본래 색깔이 우리에게 다가올 때까지 자신과 타인 그리고 전체와의 관계 속에 머물러 우리의 영혼을 생기 있게 만들 뿐이다. 이것이야말로 모든 계절의 밑에서 기다리고 있는 계절이다.

행복하든 고통에 시달리든 우리는 언제나 세상의 폭풍우를 물리치고 모든 것을 관통하며 흐르는 음악을 듣는다. 경험은 호된 스승과 같다. 생명력의 예기치 못한 재발견 속에 인간의 위대함이 있다. 이 생명력은 우리의 재능과 장애물 사이의 마찰에서 생겨난다.

깊은 들음에는 시간이 필요하다. 인간적인 나약함을 인정할수록 삶의 모든 요소들과 대화를 많이 나누게 된다. 이런 대화는 피어남으로 어둠을 풀고, 사랑으로 외로움을 푸는 경외의 작업으로 우리를 인도한다.

'인간됨의 작업'을 통해 삶의 지혜를 품고 있는 경험과의 우정을 탐구했다. 이 우정을 보살피는 것이 인간됨의 작업이다. 이 작업은 개인적인 동시에 우주적이다. 이제는 한 번 더 자문해보아야 한다. 나는 누구인가? 무엇이 진정한 자기와 관계를 맺게 나를 부르고 있는가? 이제는 다른 심층적인 질문들을 던져본다. 내면의 소리를 들을 만큼 충분히 오래 타인들의 목소리를 물리치고 있는가? 그러면서도 자신의 고집을 넘어 타인들에게서 배우고 있는가? 결과에 상관없이 내가 힘들게 열려고 하는 것은 무엇인가? 나를 열어주는 것과 직면하고 있는가? 삶의 제약과 한계들 중에 나의 재능을 강화해주는 것이 있는가? 삶의 작은 만남 덕분에 진정한 자기를 마주한 적이 있는가? 올바른 행위를 나는 얼마나 잘 알아채고 있는가? 직면하고 있는 것이 무엇이든 그것과 더불어 살아가고 있는가? 아니면 그것을 변화시키거나 어디 다른 곳에서 살기 위해 애쓰고 있는가? 스스로 진실이라고 여기는 것에 따라 살아가고 있는가?

인간됨의 작업에서 핵심은 다음과 같다. 경험으로 인해 삶의 그물망 속에 계속 엉켜들어도, 모든 것과의 관계를 풀고 우리의 인간적인 면모들을 받아들이는 것이다. 이런 작업에는 언제나 온 마음을 바쳐야 한다.

살아가는 동안 우리는 끊임없이 분리와 통합을 경험한다. 이런 사실을 받아들여야 한다. 우리의 인간적인 면모들을 기꺼이 받아들이고 이것이 불러오는 상황도 인정하는 것이 좋다. 그리고 언제나 진심을 다해야 한다.

이제부터는 타인들과의 우정, 즉 사랑의 작업을 탐구해보도록 하겠다. 이 우정 속에 보살핌의 지혜가 담겨 있다.

사랑의 첫 번째 의무는 들어주는 것이다.

폴 틸리히**Paul Tillich**

3장

혼자이면서 혼자가 아님을

- 사랑의 작업

혼자이면서 혼자가 아님을

가본 적이 있는데도 완전히 새롭고도 익숙한 해변으로 거친 파도가 우리를 인도할 때까지, 뗏목을 타듯 삶을 느끼며 흐르는 것 말고 달리 슬픔과 어우러질 방법이 없음을 나는 안다. 어떤 것도 숨결 밑의 고통을 지금 당장 덜어주지 못하리라는 것을 나는 안다.

우리는 그저 경험의 공유를 통해 힘을 얻을 수 있을 뿐이다. 어떤 이야기를 들어도 비판하지 않고, 경험으로 우리 사이에 작은 불꽃을 만들어 오래도록 함께 온기를 쬘 뿐이다.

길 없는 길을 나도 함께 걷고 싶다. 슬픔과 죽음, 믿음, 공정과 불공정의 저변에 살아 있는 신비를 함께 통과해가고 싶다. 이것은 모든 이해와 지도를 넘어선 일이다. 우리가 할 수 있는 일은 그저 우리 앞의 사람들처럼 길을 따라 올라가 빈터에 들어서는 것뿐이다.

이 빈터는 평화를 알고 싶으면 수용하라고 간청한다. 이 신비로운 길이 슬픔이나 고통을 없애주지는 않지만, 왜 그런지는 몰라도, 바닷물 속에 떨어진 칼처럼 슬픔과 고통은 무뎌진다.

그러니 자신이 혼자이면서 혼자가 아님을 알아야 한다. 모두가 느끼는 내면의 벼랑으로 함께 가줄 수는 없지만, 나는 벼랑 가까이에 있어줄 것이다.

인간의 정원

이곳에서 우리에게 허락된 시간은 잠시뿐이다.
그동안 사랑의 불꽃을 감당해내는 법을 배워야 한다.

- 윌리엄 블레이크William Blake

나는 정말로 사람들을 사랑한다. 뿌리를 내리고 꽃을 피우는 모습을, 서로를 휘감고 햇빛을 향해 뻗어가는 모습을 사랑한다. 나는 어두운 대지 속에서 멀리 뻗어나가는 만큼 세상 속에서도 높이 서는 모습을 사랑한다.

우리는 언제나 더욱 큰 존재의 진동에 휩싸여 있다. 더욱 큰 이 존재를 복잡한 인간이 얼마나 잘 비춰주는지 아는가? 실제로 휘청거리며 산을 기어올라 긍정의 벼랑에 이르는 동안 우리는 살아 있는 모든 존재들을 비춘다. 어떤 날에든 나는 마주치는 개개의 사람들을 언제나 잘 알아볼 수 있다. 내가 곧 그들이기 때문이다.

중요한 것은 나와 같은 단점을 지닌 사람들을 피하느냐 아니면 일어서게 이들을 돕느냐 하는 점이다. 더욱 커다란 존재가 너무 강하게 여겨질 때 이 존재를 외면할 것인지 아니면 내 영혼의 눈을 계속 열어둘 것인지, 이해할 수 없는 것과 마주할 길을 찾아내 어떻게든 힘을 얻어낼 것인지 아니면 그만둘 것인지, 중요한 점은 바로 이것이다.

지상에서 천상의 노래를 부를 수 있을 때까지 긍정의 벼랑으로 올라가 하늘을 향해 우리의 비밀을 외쳐댈 것인지 아니면 그만둘 것인지, 정말로 중요한 점은 바로 이것이다.

이것은 다음과 같은 중요한 질문들을 불러일으킨다. 우리의 의지를 적절하게 사용하는 길은 무엇일까? 뿌리를 내리며 대지를 뚫고 싹을 틔워내는 씨앗 같은 존재가 우리라면, 우리의 의지로 일을 진척시키겠다고 고집을 피우는 것이 얼마나 유용한 일일까? 이 성장에 우리의 모든 것을 바치는 것이 의지라면, 어떻게 해야 할까? 아무것도 뒤로 감추지 않는 성스럽고도 용감한 행위가 의지라면, 그럼 어떻게 해야 할까?

아무것도 뒤로 감추지 않는 것, 바로 이것이 사랑의 작업일 것이다. 데이비드 스타인들 라스트David Steindl Rast 신부는 믿음의 의미는 '이것에 나의 마음을 주는 것'이라고 했다. 할 일과 하지 말아야 할 일들의 목록과 상관없이, 믿음은 아마도 우리가 원칙처럼 간직하고 있는 어떤 확신이나 결론과 관련된 것이라기보다 삶에 참여하고 귀 기울이는 헌신일 것이다.

물론 우리는 어느 한 자리에 뿌리를 내린 채 붙박혀 있지 않다. 그래서 삶이 어디로 인도하든 온 존재로 이곳에 순전히 깃드는 법을 배우는 것이 지상에 태어난 모든 존재들의 과제이자 역설이다. 이것은 연민의 삶으로, 다른 생명체들을 성장시키며 어우러지는 삶으로 우리를 인도한다.

오래전 자공Zi Gong이 스승인 공자에게 물었다. "한 사람을 평생 이끌어줄 한 단어가 있다면 무엇일까요?" 그러자 공자가 대답했다. "서恕(호혜성Reciprocity)가 어떻겠느냐? 스스로 원하지 않는 것을 타인들에게 요구하지 말거라." 이것 역시 무엇도 뒤로 감추지 않고 타인들에게 마음을 주는 것이다. 황금률의 초기 표현인 것이다.

누구나 인간의 정원에 뿌리를 내리고 싹을 틔운다. 대지에 뿌리를 내리는 만큼 세상 속에서도 싹을 틔운다. 개개인은 운명적으로 자신만의 길을 찾아 빛을 향해 가도록 되어 있으며, 이것은 서로를 존중하며 길을 따라가느냐에 따라 크게 달라진다.

재즈 같은 만남

최근에 명상센터에서 약 여든 명의 사람들과 대화를 가졌다.

한 시간 남짓 서로의 존재 안에서 허우적거리고 나자 진실한 기운이 방 안을 가득 채웠다. 그때 어느 여성이 물었다. "20대를 위해 해줄 말씀은 없나요?" 그녀는 생기가 넘쳤다. 그녀의 눈망울 덕분에 내 안의 열린 자리가 다시 느껴졌다. 나는 별 고민 없이, 하지만 온 존재로 이렇게 답해주었다. "마음으로 모든 것에 귀 기울이세요. 정말 모든 것에요. 그리고 느낌에 따라 행동하기 전에 고요히 있어보세요." 이 말은 나를 위한 조언이기도 했다.

그러자 어느 나이 든 여자가 불쑥 질문을 던졌다. "60대를 위해 해줄 말씀은 없어요?" 모두들 웃음을 터뜨렸다. 나는 그녀에게 고개를 돌리고 천천히 대답했다. "마음으로 모든 것에 귀 기울이세요. 정말 모든 것에요. 그리고 느낌에 따라 행동하기 전에 고요히 있어보세요." 모두들 한숨을 내쉬었다. 나는 그저 우리의 만남이 불러일으킨 것을 말로 표현했을 뿐이다. 이처럼 진솔한 대화는 재즈와 같다. 말하거나 듣게 될 내용을 미리 생각하거나 짐작하지 않고 진심으로 서로를 만나기 때문이다.

세 가지 약속

광기보다는 사랑이 더 커야 한다.

- 헨크 브랜트Henk Brandt

사랑의 작업을 계속 실천하게 해주는 세 가지 약속이 있다. 먼저 상대에게서 진실하거나 아름다운 무언가를 봤을 때, 상대를 우리가 원하는 방향으로 변화시키거나 성장시키려 드는 것은 사랑의 작업이 아니다. 진정한 사랑의 작업은 우리가 본 모든 존재들 속에서 아름다움과 진실이 자라고 꽃 피울 수 있는 환경을 창조해서, 그들의 가장 깊은 본성을 이끌어내 주는 것이다.

동시에 타인들 특히 젊은 사람들에게 세상 속에 있어도 안전하다는 느낌을 심어주고, 삶과 미지의 영역이라는 영원한 자원에서 도망치지 않고 이것들 속으로 몸을 숙이고 들어갈 수 있는 자신감을 키워주는 것이다. 이것들은 진정한 사랑의 작업에 아주 중요하다.

인간인지라 우리는 끊임없이 경험을 통합하다가도 자신도 모르게 경험에 잠식당한다. 거의 매일 두려움과 아픔, 걱정을 잘 다스리다가도, 어느 순간 이 두려움과 아픔, 걱정 속에서 허우적댄다.

그러므로 사랑의 세 번째 약속은 경험 속에 잠겨버리거나 느낌에 빠져 허우적댈 때, 경험과 느낌이 적정한 크기로 줄어 다시 우리를 지탱해줄 때까지 언제나 함께 있어주는 것이다. 이런 약속들은 우리가 마음이라고 부르는 연민의 근육을 튼튼하게 단련해준다.

자신만의 얼굴 찾기

여러 가지 일을 하지만 주된 직업이 화가인 친구가 한 명 있다. 몇 해 전 막 그림을 시작할 즈음 그녀는 두 여인이 포옹하는 모습을 그리고 싶어했다. 그녀는 그림을 그리기 시작했다. 그런데 그림이 둘의 머리 부분에 이르자 여인의 얼굴이 잘 떠오르지 않았다. 결국 그녀는 그리는 것을 멈추었다. 이후 삶 속에서 경험이 그녀를 색칠하기 시작했다.

몇 년 후 그녀는 다락방에서 이 미완의 그림을 발견했다. 그리고 여러 모습의 자아를 확립했다가 깨뜨려버린 지금, 이 그림의 완성이 그녀의 영혼과 이 영혼의 분신이 세상에서 만들어내는 이야기에 달려 있음을 깨달았다.

그간의 공백기는 이 둘의 특성을 파악하는 데 꼭 필요한 시간이었다. 많은 고통과 기쁨을 거친 덕분에 그녀는 하나의 얼굴은 누구에게도 보여주지 않는 모습인 반면, 다른 얼굴은 그녀가 세상에 드러내는 모습임을 이해했다.

저녁에 일을 마친 후 그녀는 두 눈을 감고 긴 생을 돌아보며 그녀에게 더해진 표정들을 찾아보았다. 그리고 자신의 삶이 어떻게 펼쳐져 왔는지를 이해하기 위해 애쓰면서 두 여인의 얼굴에 색을 입히기 시작했다.

그러자 서서히 서로를 포옹하는 두 여인의 모습이 드러났다. 그녀는 자신의 자아를 끌어안는 신비로운 배움이 결국은 서로를 포옹하는 신비를 가능케 하는 사랑의 작업과 같음을 깨달았다.

이런 고요한 개화는 누구에게나 필요하다. 그리고 이런 개화를 위해서는 자신의 꿈을 그려보겠다는 열정, 아는 것만을 그리겠다는 정직함, 멈추어 모르는 것을 경험해볼 용기, 몇 년 후에도 되돌아올 수 있는 겸허, 포옹을 마무리할 물감으로 우리 생명의 피를 이용할 수 있는 자신감을 가져야 한다. 이것들이 인간이라는 꽃을 피워주기 때문이다. 우리 영혼의 얼굴과 우리가 세상에 보여주는 얼굴이 하나로 똑같아질 때까지 우리를 꽃피워주기 때문이다.

사랑의 보답

사랑의 보답은 친밀함이다. 이것은 살 수도, 훔칠 수도, 얻을 수도 없는 보물과 같다. 배려가 친밀감을 낳는다는 것은 삶의 이치다.

흔히 우리는 누군가를 돕기 위해 멈추거나 우리가 넘어졌을 때 부축해 일으켜주는 친절한 사람을 만나는 순간에 가장 소중한 친구를 발견한다. 공통의 경험을 대신할 수 있는 것은 없다. 두 마리의 고래가 세상을 함께 헤엄쳐 다니며 나누는 것이나 서로 길을 내주며 오래된 숲을 탐험하는 두 친구를 묶어주는 것이 무엇인지는 말로 표현하기 힘들다.

친절은 삶의 한 가지 방식이다. 물론 무거운 짐을 들어 올려주기를 기다리거나, 나나 여러분이 더 노력해주기를 바라기만 하는 이들도 있다. 이런 사람들을 못마땅하게 여기지는 말아야 한다. 아직 충분히 고통을 경험해보지 못해서 그런 것이기 때문이다. 이런 사람들은 그들이 아는 것보다 자신에게 더욱 많은 해를 가하고 있다.

타인을 도우면 모든 것의 가슴에 닿을 수 있는 길이 열린다. 이런 부는 오로지 커지기만 한다. 물론 우리가 도움을 준 이들이 떠나거나 죽어버릴 수도 있다. 혹은 나름대로 아름다운 사람으로 성장해서 타인들의 사랑을 받게 될 수도 있다. 어쨌든 친절이 낳은 친밀감은 몸속에서 빛으로 변해, 결국엔 우리 마음의 등불이 된다.

마음의 기술

유콘 주 오지에 사는 독립적인 교육자 린 하틀리Lyn Hartley가 스키어 두 명이 밤에 얼어붙은 호수를 건넌 이야기를 들려주었다. 손전등을 비추며 눈 위를 가던 둘은 얼음 사이에 빠져 있는 사슴 한 마리를 우연히 발견했다.

사슴은 어깨 높이까지 얼음 구멍에 빠져 옴짝달싹 못하고 있었다. 사슴 혼자서는 빠져나오지 못할 게 분명했지만 그들도 녀석을 끌어내줄 수는 없었다. 기온도 떨어지고 있었다. 그래서 둘은 그곳에서 밤을 지새웠다.

사슴이 저항했지만 그들은 텐트로 사슴을 덮어주고, 자리를 잡고 앉아 작은 손전등으로 사슴의 얼굴과 깨진 얼음의 가장자리를 비춰주었다. 조각 모양으로 언 얼음에 베이는 것을 막기 위해서였다. 아침에 해가 뜨자 그들은 도움을 청하러 갔다. 그러곤 사람들과 함께 사슴을 밧줄로 묶어서, 천천히 가장자리로 끌어냈다.

이 이야기는 곤란에 빠진 사람과 함께 있어주고 그의 이야기를 들어주는 법을 알려주는 하나의 강력한 은유이다. 어려움에 빠진 사람이 있으면, 가까이에서 상대를 따뜻하게 감싸주어야 한다. 하지만 섣부르게 상황을 해결해주려는 충동은 자제해야 한다. 아무것도 할 수 없을 때는 그냥 함께 있어주고, 오도 가도 못하는 것 같은 사람을 포기해버리고픈 충동을 이겨내야 한다. 나의 텐트를 빌려주되 억지로 구조하려고 애쓰지는 말고, 빠져나갈 방법이 나타날 때까지 곁에 머물러주어야 한다.

이런 이야기는 우리에게 교훈을 준다. 삶은 오도 가도 못하거나, 물에 빠진 사람을 만나 어쩔 줄 몰라 하는 역할을 누구나 번갈아 맡게 될 만큼 아주 길기 때문이다.

이런 역할들을 맡기 전에 빙판 위의 작은 손전등 불빛처럼 사랑과 진실을 만나게 하는 마음의 기술을 익혀야 한다. 빠져나갈 길은 서로의 진실 속에 있으므로.

자신에게 어떻게 상처를 주고 있는가?

복이 있으면, 닦이고 닦여서
우리가 깨뜨리지 않은 것의 최고 상태에 이른다.

안 좋은 습관을 익혀서 이것에 집착하기는 쉽지만, 늘 진실을 섬기기는 어렵다. 아무리 인간은 습관의 동물이라 해도 그렇지, 왜 자기 파괴적인 것에 이끌리는 것일까? 그 이유는 단순하다. 처음에 그렇게 배웠고, 익숙한 것이 주는 편안함이 유익한 것에 대한 인식보다 강하기 때문이다.

안 좋은 습관은 흔히 집이나 정체성에 대한 인식과 관련이 있다. 때문에 습관을 버리는 것을 어느 차원에서는 자신을 잃는 것처럼 여겨서 자신도 모르게 습관적인 행위에 힘이 보태진다. 한 예로 성장기와 결혼 초기에 나는 언제나 모든 사람의 감정을 감당해야만 했다. 이 일은 전부 말 없이 이루어졌고, 나는 그 역할을 받아들였다. 이후 변화를 위해 열심히 노력했지만, 감당하기를 그만두자 혼란과 결핍감이 찾아왔다.

마찬가지로 여러분이 언제나 아주 간단한 결정도 못 내리는 무력한 사람 취급을 당한다고 가정해보자. 어떻게 해야 할지 누구도 일러주지 않는 진공 상태에 갑자기 놓이면 아마 불안해질 것이다. 이것은 마치 언제나 우리를 압박하는 벽에 기대 있는 것과 같다. 얼마 후 우리는 이 벽에 기대 있었다는 것을 깨닫고, 벽이 사라지면 서는 법을 다시 배운다.

자신이 터득한 것에 대한 편안함은 내면 깊이 영향을 미친다. 그리고 변화에 대한 두려움은 우리에게 아주 오랜 중력처럼 작용한다. 우리에게 원형적으로 존재하는 것이라는 말이다. 모세의 이야기를 생각해보라. 그의 백성들은 노예처럼 억압에 시달리다가 구원과 자유를 달라고 울부짖었다. 그러나 모세가 이집트 밖으로 인도하자, 불평을 일삼고 구속의 익숙함과 안락함을 원했다.

이 오래된 이야기는 우리에게 구속에서 벗어나고픈 갈망과 변화에 저항하는 목소리가 모두 있음을 말해준다. 이 목소리는 고통과 학대 속에서도 이렇게 꼬드긴다. "그렇게 나쁘지만은 않아. 편안해. 그렇게 길을 알아가는 거야." 이런 목소리를 받아들이는 태도에 따라 삶의 활력과 진정성은 달라진다.

구속에서 벗어나고픈 갈망을 우리 내면에 있는 모세의 목소리라고 한다면, 변화에 저항하며 익숙함을 좇는 목소리는 햄릿Hamlet의 목소리다. 햄릿은 우리 안에서 '맞아, 하지만' 하고 속삭이는 모습의 원형과 같다. 이 목소리는 우유부단함과 합리화를 통해 직면해야 할 문제와 우리를 완강하게 떼어놓는다. 그는 해야만 한다는 것을 알면서도 행위 직전에 변명으로 행위를 포기해버린다. 지나친 생각으로 자신의 결심을 되풀이해서 흩뜨린다.

우리 안의 햄릿은 다양한 모습으로 나타난다. 한 예로 친한 친구 한 명이 중독증과 싸우고 있다. 그는 몇 년 동안 중독과 회복의 순환을 되풀이했다. 건강한 상태에 머물 기회를 맞이할 때마다 어떻게 해야 하는지를 인정하면서도 결국엔 나약하게 힘없이 무릎을 꿇어버렸다. 그는 이렇게 말하곤 했다. "이게 맞다는 건 나도 아는데, 내가 정말 해낼 수 있을지 모르겠어. 그러니까 참을성을 갖고 날 좀 봐줘."

우리는 이도 저도 못하고 그의 한계에 연민을 느끼곤 했다. 그러다 곧 그가 건강을 잃을 위기에 처하면 믿기지 않을 만큼 강하고 위력적으로 변모하지만 편안한 구속 상태로 돌아가고픈 마음도 동시에 단단해진다는 것을 목격했다. 그런데 어느 날 그와 함께 햇살을 쬐며 샌드위치를 먹는데 그가 자리에서 벌떡 일어서더니 내게 고개를 돌리고 말했다. 자신의 상태를 제대로 깨달은 것 같았다. "나는 황소처럼 강해. 유혹에 넘어가 삶을 직시하지 않을 때만 나약할 뿐이지."

몇 년 동안 그의 햄릿이 그의 모세를 조종하고 있었다. 유혹에 넘어가서 비이성적인 목소리를 마치 이성적인 것처럼 듣고 따라

가는 것은 어떤 중독증에서나 일어나는 일이다. 내 친구는 아직도 진실을 마주하면서 구속에서 벗어나고픈 갈망을 회복하고 내면의 힘을 얻기 위해 싸우고 있다. 사실 누구나 되풀이해서 이런 싸움을 한다.

우리 안의 두 목소리

변화와 우리의 관계는 끝이 없고 간단하지도 않다. 우리는 삶의 모든 굽이에서 잘못된 길과 올바른 길을 구분해야 하는 과제를 안고 있다. 이것도 자기 사랑의 한 작업이다. 그리고 이런 구분에서 가장 중요한 것은 진실을 따르려는 영혼의 충동과 익숙함에 집착하고 변화에 저항하는 목소리가 모두 우리에게 있음을 인정하는 것이다.

분명하게 말하면, 문제는 익숙한 것이 아니라 이것에 대한 집착이다. 새들을 바라보며 테라스에서 매일 커피를 마시는 것이 문제가 아니라 그 시간에 친구가 나를 필요로 해도 일정을 바꾸지 않는 태도가 문제다.

이런 목소리에 따르고 있음을 인정하고, 두 목소리가 내면에서 대화를 나누게 허용하는 것은 삶에서 아주 중요한 수행이다. 우리가 떠안은 습관들을 넘어 더욱 충만하게 사는 법을 익힐 때까지 둘 중 어느 목소리도 억압하지 않고 둘의 에너지가 만들어 내는 긴장을 견뎌내야 한다. 어떤 순간에서든 새로운 것을 친숙하게 받아들일 때까지, 살아 있음과 깨어 있음을 안식처로 삼게 될 때까지.

이것은 쉽지 않지만 필요한 일이다. 모든 일에 "맞아, 하지만"이라고 말하는 저항의 목소리와 여러분은 어떻게 관계를 맺고 있는가? 삶에서 물러나기보다 삶 속으로 뛰어드는 태도와 많은 것들이 관련되어 있다.

저명한 심리치유가 에릭 에릭슨Erik Erikson은 우리는 삶에 세 가지 방식으로 대응한다고 했다. 새로운 상황들을 받아들여 우리를 둘러싼 삶과 연결되는 창조적인 방식과 예측 불가능한 삶으로부터 자신을 지키기 위해 고립 속으로 움츠러드는 신경증적 방식, 자신의 퇴행적 행위들을 가혹한 세상에서 살아남기 위한 불가피한 자세로 합리화하는 방식이다. 이중 가장 위험한 것은 물론 세 번째 방식이다.

우리는 무한히 결합된 방식으로 이 세 가지 태도를 모두 보여준다. 그러나 삶에서 물러나기보다 삶 속으로 들어갈 때, 비로소 변화를 위해 싸울 수 있다. 그럼에도 필요 이상으로 삶에서 물러나는 태도를 취하면 습관의 벽은 더욱 두터워진다.

더 나은 발판을 얻기 위해 세상의 혼돈으로부터 자신을 고립시키거나 세상의 폭력을 재해석하는 것은 본질적으로 잘못된 일은 아니다. 그러나 고립으로 인해 삶과 유리되고 마주치는 것들의 재해석이 삼라만상의 진실을 부정하는 방식으로 굳어지면, 결국 우리 안의 햄릿에게 영혼의 열쇠를 넘겨주게 된다. 너무 멀리 물러서면, 고립의 양상들을 칭송받아야 할 특징들로 미화하기도 한다. 그러나 고립은 성장의 문턱 근처에서 결박된 채로 그곳에 집을 짓게 한다.

고립을 고귀한 것처럼 미화하면, 삶을 갉아먹는 행위들도 지지받아야 할 미덕처럼 여기게 된다. 불신을 가혹한 세상을 견디게 해주는 성숙함으로 재해석하고, 죄책감은 자신을 내세우지 않고 타인들을 섬기는 희생으로 재해석한다. 불안은 자신을 양보하는 겸손으로, 우유부단함은 적응성으로 재해석한다. 정체는 고요를 위한 수양으로, 고립 자체는 독립성으로 재해석한다. 절망은 실제를 금욕주의적으로 받아들이는 태도로 재해석한다. 이로써 진정한 성숙, 희생, 겸양, 순응, 고요, 독립, 받아들임이 우리를 위해 간직하고 있는 것들과 단절되고 만다.

삶의 이런 목소리들에 관심을 기울이고 관여하는 것이 쉬운 일은 아니다. 정직한 친구와 타인들의 위안이 필요한 이유도 여기에 있다. 고맙게도 이런 전통은 계속 이어지고 있다. 인도네시아의 어느 부족은 수 세기 전부터 라벤더와 아마 씨를 공단 주머니에 넣어 축복의 의미로 피곤에 지친 눈 위에 얹어주고 있다. 눈

위에 얹은 씨앗의 무게가 얼굴을 펴준다고 생각하기 때문이다.

서로의 눈 위에 씨앗을 얹어주는 것. 서로를 사랑한다는 것은 이런 느낌이 아닐까? 일단 얼굴이 펴지면, 시인 E. E. 커밍스 Cummings가 상상했던 일도 가능해진다. 자신에게 상처를 주는 마음 아래서 '긍정이 삶의 유일한 방법이지' 하고 생각할 수 있다.

한결같은 스승

지지받고 싶으면 보아야 한다.

나는 30대 내내 사람들에게 인정받고 싶은 자연스러운 욕망이 있었다. 시간이 지나면서 이 욕망은 더욱 간절해졌고 나는 소진돼 갔다. 그러나 몇 년에 걸쳐 나는 지지받는 것이 이해받는 것보다 더욱 중요함을 깨달았다.

지지를 받으면 인정받는 것에 그다지 신경을 쓰지 않게 된다. 지지를 받는 것이 인정받는 것이나 마찬가지기 때문이다. 이런 인정은 태양의 온기가 꽃을 피어나게 하듯 우리의 존재를 확인하게 해준다. 그리고 태양을 향해 자신을 여는 꽃처럼 현재에 존재하는 것이야말로 영혼이 삶 자체의 신비를 지지하는 방식이다.

주의를 기울이면 이 신비도 응답을 주고, 경이감이나 외경이라고 부르는 형태로 우리를 포옹해준다. 우주를 볼 정도로 충분히 현재에 존재하면 신비가 우리를 지지해준다는 의미다.

나는 나약한 인간인지라 지금도 내 존재가 인정받고 이해받기를 갈망한다. 상대가 어떤 의도도 없이 나를 인정하고 이해해준다면 그건 사랑의 선물이다. 그러므로 이런 욕구는 결코 사라지지 않을 것이다. 그러나 이런 인정이 없어도 나는 더 이상 흔들리지 않는다.

물론 무시를 당하면 상처를 입는다. 나를 완전히 드러냈을 경우에는 특히 더 그렇다. 방법을 아는 대로 솔직하게 마음을 이야기했는데도 오해를 받으면 특히 더 좌절감이 든다. 그러나 진실은 설명하지 않아도 변함없이 진실이다. 또 우리가 등을 돌려도 본성은 본연의 힘을 거두지 않는다.

우리는 서로를 의지하는 키 큰 나무들과 같다. 우리의 인간적인 면모들로 인해 사방으로 흔들리지만 영혼은 굳건하게 뿌리를 내리고 대지와 깊은 관계를 맺는다. 이렇게 생명의 망과 연결되어 있음을 느끼지 못하면, 인정받고 싶은 욕구가 우리를 지배하고 압도하며 심지어는 황폐하게 만들기까지 한다. 생명의 망과 더욱 넓게 직접적으로 연결되어 있지 않으면, 의존적인 사람이 되어 외부의 평가에 집착하게 된다.

그러나 어떤 순간이든 충분히 현존할 수 있는 용기를 되찾으면, 연결되어 있는 모든 것들의 끌어당김을 느낄 수 있다. 이런 끌어당김은 우리 존재의 천부적인 권위를 회복해준다. 물론 나의 핵심과 우주를 이어주는 이 생명선을 느껴도 외로움은 확실히 사라지지 않는다. 하지만 외로움이 적절한 크기로 줄어들기는 한다. 나보다 큰 모든 것의 현존을 느껴도 아픔은 사라지지 않지만, 이런 느낌이 아픔을 흡수해주기는 한다.

이제는 내 안에서 이런 아픔이 느껴질 때 삼라만상의 본성이 나를 지지해주고 있음을 안다. 젊었을 때는 이런 아픔이 설명할 수 없는 슬픔처럼 여겨졌다. 이 슬픔을 없애버리기만 하면 행복할 것 같았다. 그러나 암을 앓고 난 후 이 깊은 아픔이 내 영혼의 소리굽쇠임을 깨달았다. 이 아픔을 통해 내가 중요한 것에 가까이 다가갈 수 있었다는 것을 알았다.

실제로 아름다움과 고통 속에서 느끼는 이 깊고 이름 없는 아픔은 변함없는 스승이자 친구다. 너무 분주하거나 무감각해서 아름다움을 받아들이지 못할 때 이 아픔은 나를 부수고 열어 진실을 받아들이게 했다. 이렇게 가슴이 찢기고 열리는 것은 두려운 일이었다. 나는 이런 일들에서 회복되지는 못했어도 이런 사건들을 통해 나를 열었다.

시간이 흐르면서 이 모든 일들 덕분에 마음도 훈련이 필요한 근육과 같음을 깨달았다. 가슴이 무너질 때마다 마치 죽을 것 같은 느낌이 들었지만, 가슴은 결국 더욱 큰 모습으로 되살아났다. 이런 과정을 받아들이면 내 존재가 부서지면서 열렸지만, 나의 현존을 억제하면 그저 부서지기만 했다.

덕분에 이제는 가슴이 무너진 후에도 나는 여전히 여기 존재한다는 것을 안다. 그래서 매번 더욱 깊이 호흡하고 더욱 곧게 허리를 편다. 매번 더욱 친절한 존재가 되고 싶다는 갈망과 예기치 못한 능력에 눈을 뜬다.

자아라는 오두막 안에서

벼랑 끝에서 가까운 오두막의 오래된 문구멍을 뚫고 들어오는 바람처럼 우주가 힘차게 내 안으로 몰려들어 왔다. 나는 언제나 내 안의 그 자리에 귀를 기울였다. 모든 것의 내면 끄트머리, 그 곳으로 가서 귀를 기울여온 것이다.

그 자리에서 나는 결정적인 두 가지 진실을 들었다. 하나는 삶은 어딘지 모르는 곳에서 강풍처럼 불어와 우리의 얼굴을 추켜올리고 제 갈 길을 간다는 것이다. 나머지 하나는 삶이 폭풍우처럼 우리의 가슴을 두드려대는 방식이다.

이런 귀 기울임으로 나는 바람이 우리를 관통하고 에워싸는 것을 느끼는 것 말고는 선택의 여지가 없음을 깨달았다. 이것을 말로 표현하기는 힘들다. 하지만 첫 번째 진실은 삼라만상이 있는 그대로 보여주는 것으로, 두 번째 진실은 인간 존재의 경험으로 표현할 수 있을 것이다. 이 두 가지 진실을 들은 덕에 나는 존재의 본질을 받아들이고 그 영향을 부정하지 않으려 애쓰게 되었다. 두 진실은 이제 나의 스승이나 마찬가지다.

그래서 누군가가 "우리는 왜 여기에 있는 걸까요?" 하고 물으면, 나는 잠시 멈추어 바람이 내 가슴속 구멍을 관통하는 소리를 듣는다. 바람은 저 아래 밑에서부터 벼랑 자체에게 묻는 것 같다. "왜 여기 있는 거지?" 우리가 "세상을 떠받치기 위해서죠"라고 대답하면, 벼랑은 아마 "아니, 세상이 되기 위해서야"라고 답할 것이다. 그러나 내가 할 수 있는 말은 내 가슴과 두 눈, 정신이 계속 닦이고 닦여 열린다는 것뿐이다.

요즘 오두막 안에서 삶이 어떻게 느껴지는지 이야기해주겠다. 대부분의 사람들처럼 나도 마음에 중심이 잡혀 있으면 평온하다고 느끼고, 곤란한 감정들이 느껴지면 마음이 흔들리고 있다고 생각했다. 그리고 대부분의 사람들처럼 나도 양 극단을 오갔다. 마음이 흔들리면 차분하게 가라앉혀야 했고, 오래 지속되는 평온에 놀라워하다가도 곧 다시 마음이 어지러워지곤 했다. 대부분의 사람들처럼 나도 동요가 없는 상태(고통, 두려움, 혼란, 화가 없는 상태)를 평화와 연관 짓고, 동요가 일어나면 다시 세상의 뒤엉킴에 휘말려 들어가고 있다고 여겼다.

그러나 이제는 동요가 없다고 반드시 평화로운 것은 아니며, 괴로운 감정들이 일어난다고 꼭 중심에서 멀어지는 것도 아님을 알아가고 있다. 충만하게 살아 있으려면 삶의 모든 범주들을 느끼면서도 마음의 중심을 잃지 말아야 한다. 상당히 어려운 일이기 때문에 나도 그 방법을 확실히는 모른다. 그래도 마음속으로 두 스승—삼라만상이 있는 그대로 보여주는 진실과 인간으로 존재하는 경험—에게 귀 기울이면 자신을 찾을 수는 있다.

최근에 말과 행동이 다른 사람과의 관계에 다시 휘말렸을 때도 이 모든 사실이 생각났다. 세부적인 사항은 중요하지 않았다. 하지만 이 사람을 믿을 수 없었으며 그는 자신이 약속을 어겼다는 것도 인정하지 않았다. 확실히 나도 내가 했던 약속들을 전부 지키며 살지는 못했다. 그러나 이번에는 예전에 찢어졌던 바로 그 자리에서 겉으로는 보이지 않는 비밀 주머니처럼 심장이 찢어지는 것 같았다. 그래서인지 기대하지 않고, 내려놓고, 순응하고, 받아들이는 온갖 수행에도 실망감이 나를 괴롭혔다.

그러나 손가락을 앞뒤로 튀기다가 깜짝 놀라서 마음의 중심을 잃지 않으면서도 상처를 느끼는 상태로 들어갔다. 상황이 바뀌지 않으리라는 것을 인정하면서도 실망감을 억누르지 않은 것이다. 평화를 핑계 삼아 마음의 동요로부터 도망치지 않고, 평화와 동요를 모두 담아낼 만큼 충분히 넓어질 때까지 내 존재를 이완시켰다.

이것은 새로운 경험이었다. 원인이 무엇이었든 평화와 동요 사이의 이 경주는 자연히 한계에 이르렀다. 그러나 평화와 동요가 이어져 있는데다 끌어당길 수 있는 것이었기 때문에 나는 일체성의 실가닥을 풀어냈다. 이로써 나는 생명의 바람이 휘몰아쳐 들어오도록 자아의 오두막에 있는 오래된 문을 무너뜨려버렸다. 그러나 내면의 오래된 구멍으로 차례차례 들어온 속삭임들, 우리가 진실이라고 알고 있는 속삭임들은 다시 거침없는 거센 바람 속에 묻혀버렸다.

새의 노래를 찾아서

고통받는 중에도 우리는 아름다움을 받아들이고, 상실과 이것이 열어준 것에 귀 기울이고픈 욕망에서 결코 멀리 벗어날 수 없다. 관심을 기울이면 이 지속적인 두 욕망은 심장을 단련시키고 우리를 더욱 탄력적으로 만들어준다.

우리는 영원히 표류하며 우리 앞의 기적들 속으로 들어갔다 나오기를 되풀이한다. 보기 위해 두 눈을 확장시켰다 수축시키는 사이, 사랑과 경이감, 진실은 우리를 열어 가까이에 있는 모든 불가해한 것들을 받아들이게 한다. 그러나 우리는 다시 고통이나 상실, 장애물들과 씨름하면서 위축된다. 이렇게 씨름하는 동안에는 삶의 기적에 닿을 수 없을 것처럼 여겨진다. 그러나 주어진 일을 견뎌내고 나면, 고통과 상실은 우리를 더욱 활짝 열어준다. 이렇게 인간의 가슴은 보는 법을 배운다.

현대의 문화는 우리에게 완벽하고 행복한 삶을 살 자격이 있다고 말한다. 하지만 고통도 없고 상실로부터도 자유로운 삶을 고집스럽게 신성시하면, 결국은 주어진 고통과 상실에 난타당하고 삶의 목적도 잃어버리기 쉽다.

아무리 원해도 언제나 확장된 상태로 숨을 들이쉬기만 할 수는 없다. 마찬가지로 언제나 행복할 수도 없다. 확장과 수축, 들숨과 날숨을 모두 경험해야 살 수 있다. 마음, 정신, 영혼도 모든 경험에 열리고 닫혀봐야, 경험이 우리를 관통할 때 그 의미를 이해할 수 있다. 아무리 힘들어도 고통, 상실, 장애물은 우리를 열었다 닫아주는 역동적인 삶의 힘이다. 이것들과의 평생에 걸친 대화를 이해하고 못하고는 우리 자신에게 달려 있다.

고통이나 상실을 불러들일 필요는 분명히 없다. 하지만 어떤 날씨든 피할 수 없는 것처럼 우리 몫의 고통이나 상실도 외면할 수 없다. 그렇다고 고통이나 상실을 신성시할 필요도 없다. 고통과 경이감의 교차 속에서 경험의 풍파를 통해 자신을 다듬어가는 과정이 바로 삶의 여정이기 때문이다. 부정할 수 있을지는 몰라도 누구도 이 여정을 피해 갈 수는 없다.

어느 날 새의 노래 속으로 들어가 우주의 고요한 음악으로 충만해지는 과정을 한번 상상해보라. 아무리 그 순간 속에 머무르려 해도 새의 노래는 결국 희미하게 사라지고, 우리는 다시 일상으로 돌아와야 한다. 그런가 하면 새들이 건물 뒤편이나 다리 밑 등 어딘지 모르는 곳에서 나타난 것처럼 여겨지는 날도 있다. 그들의 노래는 보이지 않는 안개처럼 우리를 휘덮어, 과제들을 기계적으로 처리하는 것 이상의 의미가 삶에 있음을 상기시킨다.

그러나 새들은 그 달콤한 약을 갖고 다시 휘리릭 날아가 버린다. 그래도 우리는 어쨌든 다시 새 힘을 얻는다. 이제 우리에게 남은 일은 삶이 우리를 어디로 인도하든 들음의 작업을 멈추지 않는 것이다. 그래야 어딘지 모르는 곳에서 생겨난 그 노래를 계속 우리의 행위 속에 살아 있도록 만들 수 있다.

진실은 종종 이 새들의 노래처럼 나타난다. 아무리 새들의 노래 속으로 들어가 머무르려 해도, 그 소리는 결국 희미하게 사라져 버린다. 어떤 날에는 진실이 어딘지 모르는 곳에서 나타나, 여기에 존재한다는 것이 얼마나 귀한 일인지를 상기시킨다. 그러다 새들이 생기를 되찾아주는 약을 가지고 떠나버리면, 우리가 할 일은 남아 있는 나날들 속에서 진실의 노래를 살아 있게 만드는 것이다. 이렇게 우리는 고통과 상실, 장애물, 사랑과 경이감, 진실과의 평생에 걸친 대화를 통해 확장과 수축을 거듭하면서 살아 있음의 본질 속으로 들어간다.

까마귀와의 대화

최근 콜로라도 주 보울더에 있는 사운즈 트루 출판사에서 '깨어 있기'라는 주제로 대화를 녹음했다. 비슷한 영혼들과 깊은 확장을 경험한 시간이었다. 드넓은 바다를 떠다니는 매끄러운 유목처럼 고맙고 평화로운 마음이 들었다.

그런데 집으로 돌아가는 중에 비행기에 머리를 부딪쳐 두통이 생겼는데 가시질 않았다. 이후 축농증까지 시작됐다. 부비강에 문제가 있었던 적은 한 번도 없었고, 눈 뒤에서 쥐가 나는 것 같은 두통도 처음이었다. 거기다 두통은 이상하게도 24년 전 내 두개골 속에 살았던 종양처럼 두뇌의 아주 깊은 곳까지 침투했다. 그래서인지 그때와 지금의 상태를 구분하기도 힘들어지기 시작했다.

모두들 축농증 치료에는 시간이 걸린다고 말했다. 하지만 비행기와 충돌한 데다 축농증까지 겹쳐서 과거의 상처 주변에서 이상한 감각이 느껴졌다. 암으로 고통받던 때 이후로 머릿속이 뿌연 것 같은 느낌은 처음이었다. 이로 인해 모든 것을 바라보는 시각이 위축되기 시작했다.

그날 밤 나는 긴 잠에서 깨어난 용처럼 암이 되돌아온 것인지도 모른다는 두려움에 소스라치게 놀라서 일어났다. '지금은 안 돼!' 수전이 바로 옆에서 잠을 자고 있었기 때문에 소리 없이 비명을 질러댔다. '지금은 안 된다고!'

나를 압도하는 몸의 기억들과 싸우면서 삶을 예전처럼 폭넓은 시각으로 바라보기 위해 씨름했다. 그러다 두려움과 적당히 거리를 두는 능력을 잃어버리고, 벌떡 침대에서 일어나 앉으며 소리쳤다. "그건 그때고. 지금은 지금이야. 토끼 구멍에 떨어지면 안 돼!" 그러자 내 생존의 껍데기 속에서 떨리는 목소리가 들려왔다. "너무 늦었어. 너무 늦었다고."

나는 이미 만약의 문제들 속으로 빠져들고 있었다. 그러자 두려움은 물어뜯을 틈을 엿보며 심장 주위를 맴도는 까마귀처럼 빙빙 돌기 시작했다. 나는 확장과 위축을 되풀이하고 머릿속의 통증과 과거에 찢었던 부분을 더듬어보면서 며칠을 보냈다. 끊임없이 검진을 받고 아무것도 할 수 없으리라는 두려움에 휘둘리는 그 여정을 다시는 되풀이하고 싶지 않았다.

그러다 아내와 함께 내과 전문의를 찾아갔다. 검진 결과 혈압이 높게 나왔다. 심각한 두통으로 혈압이 상승했을 수도 있다. 그녀는 작은 엄지손가락으로 내 눈 밑과 관자놀이 주변을 찔러보았다. 그녀도 축농증일 뿐이라고 생각했지만, 내 병력을 감안해서 두뇌 컴퓨터단층촬영을 받아보라고 했다. 마음의 평화를 원한다면 촬영을 받아야 했다. 확장과 위축은 더욱 극심해졌다.

내면 깊은 곳의 무언가는 내가 건강함을 알고 있었다. 그러나 두려움이 이런 느낌을 신뢰하지 못하게 만들었다. 이런 상태는 3주 동안이나 지속되었다. 두통도 사라지지 않았다. 급기야 나는 완전히 뒤집어지는 지경에 이르렀다. 너무 일찍 검사를 받으면 오히려 두려움이 커질 테고, 3주가 지났는데도 검사를 피한다면 어리석은 짓이었다. 갈등 관계에 있는 사람, 사랑하는 사람, 상처를 주었던 사람, 우리의 과거나 한계에 대한 진실을 직면해야 할 때를 아는 것도 부단히 연마해야 할 기술이다. 그리고 적절한 직면 시기를 결정할 수 있는 사람은 자신뿐이다.

나는 결국 컴퓨터단층촬영을 받았다. 결과를 기다리는 동안 안정을 찾기가 힘들었다. 다시 앞날이 걱정될 때마다 또 다른 고통이 두려움에 새로운 힘을 부여했다. 두려움은 눈에 안 보이는 거대한 비단뱀처럼 숨어 있다가 나를 더욱 위축시켰다. 먹이를 주면 두려움은 본래 그렇게 한다.

그런데 알고 봤더니 오른쪽 위턱의 사랑니가 죽어가면서 집요하게 통증을 일으킨 것이었다. 두통이 가시지 않은 것도 그것 때문이었다. 종양이 퍼져서 그런 거라고 철썩 같이 믿고 있었는데 말이다. 축농증과 수그러들지 않는 극심한 두통, 혈압의 상승 모두 이 죽어가는 사랑니 때문이었다.

신경 치료를 받은 후 촬영 결과가 도착했다. 나의 두뇌는 정상이었다. 멀쩡했다. 암이 아니었던 것이다. 그러나 이렇게 다 끝난 뒤에도 두려움은 멈출 줄 몰랐다. 까마귀처럼 계속 맴돌았고, 나는 그 검은 날개 속에서 오도 가도 못했다. 누구에게랄 것도 없이 나는 소리쳤다. "25년 전에 일어난 일이 어떻게 지금까지 이처럼 완전하게 나를 휘어잡을 수 있는 거지? 문제가 해결됐는데도 왜 두려움과 고통의 손아귀에서 벗어나지 못하는 거지?"

그러자 내 깊은 곳에서 이런 대답이 들려왔다. "이런 괴로움이 있어야 25년 동안이나 품고 있던 상처를 풀어버릴 수 있으니까."

맞는 말이었다. 내 이로 인해 나는 단단한 지혜의 조각을 잃어버렸다. 그래서 나는 다시 밤에 일어나 앉아 까마귀 같은 두려움을 쫓아버리기 위해 애썼다. 두 손을 가슴에 얹고 천천히 숨을 내쉬면서 손안으로 두려움을 끌어모았다. 그러고는 나는 물론 다른 누구에게도 스며들지 않게 두려움을 증발시켰다.

20분, 아니 스무 번의 생애 같은 시간이 흐른 후 까마귀는 멀리 사라져버린 것 같았다. 깜빡 잠이 들어서도 나는 두려움을 내 숨결과 손으로 가슴에서 몰아내는 꿈을 꾸었다. 그러다 비몽사몽간에 보도를 뒤덮고 있던 잎사귀들이 갑작스런 빛의 바람에 흩어지는 광경을 보았다. 나는 다시 까무룩 잠이 들었다.

꿈 속에서 나는 내 눈에는 보이지 않지만 햇살 속에서 반짝이는 호수를 향해 나아갔다. 그러다가 허리를 구부린 채 몸을 흔들고 있는 나무들 사이를 바라보았다. 거기, 죽은 나뭇가지 위에서 까마귀가 천진난만한 모습으로 앉아 있었다. 나는 여기 이 중간의 세계에 머물고 싶었지만 눈을 떠야 한다는 걸 알고 있었다. 까마귀도 나를 따라올 것이었다. 까마귀도 빛을 원하기 때문이다. 우리를 두렵게 만드는 것들도 지지받기를 갈망한다.

아침이 되자 심장의 조임이 사라지기 시작했다. 가을날의 잎사귀들이 빛다발 주변에서 바스락거리는 소리가 들려왔다. 아름다움이 다시 아름답게 다가왔다. 내가 다시 정상을 되찾아가기 시작한 것이다.

심연의 바닥을 훑고 나아가게 파도가 우리를 후려치듯 고통과 두려움이 내 목을 부여잡고 있었다. 그러나 탁 트인 하늘 아래 한 알의 모래 알갱이처럼 서 있자 두려움은 힘을 얻을 자리를 잃었다. 태양의 달램으로 구름이 하얀 배를 드러냈다. 나는 다시 확장되기 시작했다. 신께, 신비에게, 누구에게도 보이는 않는 부정할 수 없는 흐름에 감사했다. 우리를 계속 살아 있게 만드는 것은 바닥을 스치는 것만도, 태양처럼 찬란해지는 것만도 아니었다. 둘 모두였다.

파란 하늘 아래서 다듬어지지 않은 들판의 풀들이 이리저리 일렁였다. 태양이 작게 고동쳤다. 나도 작게 고동쳤다. 쓰러진 나무 밑에서 꺾여 있던 빛이 내가 찾던 진실처럼 서서히 몸을 일으켰다.

존재의 피륙을 이루는 필라멘트들

내게 치과의사가 말했다. "이걸 좀 보세요." 머리카락 크기 만한, 죽어가던 이빨의 신경이 면봉 위에 걸쳐져 있었다. 나는 깜짝 놀랐다. 요 작은 것이 그런 통증을 일으켜 내 의식을 전부 뒤죽박죽으로 만들어버리다니! 어떻게 그럴 수가 있지?

이 신경조직의 모습이 머릿속에서 떠나질 않았다. 마치 모든 생명을 연결하는 필라멘트처럼 여겨졌다. 우리는 흔히 이 필라멘트를 보지도 듣지도 못하고 그냥 지나친다. 그러나 잡아당기거나 자르는 순간, 필라멘트는 즉시 우리의 주의를 강력하게 끌어당긴다. 신경에 자극이 가해지면 우리의 온 의식은 재조정된다.

실제로 우리 개개인은 모든 것을 연결하는 미세한 도관과 같다. 개개의 살아 있는 존재들은 존재의 피륙을 이루는 머리카락 같은 필라멘트인 것이다. 그러므로 우리는 믿기지 않을 만큼 나약한 동시에 믿기지 않을 만큼 강력한 존재이다. 신경에서 신경으로 이어지는 우리의 접촉에는 삶의 과정을 변화시키는 힘이 있다.

그러나 우리가 이 변화를 의도할 수는 없다. 이런 점은 감사와 겸허의 마음을 동시에 불러일으킨다. 또 개개의 존재들에게 이 변화가 어떻게 보일지도 통제할 수 없다. 이 필라멘트와 접촉했을 때 우리의 삶에 귀 기울이는 도리밖에 없다. 우리가 들은 것을 이해하는 데는 흔히 타인들이 필요하지만 말이다.

칼 융은 시인이나 예술가들이 이 필라멘트와 같은 존재들이라고 생각했다. 그들의 의지와 상관없이 집단 무의식을 받아들이는 피뢰침으로 쓰이는 존재들이라고 본 것이다. 이런 면에서 우리는 누구나 깊은 들음으로 아주 짧은 순간이나마 인류 전체를 드러내주는 시인이자 예술가라고 할 수 있다. 이처럼 자신의 의식을 넘어서 인간적 투쟁의 도관이 되는 일은 예기치 못한 공감의 순간에 일어난다. 액자소설 같은 다음의 이야기가 그 예다.

2007년 4월 버지니아 공대에서 총기난사 사건이 벌어진 직후 희생자의 한 명인 리비우 리브레스쿠Liviu Librescu 교수는 내 마음에 깊은 울림을 주었다. 비극에 직면하면 우리의 마음은 흔히 하나의 세부적인 사실이 모든 이해 불가능한 것들의 살아 있는 상징이기라도 한 것처럼 이 사실에 집착한다. 내게는 홀로코스트 생존자이기도 한 리브레스쿠 교수의 이미지가 바로 그런 상징이었다.

그날 그는 고체역학 강의를 하고 있었으며, 미치광이 같은 조승희Seung-Hui Cho가 총을 들고 들어오려는 순간 교실문을 붙잡고 열어주지 않았다. 한 명을 제외하고 학생들이 전부 피신하는 사이 조승희는 결국 문을 뚫고 리브레스쿠 교수를 쏘아 살해했다.

두 사람이 문의 양 편에 서 있는 모습이 계속 떠올랐다. 사실 우리 모두 그 문의 양편에서 살아가고 있다. 그 순간 속에서 고동치고 있던 인간 투쟁의 깊은 역사에 가슴을 열기까지 이 이미지는 나를 놓아주지 않았다. 전혀 모르는 사람인데도 리브레스쿠 교수의 모습은 나를 변화시켰다. 나는 그의 모습을 생각하다가 그 끔찍했던 사건을 나름대로 설명하는 글을 쓰기도 했다. 이 글은 〈마음으로 보는 만큼 멀리As Far As the Heart Can See〉라는 내 책 속에 「세상에 대한 사랑과 고통」이라는 제목으로 실려 있다.

4년이 지난 2011년 카렌Karen은 이 글을 우연히 읽었다. 당시 버지니아 공대에서 일하던 카렌은 리브레스쿠 교수를 잘 알고 있었다. 그녀는 그의 부인을 도와 그를 기리는 기념 사업회 기금을 모금한 후 부인과 목 놓아 울었다고 했다.

서로 만난 적이 없는데도 그녀가 내게 편지를 보내왔다. 나의 글 덕분에 어느 정도 평화를 되찾아 이젠 사이렌 소리가 들려도 더 이상 얼어붙지 않는다는 내용이었다. 그녀의 편지는 내게도 평화를 가져다주었다. 사실 나는 설명할 수 없는 비극에 대해 아는 게 전혀 없었다. 그저 내 안에 박힌 고통의 조각을 조금이라도 줄이려고 노력했을 뿐이었다.

이렇게 작은 위안을 나눌 수 있다는 사실은 내게 어떤 통찰력이 있다기보다 우리 가슴에 신비로운 필라멘트의 힘이 있음을 말해준다. 귀 기울여 들으면 이 필라멘트는 익히 알던 것을 넘어서 인간 공통의 심연 속으로, 누구도 이방인이 아닌 곳으로 우리를 인도해준다. 내가 어쩔 수 없이 쓴 이야기가 참사를 겪은 사람들에게 위안이 되었다는 것은 영혼의 가장 깊은 자리에서 우리가 함께 연결되어 있음을 보여주는 영적인 증거이다.

이렇게 영혼의 의사가 되는 것은 모든 작가나 화가의 바람이다. 우리는 누구나 종과 같으며, 시간이 때로는 부드럽게 때로는 세차게 이 종을 울린다. 그리고 우리가 맞은 부위를 다른 모든 사람들도 맞는다.

자신의 경험을 받아들이면 종종 그 기저에서 비옥하고 촉촉한 대지 같은 모든 이들의 경험도 발견하게 된다. 이렇게 느껴가는 일은 쉼 없는 들음과 같으며, 이런 들음은 서로의 살아 있음을 표현하게 만드는 힘들고도 장엄한 길로 우리를 인도해준다.

진정한 배움은 계획할 수 없다

지상의 삶에 / 투덜거리는 제자에게 / 스승이 말했다.

길 잃은 새는 / 웅덩이에서 물을 튀기다 /
노래하는 법을 기억하지만 / 나는 법은 잊어버린다.

모든 들음은 우리에게 안식을 준다. 스승(우리 안의 영혼)은 제자(우리의 자아)에게 계속 이렇게 가르친다. 내려앉아 노래를 부를 때까지 우리 앞의 기적 속에서 우리의 자리를 받아들이라고, 신비 속에서 우리의 경험과 몸, 고통, 경이驚異에, 우리의 자리에 귀 기울이라고. 새의 노래가 우리에게 기억하라 재촉하는 것도 바로 이것이다.

모든 비행은 결국 다르면서도 같은 출발점으로 우리를 인도한다. 고통에서 도망치려 발버둥 쳐도, 아픔을 통해 다시 지상으로 내려와 삶의 웅덩이에 비친 자신의 그림자에 귀 기울인다. 지금의 자리에서 벗어나려 발버둥 쳐도 삶은 간단히 그리고 가혹하게 우리를 이곳의 중심으로 되돌려놓는다. 그러나 이 중심의 소리에 귀 기울이면 모든 것의 중심에 마음이 열린다.

불평하는 제자에게 스승이 준 답의 의미는 그저 사는 것 외에 삶을 위한 학습 방법은 없다는 것이다. 모든 꿈과 계획, 전략들은 우리가 이미 몸담고 있는 찬란한 실재에 이르는 우회로일 뿐이다.

지금까지 길을 가는 동안 이미 듣거나 듣지 못한 말, 타인들에게 상처를 주는 방식, 얽히고설킨 관계에서 흘러나오는 음악, 주의를 기울였을 때 시간이 속도를 늦추는 방식, 자연 속에서 나래를 펴는 침묵, 우리 영혼의 소명과 경험 속에서 기다리고 있는 일체성 등을 듣는 여러 가지 들음에 대해 이야기했다. 각각의 들음은 기술이라기보다 이해하고 실천해야 할 능력에 가깝다.

고요한 스승과 같은 들음은 우리가 과장하거나 소란을 부리면 뒤로 물러나버린다. 개개의 들음마다 용기의 또 다른 측면을 적용해야 한다. 깊이 들을 때마다 우리가 이미 아는 것과 우리의 경계를 버리고 매 순간을 진실로 살아내리라 다짐해야 한다.

그러므로 타인들도 세상을 움직이고 싶었지만 세상이 그들을 움직이는 방식을 받아들일 수밖에 없었음을 안다면, 타인들도 많이 고통받았지만 어떤 이들은 점점 어두워진 반면 어떤 이들은 축복 속으로 들어갔음을 안다면, 우리가 태어나기도 훨씬 전에 수많은 이들이 가장 사적인 절망의 순간 신에게 큰 소리로 간청했음을 안다면, 침묵과 물속의 지혜가 그들 모두를 받아들였음을 안다면, 사랑이라는 불꽃이 딱딱한 남자는 부드럽게 만들고 단호한 여자는 더 생각해보게 만듦을 안다면, 봄이 아무리 찬란해도 사랑을 주지 않으면 꽃들이 피어나지 않는다는 것을 안다면, 별 하나의 긴 호흡이 오랜 세월 무수한 사람들을 사로잡는다는 것을 안다면, 한 조각의 꿈이 얼마나 많은 것들을 설명해주는지를 안다면, 물질적인 힘에 압도당하기가 얼마나 쉬운지를 안다면, 도움이 될 것들이 몰려와도 오해를 하면 기회를 그냥 꿀꺽 삼켜버릴 수 있음을 안다면, 그런대로 살아가야 하는 삶의 무게가 얼마나 공통적인 것인지를 안다면, 얼마나 많은 것들이 위험에 처해 있는지를 안다면, 절벽에서 다이빙하는 사람이 두 눈을 감듯 우리가 알던 것들을 버리고 그저 살아내야 한다. 누구도 아직 살아낸 적이 없는 삶을 살 듯.

목적지 없는 탐구, 진정한 추구

"우리 자신이 실재임에도 우리는 계속 실재를 찾는다. 이것보다 더 큰 수수께끼는 없다." 힌두 성자인 라마나 마하리쉬의 말이다. 우리가 그토록 많은 고통을 경험하는 이유는 이런 역설을 받아들이지 않기 때문이다. 지금의 자리를 무시한 채 끊임없이 새로운 지평을 찾고 삶의 비밀을 구하는 것이다.

물론 목적지를 품고 추구와 탐색을 하는 것은 전혀 잘못된 일이 아니다. 더 나은 자기로 살아갈 수 있는 존재 상태나 어떤 목적을 향해 노력하는 것도 전혀 어리석은 일이 아니다. 그러나 우리를 취하게 만드는 의지에 중독되면, 원하는 것을 얻지 못하거나 목적지에 이르지 못하거나 꿈꾸던 것을 성취하지 못할 경우 실패했다는 믿음을 가질 수도 있다. 많은 사람들이 이런 상태에서 벗어나지 못하고 있다.

아무리 재능이 풍부하고 복이 많아도 원하는 것을 전부 가질 수 있는 사람은 없다. 삶은 이렇게 전개되지 않는다. 자연의 어떤 것도 계획에 따라 성장하지 않는다. 원소들의 항상성에 따라 자라난다. 인간을 형성해주는 것은 시간과 경험이라는 항상적 요소이다. 숲의 덩굴과 덤불이 자라면서 상상할 수도 없는 모양으로 얽히듯, 아무리 고귀하고 진실한 것이어도 우리의 모든 목적지와 목적과 열망은 미지의 성숙을 위한 출발점에 지나지 않는다.

그래도 추구의 욕망은 자연적이고 인간적인 것이다. 우리는 사랑과 진리와 의미에 대한 갈증을 갖고 태어난다. 그러나 더욱 깊은 형태의 추구에는 목적지가 없다. 이런 깊은 차원에서는 물이 계속 아가미를 통과하지 않으면 죽어버리기 때문에 끊임없이 헤엄을 쳐야만 하는 물고기처럼 추구한다. 어디로 가는지는 중요하지 않으며 간다는 사실 자체에 의미가 있다.

심해의 생명들에게 이런 부단한 추구는 존재의 방식이다. 몸을 지닌 영혼으로서 지구상에서 시간과 경험의 강물을 헤엄치는 동안 우리의 아가미는 바로 심장이다. 매일같이 계속 움직이지 않으면, 다시 말해 심장의 아가미로 경험을 받아들이지 않으면 죽고 만다. 그러므로 물고기가 아가미로 만들어내는 기적을 더욱 자세히 들여다볼 필요가 있다.

학교에서 누구나 배운 사실이지만 물고기가 공기에 직접 닿지 않아도 산소를 호흡할 수 있다는 것은 놀랍다. 물고기는 아가미로 물에서 산소를 뽑아내고 나머지는 흘려보낸다. 비유를 완성하자면, 우리도 심장을 관통하는 경험들에서 우리를 살아 있게 만들어주는 산소와 같은 것을 뽑아내야 한다. 우리의 심장으로 경험에서 필수적인 것만을 취하고 나머지는 버리는 법을 터득해야 한다. 이것이 바로 끊임없는 탐구의 목적이다.

특별한 목적 없이 매일의 일상 속으로 곧장 헤엄쳐 들어가는 자세는 우리에게 부여된 삶을 살아가는 데 도움이 된다. 연어의 삶을 살펴보면서 지상에서 우리의 여정과 비슷한 점을 한 가지 더 찾아보겠다. 연어는 실제로 평생 동안 그들의 생리를 두 번이나 바꾼다. 상류수에서 민물고기로 태어나지만 큰 바다로 가고 싶은 거부할 수 없는 이끌림을 느낀다. 그러다 성어기에 접어들어 바다로 나가기 시작하면서 그들의 생리를 변화시킨다. 그래야 바닷물 속에서도 살 수 있기 때문이다. 그러나 이런 기적으로도 모자란 듯, 장어기에 이르면 태어난 곳으로 돌아가 산란을 하고 싶다는 충동이 커진다. 이렇게 여정의 마지막 단계에 이르면 한 번 더 생리를 변화시킨다. 다시 민물고기로 돌아가는 것이다.

연어의 이런 변화는 영혼의 여정과 같다. 우리의 끊임없는 추구—더욱 넓은 삶의 바다로 나아갔다가 일상의 강물로 되돌아오는 여정—는 살면서 중요한 것을 받아들이는 태도에 변화를 불러온다. 한정된 개인적 관심사를 넘어 타고난 소명을 좇아 더욱 넓은 삶의 바다로 나아가는 순간, 우리는 성숙을 경험한다. 그러면 우리를 실어 나르는 삶의 물결도 더욱 깊은 바닷물로 변화한다. 이렇게 노년기까지 살아남는 복을 누리면, 탄생의 자리로 돌아가고픈 마음이 든다.

추구에도 삶을 뒤쫓는 것과 삶을 드러내는 것이 있지만 우리는 흔히 둘을 혼동한다. 삶을 드러내는 추구는 사랑과 신의 이미지나 황금을 좇는 것과는 다르다. 스토리텔러인 마고 매클로플린은 이렇게 말했다. "경이감이나 외경심이 느껴지지 않는다면 그건 제 수행이 잘못되어 가고 있다는 증거죠. 저는 그걸 압니다." 이것은 지금 여기의 삶을 드러내주는 추구에서 이탈해 중요한 것은 언제나 여기가 아닌 다른 곳에 있다고 생각하는 추구로 표류해가고 있지는 않은지를 판별하는 좋은 방법이다.

언제나 경이감과 외경심 속에 머물러 있을 수 있는 사람은 없다. 그리고 이것들을 잃어버렸을 때 우리에게 필요한 것은 커다란 자비심이다. 경이감과 외경심이라는 심오한 스승들이 너무 오래 자리를 비우면 추구 없는 추구, 목적지 없는 추구라는 심오한 수행을 다시 시작해야 한다. 심신을 이완시키고 심장의 아가미를 열어야 한다. 그러려면 구체적으로 과연 어떻게 해야 할까?

추구의 세 가지 길

우리는 매일 다시 시작할 수 있다. 한 번도 열어본 적 없는 것처럼 다시 가슴을 열 숱한 기회들을 알아차리기만 하면 된다. 정신과 마음을 여는 방법으로 피아니스트이자 교사인 마이클 존스는 세 가지 원형적인 방법을 제시했다. 첫 번째는 전체적인 사고를 추구하는 것이다. 이 방식은 우리도 한 부분을 이루고 있는 일체성에 대한 인식을 재구축시키며, 흔히 은유를 통해 이루어진다. 다음은 소속을 향한 추구이다. 이것은 살아 있는 존재들과의 유대를 회복시키며 흔히 스토리텔링을 통해 이루어진다. 마지막으로 진정성을 향한 추구가 있다. 이것은 아름다움과 진실을 다시 경험하게 해주며 흔히 시를 통해 이루어진다.

전체적인 사고는 경험을 가능한 한 넓은 관점에서 바라보는 것이다. 또 더욱 중요하게는, 그렇게 할 수 없을 때도 어떤 순간에나 자신의 제한적인 시각보다 더욱 넓은 시각이 있음을 기억하는 것이다. 그런데 왜 자신을 넘어서 보아야 하는 것일까? 스승 프라사드 카이파Prasad Kaipa[1]의 말처럼 "더욱 많이 보면 지혜가 확장되고 깊어지며, 더욱 많이 느끼면 연민의 마음이 확장되고 깊어지기" 때문이다. 둘을 하나로 꼬면 어떤 폭풍우도 견뎌내는 생명줄이 탄생한다.

이런 생명줄은 아주 중요하다. 인간인 이상 누구나 큰 것과 작은 것, 전체와 부분, 우리를 온전하게 유지해주는 모든 것들에 대한 기본적인 이해, 볼 수는 없지만 우리를 걷지 못하게 만드는 작은 파편들 사이에서 살아가기 때문이다. 그리고 은유는 둘을 연결 지어주는 변화의 이미지다. 은유는 비실체적인 것을 물질계의 유사한 어떤 것을 통해 순간적으로나마 실체적인 것으로 만들어준다. 이런 상호 연결의 순간에 큰 것과 작은 것, 전체와 부분, 그 모든 것과 파편 사이의 관계를 파악하면, 우리의 시각이 활짝 열려 길을 찾아가는 데 도움이 된다.

수피 시인 갈리브Galib[2]는 "빗방울에게는 호수로 들어가는 것이 기쁨이다"라고 했다. 하나의 영혼이 생명의 바다와 맺고 있는 관계를 기분 좋게 받아들여야 한다는 의미다. 지상에서의 목적을 추구하는 동안 이 작지만 강력한 이미지는 더욱 큰 시각을 받아들이도록 우리를 열어준다. 그리고 이런 시각은 일상이 우리에게 무엇을 선사하든 근원으로 돌아가는 길에 영향을 미친다.

인류의 연결 조직

우리 자신과 사람들, 세상, 심지어는 삶의 역사에서도 가장 집요하고 혼란스러운 욕망은 아마 소속 욕구일 것이다. 소속감이 그렇게 간단하게 주어지는 선물이 아니기 때문이다. 본질적으로 모든 소속감은 건강하고 힘 있는 관계에 의존한다. 그리고 이야기는 언제나 인류의 연결 조직이었으며 지금도 마찬가지다. 소속을 갈망하는 한 우리는 이야기를 원할 것이다. 그리고 어떤 순간에든 정직하게 머무르면 이야기는 저절로 드러난다.

최근 프라하에서 강의를 하는 동안 오래된 유대인 게토에 있는 묘지[3]를 어슬렁거린 적이 있다. 러시아 이민자 가정에서 태어난 유대인으로서 나는 파손된 묘비들이 구불구불 이어져 있는 묘지를 휘청거리며 과거로 거슬러 올라갔다. 이끼로 뒤덮인 묘비에는 히브리어로 비문들이 새겨져 있었다. 11월의 공기 속에서 있다 보니 망자들의 이야기가 땅속에서 스멀스멀 피어오르는 것 같았다. 프라하에 머무는 동안 나는 여러 번 이곳을 방문했다. 한 번도 가져본 적 없는 소속감을 느껴보기 위해서였다.

나는 유난히 닳고 닳았지만 탄탄한 묘비 하나를 찾아가 오래되고 차가운 돌에 손을 얹은 채 누구에게랄 것도 없이 큰 소리로 외쳤다. "나는 유대인으로 태어났어요!" 평생 나는 이 태생의 의미를 이해하기 위해 몸부림쳤다. 유대인으로 태어난 것은 우연일까? 아니면 고통의 저편에서 수용의 힘을 발견하라는 신의 뜻이었을까?

체코인, 프랑스인, 독일인, 러시아인 등 다른 사람들도 천천히 묘비 사이를 거닐고 있었다. 우리 모두 뭐라 명명할 수 없는 어떤 것을 분명하게 느끼고 있었다. 나도 땅속에서 피어오르는 이야기 속에서 그것을 느낄 수 있었다.

서로에게 줄 수 있는 모든 것

진정성을 향한 추구는 폐가 공기를 필요로 하는 것만큼이나 기본적인 일이다. 진정성을 느껴야 살아 있을 수 있으며, 진실해질 수 있는 기회는 무수히 많다. 그러나 누구도 그것들을 전부 명명하거나 익힐 수는 없다. 그럴 필요도 없다. 그저 깊이 숨 쉬는 방법을 터득해서 도약하기만 하면 된다.

진정성을 통한 도약의 결과는 바로 시다. 시는 때로 글자로 씌어져 있기도 하지만 침묵 속에 꿰매어져 있기도 한다. 때로는 깨뜨리고 싶지 않았던 것을 하나로 이어 붙이려는 이방인의 손 안에 들어 있을 수도 있다.

진정성은 우리가 진실과 더불어 살아가는 태도를 보여준다. 진정성이 있는 시는 어떻게든, 언제든 우리를 인류와 우주의 전체성과 연결되게 해준다.

프라하에서 워크숍을 할 때 사람들에게 작은 친절 덕분에 진정한 자신과 마주하게 된 이야기를 들려달라고 했다. 그리고 그들의 진정성과 소속감이 다시 느껴지도록 30초 동안 말 없이 고요하게 앉아서, 그 친절을 다시 떠올려보라고 했다. 그러자 네덜란드 태생의 연구자인 아마란타Amaranta가 5년 전 어느 순간의 경험을 들려주었다.

그녀 혼자 집에서 책을 읽고 있는데 땅거미가 내리면서 방 안

이 서서히 어두워졌다. 그래도 그녀는 계속 책을 읽었다. 그때 그녀가 책을 더 잘 읽을 수 있도록 전 남편이 램프를 들고 불현듯 나타났다. 작디작은 불빛이 어두운 방 안을 구석구석 비춰주었다.

지금은 비록 그와 함께 살지는 않지만, 이 작은 순간은 그녀의 마음을 깊이 울렸다. 그녀는 이 일을 우리가 서로에게 해줄 수 있는 전부를 보여주는 하나의 은유로 이해하고 있었다. 그녀의 이야기를 주의 깊게 듣다 보니, 우리가 어둠에서 어둠으로 들고 다니는 램프가 사실은 우리의 가슴이라는 생각이 들었다.

모든 고난을 무릅쓰고

우리는 어딘가에 도달하고픈 열망을 안고 길을 떠나며, 시간이 흐르면 실제로 그곳에 다다르기도 한다. 하지만 운이 좋으면, 길을 가는 도중 도달하려는 마음을 내려놓고, 경험들을 헤치고 나아가는 일에 관심을 기울인다. 이 경험들은 삶에 대한 이해를 확장시키고, 소속감에 활기를 불어넣으며, 감미로운 진정성을 발견해서 끊임없이 재형성되는 그 신비로운 풍요로움을 무시하지 못하게 만들어준다.

궁극적으로 우리가 추구하는 실재에 도달하더라도 우리는 추구를 멈추지 않는다. 어떤 생명도 피할 수 없는 존재being와 되어감becoming의 과정을 받아들이고 기꺼이 동참할 때까지, 삶을 통과하고 있다는 근본적인 느낌에 더욱 가까이 다가간다. 더 없이 진실하게 이 타고난 과정에 순응하면, 모든 것을 연결하는 실오라기들을 얼핏이나마 보고 느낀다. 구름을 뚫고 햇살이 비출 때 나뭇잎들 사이에서 누에가 짜낸 실들이 보이는 것처럼.

이런 경험은 우리를 인드라망으로 인도한다. 인드라망은 그 강력한 이미지로 우주적인 연결을 이해하게 해준다. 인드라는 힌두교의 신으로서 생명을 보호하고 부양해주는 자연적인 힘을 상징한다. 인드라의 궁전 위에는 무한한 그물망이 펼쳐져 있다고 한다. 누구도 이 망을 전부 볼 수 없지만 망의 매듭마다 투명하게 빛나는 보석이 붙어 있다. 그리고 각각의 보석은 실들을 이어주는 모든 보석들과 망 전체를 비춰준다.

이 작디작은 보석들은 지상의 빛나는 영혼들과 같으며, 투명할 때 이 개개의 영혼들은 다른 영혼들과 생명 전체를 비춘다. 이 보석 같은 영혼들은 함께 생명의 무한한 그물을 이어준다.

진정성이 있을 때는 이 인드라망이 우리를 끌어당기며 모든 것과 이어주고 있음을 느낄 수 있다. 경이감과 외경심도 살아 있음의 끌림이자 아픔이며, 영혼의 보석으로서 인드라망 속에서 자신의 자리를 느낄 때 생겨나는 것이다.

가슴으로 경험의 강물을 통과하면서 감동을 느낄 때마다, 경험에서 본질적인 것을 끄집어낼 때마다, 우리는 이렇게 인정하고 외친다. "봐, 모든 생명을 이어주는 그물망에서 나는 보석처럼 빛나는 영혼이야." 자신의 많은 이름들 아래서 강한 소속감을 느낄 때마다 경이감과 외경심 속에서 말한다. "진실을 들여다봐. 그러면 네가 모든 것을 비추고 있음을 알 거야."

누군가 온갖 고난에도 굴하지 않고 진실한 모습을 보여줄 때, 우리는 시간과 우주가 우리에게 영향력을 행사하며 끌어주고 있음을 느낀다. 새들의 위를 흐르는 바람이나 지구 중심의 보이지 않는 불길 같은 이 영향력을 느낀다는 것은 생명의 일체성을 느끼는 것이나 마찬가지다. 이 일체성의 감각을 현자들은 언제나 신성한 것으로 여겼다.

원하는 것을 얻지 못할 때

어린 시절부터 우리는 야망을 갖고 이것을 이루기 위해 노력하는 것이 세상에 기여하고 앞서나가는 방법이라고 배웠다. 그 자체만 보면 이런 가르침은 맞는 말이다. 그러나 살다보면 종종 자기 중심성에 빠진다. 그러면 영혼의 어두운 구석에서 박테리아가 번식해 다른 일이 펼쳐진다.

원하는 것을 얻으면 성공했다고, 그렇지 못하면 실패했다고 여기기 시작한다. 자신을 무에서 모든 것을 창조하는 작은 신처럼 여기고, 자신의 의지대로 일이 이루어지기를 바라며, 어느 정도는 사건들을 통제할 권리를 갖고 싶어한다. 아무도 모르게 사람들을 조종하면 재주가 좋다고 생각한다. 얼마 안 가 아침에 눈을 뜨면서부터 모든 일을 마음대로 할 권리, 원하는 것을 가질 권리, 사람들과 사건들을 자신의 의지에 따라 조종할 권리가 자신에게 있다고 느낀다.

물론 삶은 그렇지 않음을 가르쳐준다. 누구나 이내 원하는 것을 얻지 못하는 상황에 직면한다. 이 피할 수 없는 순간에 반응하는 태도에 따라, 삶에서 경험하는 평화와 혼란의 양이 결정된다. 이런 순간이야말로 다른 모든 것을 열어준다. 모든 것을 자신이 원하는 대로가 아닌 있는 그대로 인정하면 삶의 흐름 속에서 자신의 자리를 찾을 수 있기 때문이다. 권리가 있다는 생각에서 자유로워지면 자신이 냇물 속의 작은 물고기임을 깨닫고 흐름을 찾기 시작한다.

자신의 고집에서 자유로워질 수 있는 이 심오한 기회를 잡는다고, 일이 생각대로 되어가지 않을 때 실망과 슬픔을 느끼지 않는 것은 아니다. 하지만 의지와 다르게 전개되는 삶에 분노와 화를 간직하고 있으면, 불가해한 전체 속에서 겸허하게 한 부분을 차지하는 축복을 놓치게 된다. 양심적으로 투자했는데도 주식시장에서 돈을 벌지 못하거나 물려받기로 한 트럭이 허리케인으로 망가지거나, 우리 대신 다른 사람이 승진을 하거나, 사랑하는 사람이 똑같이 사랑해주지 않는다고 계속 화와 분노에 젖어 있으면 고착되고 만다.

우리가 하는 일이나 우리가 누구인지는 중요하지 않다. 세일즈맨이든 자동차 정비공이든 웹 디자이너이든 치열한 예술가이든, 삶의 기적과 함께할 때 느끼는 경이감과 회복력은 에고가 불러오는 불가피한 실망의 반대편에서 우리를 기다리고 있다. 그렇다고 자신을 버려야만 기쁨을 느끼는 건 아니다. 버려야 할 것은 빛과 바람이 얼굴을 쓰다듬지 못하게 방해하는 고집이다.

타인이나 자연, 신 때문에 원하는 것을 얻지 못한다고 탓하지 않고, 이런 불가피한 재조정이 우리에게 미치는 영향을 정직하게 받아들이면, 겸허와 연민의 마음이 생겨난다. 모든 권리 의식과 실망을 버리고 우리가 정말로 생각해보아야 할 문제는 이런 것이다. 눈을 뜨는 것 말고 진정으로 중요한 것이 무엇이란 말인가? 이런 보물을 어떻게 하면 나눌 수 있을까? 모든 것을 있는 그대로 받아들이는 것은 우리 시대에만 필요한 것은 아니다. 그것은 원형적인 통로와 같은 것이다. 이상하게도 그리고 가혹하고 아름답게도 미지와의 연결을 위해 우리가 꾸며낸 이야기가 흔들릴 때 진정한 삶이 시작된다.

궁극적으로 삶에 대해 듣거나 스스로 지어낸 이야기를 지워버려야 삶 속으로 경쾌하게 들어갈 수 있다. 대본을 작성하려고 아무리 노력해도 삶은 대본처럼 쓸 수 있는 게 아니기 때문이다. 그것은 마치 바다를 낚으려는 것과 같다. 삶은 우리가 던진 그물을 다 망가뜨려버릴 것이다. 그물을 엉클어뜨리고, 가라앉히고, 풀고, 닳게 만들어 바다 밑바닥에 묻어버릴 것이다. 바다가 그렇듯 삶을 아는 유일한 길은 삶 속으로 들어가는 것이다.

그러면 우리의 고집 밑에서 기다리고 있는 소리들은 어떻게 들을 수 있을까?

사랑이라는 스승

보살핌은 공평과 불공평의 밑을 흐르는 길 없는 길이다. 그리고 사랑의 작업은 무엇도 뒤로 숨기지 않고, 다른 살아 있는 존재들과 함께 그들이 성장하고 세상에서 안정감을 느끼도록 돕는 것이다. 그러면서 우리는 만나는 모든 사람들 속에서 어둡게 혹은 밝게 자신의 모습을 확인한다. 우리에게는 언제나 우리가 가진 것을 비춰주고 우리가 원하는 것을 보여주는 타인들의 사랑이 필요하다.

무언가가 우리의 핵심을 건드렸을 때 우리는 자연히 자신의 삶에 귀 기울인다. 들은 것을 이해하는 데도 흔히 타인이 필요하지만 말이다. 사랑의 작업은 고통받는 중에도 아름다움을 받아들이게 해준다. 사랑은 가슴과 머리와 영혼을 모든 인간 경험에 가까이 다가가도록 열어주어, 경험이 우리를 통과할 때 이것들을 이해하게 도와준다.

친절에 대한 보답으로 우리는 다른 살아 있는 존재들과의 연대감을 서서히 발견한다. 이렇게 친절을 통해 발견한 친밀감은 몸속에서 빛으로 변해 마음의 등불이 되어준다. 그러면 공통의 경험을 대체할 수 있는 것이 아무것도 없다는 신비로운 사실을 다시 인식한다. 어느 한 사람의 인간성이 인류 전체를 드러낼 때까지 인간적 투쟁의 도관 역할을 하는 것은 흔히 예기치 못한 공감을 통해 일어난다. 이렇게 친절 자체는 삶의 방식이 된다.

이 모든 것이 사랑의 작업이다. 사랑은 우리가 만날 수 있는 가장 사적이고도 결정적인 스승이다. 그러니 시간을 들여 사랑이나 보살핌과 자신이 어떤 관계를 맺고 있는지 적어보라. 보살핌은 내게 어떻게 말을 걸어오고 있는가? 나는 무엇을 듣고 있는가? 사랑은 어떻게 내게 성장을 요구하고 있는가?

다음의 질문들은 타인에 대한 사랑을 생각해보게 해준다. 나는 보살피려는 마음으로 삶을 이끌어가고 있는가? 아니면 돌봐야 할 사람을 평가하고 있는가? 오늘 이 글을 읽으면서 짐을 덜어주기 위해 애쓰고 있는가? 아니면 그냥 덜어내려고만 하는가? 둘 모두 섞여 있다면, 짐을 견디게 해주는 것은 무엇인가? 고착되어 있는 사람을 나는 어떻게 대하고 있는가? 내가 고착되어 있을 때 타인들이 나를 어떻게 대해주기를 바라는가? 인정받고 싶은 만큼 주변 사람들의 삶을 인정해주고 있는가?

다음의 질문들은 자신에 대한 사랑을 돌아보게 해준다. 세상에 보여주는 얼굴과 누구에게도 보여주지 않는 나의 얼굴은 얼마나 다른가? 자신에게 유익한 것보다 익숙한 것을 더욱 강하게 느끼고 있는가? 살아 있다는 느낌을 가장 많이 선사해주는 것은 무엇인가? 어떤 느낌이 들 때 단절감이 가장 큰가? 두 느낌은 내게 무엇을 말해주는가? 사랑의 바람은 내 가슴의 구멍을 통과하면서 무슨 말을 속삭이는가? 그동안 받았던 모든 사랑은 내 안의 어디에 살아 있는가? 이 힘에 의지할 수 있는가?

이제부터 현존의 작업이 어떻게 우리를 순간의 신비 속에 발을 딛게 하는지 알아볼 것이다. 보살핌이 어떻게 모든 것들을 서로 어우러지게 만들며, 사랑이 여기에 존재하기 위한 여러 방식들을 어떻게 감당하도록 도와주는지도 탐구해볼 것이다.

고통을 잠재우는 법

아픔이 지나가고 의미 깊은 순간이 찾아오면, 내가 원하고 갈구하는 모든 것들과 두려워하는 많은 것들 밑으로 가라앉아 이것들로부터 고개를 돌려버린다. 이럴 때면 누구나 죽음에서 도망치고 있다는 생각이 스친다.

우리가 좇거나 도망치는 것들은 이것들이 우리를 사로잡는 방식에 따라 달라진다. 그러나 방해되는 것들을 장악한다고 해서 근원에 더 가까이 다가갈 수 있는 것은 아니다. 온갖 장애들에도 불구하고 저항하지 않으면, 사랑과 고통은 우리의 살갗을 두텁게 만드는 차이들을 마모시켜 버린다. 이로써 우리가 근본적으로 같음을 부드럽게 일깨워준다.

성장에 필요한 빗물과 빛 말고는 어떤 것도 필요로 하지 않는 꽃처럼 커다란 친절이나 아픔이 우리를 열어줄 때까지, 우리는 계속 도피 속에서 길을 잃는다. 인간이기 때문이다. 열림의 순간들을 통해 변화한 후에도 타인들과 함께 살아가는 사이 다시 복잡한 상태로 떨어지곤 한다. 벌집 같은 현대의 공간 속에 있다 보면 때로 우리가 너무 빨리 윙윙거리며 돌아다니는 탓에 들고 있던 불꽃을 계속 꺼뜨리는 등대지기 같다는 느낌도 든다.

불빛이 점멸할 때 우리는 삶을 다스리기 위해 애쓰다가 갑자기 멈춰버린다. 이런 정지의 순간, 전체를 이해하고 느끼는 능력을 잃어버린다. 그러다 분열되고 고립되기 시작한다. 두려움, 슬픔, 화, 행복, 걱정, 혼란, 의심 같은 감정들 속에서만 살다가 이런 감정들의 격렬함으로 인해 고통을 받는다.

그러나 이런 분열과 고립은 결함이라기보다 삶의 일부다. 정말로 위험한 것은 분열의 순간 속에 고착되고, 고립이 삶의 방식으로 굳어지는 것이다. 그러면 고통은 더욱 커진다. 하지만 감정들이 연결되어 있음을 느낄 만큼 자신의 고통을 잠재우면, 감정들의 깊이와 일체성은 오히려 토대를 다지고 회복력을 갖게 해준다. 감정들이 강력한 자원이 돼주는 것이다.

속도를 늦추면 우리가 들고 있는 빛은 멀리까지 퍼져나간다. 이런 점을 존중할 때 나는 다시 전체를 이해하고 느끼며, 달리기를 멈출 힘도 얻는다. 나의 아픔에 귀 기울일 만큼 충분히 고요해지면, 모든 것이 어떻게 어우러져 있는지를 기억하고 경험하며, 어울림의 모든 지점에서 다시 달콤한 회복력을 얻는다.

고요를 얻는 법

고요를 강조하는 것은 바람직한 일이지만 움직임 자체도 잘못된 것은 아니다. 자연이 준 선물들 사이에서 균형 있게 살아갈 필요가 있을 뿐이다. 움직이는 세상에서 살아가면서도 물결이 잔잔해질 때까지 기다려야 바닥을 볼 수 있듯, 부단히 자신을 고요하게 만들어야 삼라만상의 진실을 얼핏이나마 보고 느낄 수 있다. 그러나 고통 속에 있을 때는 특히 이렇게 하기가 힘들다.

고요에 저항하면 무언가가 우리를 고요하게 만든다. 소년 시절 물이 끓는 냄비를 실수로 떨어뜨린 사람을 만난 적이 있다. 이 일로 그는 배에 삼도 화상을 입었다. 치료를 위해 그는 여러 달 동안 가만히 있어야만 했다. 소년에게는 힘들기 그지없는 일이었다. 그러나 고통을 잠재우는 과정에서 매일 내면의 세계가 그에게 모습을 드러내며 말을 걸어왔다. 이로 인해 그는 화가의 삶을 살게 되었다. 물론 그토록 심하게 화상을 입지 않았다면 좋았겠지만, 고요해져야만 하는 상황을 받아들인 덕에 그는 더욱 깊은 자기를 찾았다.

고요는 우리를 기쁨으로 초대하기도 한다. 길고 긴 생이 끝나갈 무렵, 위대한 시인 스탠리 쿠니츠는 어린 시절 매사추세츠 주 퀴나폭젯에 있는 가족 농장에서 여름을 났던 기억을 떠올렸다. 그가 즐겨 하던 일 중의 하나는 해질 무렵 양치기 개와 함께 들판으로 나가 소들을 데려오는 것이었다. 황혼녘의 고요는 평생 동안 그와 함께했다.

이 아름다운 모습은 내게 강렬한 인상을 남겼다. 고요하게 충분히 주의를 기울이면 밤과 낮 사이에 있는 초월의 땅으로 양치기 개(우리의 직관)와 함께 들어가, 소들(아름다움과 진실의 화신들)을 어르고 에워싸며 데려와 얼마간 함께할 수 있음을 깨달았기 때문이다.

고요는 한 번도 존재한 적 없는 것을 창조하거나 발명하는 것이 아니라, 본질적인 것이 우리와 함께하면서 편안히 스스로를 드러낼 때까지 반김과 보살핌의 삶을 사는 것이다.

고요히 흘러간다는 것

모든 사람들이 그렇듯 나도 평생 스스로를 고요하고 평온하게 다스리기 위해 애써왔다. 그러나 지금도 여전히 냇물 한가운데 떨어져 물결 따라 떠내려가는 나뭇잎 같은 느낌이 든다.

삶에는 언제나 모든 것이 들어 있다는 신비로운 사실에 나는 다시 겸허해진다. 깨짐과 열림을 동시에 경험하는 것이다. 죽음이 있으면 언제나 어딘가에서는 누군가 탄생한다. 맑음이 있으면 언제나 어딘가에서는 혼돈이 일어난다. 고통이 있으면 언제나 어딘가에서는 기쁨도 생긴다.

단순한 인간으로 살아가는 이상, 이 모든 것을 이해하거나 붙잡을 수는 없다. 하지만 고요의 순간에 잠시나마 이것을 느낄 수는 있다. 바닷물에 조개가 속을 비우듯 우리도 천천히 정화된다. 힘들지만 대단히 가치 있는 일이다.

오늘은 빛이 나를 멈추게 한다. 아름다움 면에서 빛은 무자비한 동시에 자애롭다. 내 고통을 잠재우고, 상처를 부드럽게 만들며, 열려버린 것들을 밝게 비춰주기 때문이다. 이 지독한 축복을 거부할 수는 있지만, 상처와 빛의 가르침을 피할 수는 없다.

아픔 후의 이런 예기치 못한 순간에 나는 어떤 것이든 분리될 때는 엄청난 소음이 생긴다는 것을 깨달았다. 반면에 결합은 아주 고요하게 천천히 일어난다. 그래서 종종 이것을 놓치고 만다.

우리의 문화는 분리의 과정에 사로잡혀 있다. 뉴스에서도 분리의 소음들만 보도한다. 그러나 우리가 듣는 법을 잊고 있을 뿐, 삼라만상은 끊임없이 서로 결합되고 있다.

우리가 해야 할 작업의 많은 부분은 개인적으로나 공동체에서나 하나의 공통된 세계에 언제나 깨어 있도록 서로를 돕는 것이다. 누구나 자신이 만든 가수면 상태의 세계에서 도망쳐 깨어 있는 공통의 세계로 향하고 있다. 이 부정할 수 없는 사실이 이 작업을 연민 가득한 여정으로 만들어준다.

그러나 영원으로 들어가는 입구인 침묵을 갈망하다가도 우리는 사회의 소음에 짓눌려버린다. 이렇게 앞뒤를 오간다. 그러면서 중요한 것은 붙잡기가 어렵다며 의기소침해한다. 우리의 고통을 고요히 잠재우고, 고통에서 도망치고픈 욕구도 물리쳐야만 겨울이 봄에게 길을 내주는 데도 말이다.

순간의 신비

순간의 신비는 모든 순간들을 열어준다. 살면서 짧게나마 완전하게 일체성을 느껴본 적이 있기 때문에 나는 이것을 체감하고 있다. 그러나 확인은 할지언정 이것을 입증할 수는 없다. 증명이 아니라 경험해봐야 아는 것이기 때문이다.

삶은 전체를 포함한 아주 작은 부분들의 기적을 통해 부단히 스스로를 드러낸다. 하지만 무한한 전체는 언제나 부분들의 총합보다 크다. 일체성에 대한 자각과 경험에 들었다 나오기를 되풀이하는 것은 바로 우리다. 눈이 커졌다 작아지듯 우리의 존재감도 열렸다 닫히기를 되풀이한다. 이렇게 영혼은 지상에서 호흡을 이어간다. 들숨을 몰아내는 날숨을 비난할 수 없는 것처럼 이 열림과 닫힘은 판단하거나 비난해야 할 대상이 아니다. 삶에는 둘 모두가 필요하다.

영적인 전통에서 극찬하는 대부분의 수행법은 존재의 열림을 회복해서 순간의 신비 속으로 들어가는 데 목적이 있다. 모든 생명의 활기찬 맥박이 느껴질 정도로 어떤 순간이든 완전히 그 순간 속에 들어가면, 영원의 시각을 되풀이해서 경험할 수 있다. 그러나 운 좋게 이것을 경험해도 우리는 흔히 이런 축복으로 무엇을 해야 할지 모른다.

일을 그만두어야 할까? 그래야 할 때도 있다. 우리가 느끼는 사랑을 부정하는 짓을 멈춰야 할까? 희망사항이다. 언제나 가까이 있다가 불현듯 엄습하는 삶의 허무감을 부정해야 할까? 그래야 하는 경우도 더러 있다. 그러나 우리가 주로 해야 할 일은 그저 깨어 있는 것, 언제나 깨어서 더욱 큰 연민의 마음으로 살아가는 것, 더욱 잘 자각하는 것이다.

일단 순간 속에서 존재의 힘을 경험하고 나면, 그 상태에 머물기를 원하게 된다. 이것이 진정으로 의미하는 것은 무엇일까? 내 경험을 갖고 설명할 수밖에 없겠다. 순간 속에서 기다리고 있던 생명력은 내가 암을 이겨내게 도와주었다. 나는 오로지 그 순간 속에서만 두려움에서 벗어날 수 있었다. 두려움은 미래에 살면서 우리가 미래에 주의를 기울이도록 만들기 때문이다.

나는 암이 나를 어디로 인도할지를 두려움 속에서 예측하다가 기진맥진해서 그냥 그 순간 속에 주저앉아 평화를 느끼기를 되풀이했다. 그러는 사이, 생각만으로는 암에서 벗어날 길을 찾을 수 없음을 깨달았다. 그러나 매 순간 내게 열려 있는 영원의 시각으로는 내면의 자원들을 파악해서, 그 여정을 펼쳐지는 그대로 받아들일 수 있었다. 그래서 암과 싸운 몇 년 동안 나는 가슴으로 순간을 느끼고 머리로 미래를 경험했다.

순간 속에 머물려 애쓰다 오히려 정신이 산란해지는 경우도 흔하다. 완전한 몰입의 축복은 저절로 주어지는 것이기 때문이다. 그러나 이런 축복을 얻기 위해 애쓸 필요는 없다. 순간 속에 존재하면, 삶을 더욱 깊이 보고 깨어 있는 감성으로 받아들이며 더욱 평화적인 결정을 내리게 된다. 그 순간이 열어주는 일체성을 경험하면, 가슴에 주의를 기울이고 삶의 선택 사항들도 자신이 체감한 영원의 시각으로 살펴보게 된다. 반면에 어떤 순간에도 몰입하지 못하고 곤란한 상황에서 배회할 때는 온 정신을 집중해서 경계심을 늦추지 않는다. 실패 없이 장애물들과 타협하려고 한다.

이렇게 단절된 경험의 압력에 짓눌리면 우리의 정신은 통제력을 상실했다는 느낌으로 인해 모든 것을 통제하려 든다. 그러나 생명의 망을 느끼고 알면, 우리의 마음은 자신도 한 부분을 이루고 있는 생명의 움직임에 참여하려 한다. 모두가 그렇듯 나도 둘다와 씨름하고 있다. 일어나는 일을 통제하려 들기도 하고, 일어나는 일에 몰입하려 애쓰기도 한다.

오늘은 마음이 아주 맑아서 이런 생각까지 나누었다. 만약 다음 주에 신경질적으로 커피를 휘저어대면서 입술을 깨물고 미래를 노려보는 나를 발견한다면 제발 내게 이 이야기를 일깨워주기 바란다.

우리 안의 풍경

삶의 핵심은 충분함을 아는 데 있다.
1평방인치의 가슴속에 행복을 간직하고 있으면
그 행복감으로 하늘과 땅 사이의 공간을 전부 채울 수 있다.

- 겐세이Gensei

지구 끝까지 지배할 수 있는 힘이 있어도,
가까운 생명과의 고요하고 헌신적인 관계가 주는 존재의 성취감은
얻지 못할 것이다.

- 마르틴 부버Martin Buber

천둥의 첫 파열음이 울릴 때 하늘이 어떻게 천둥소리에 귀 기울이는지, 어떻게 천둥이 푸른 하늘을 지나 지상에 이르도록 허용하는지 상상해보라. 첫 비가 내릴 때 산들이 어떻게 그들의 돌로 빗소리를 다르게 듣는지, 해변이 어떻게 모래들을 통해 빗소리를 듣는지 상상해보라. 바다는 어떻게 빗물을 받아들이며 그 소

리에 귀 기울이는지 상상해보라. 빛을 들었을 때 첫 새들이 어떻게 자신도 모르게 노래를 부르는지 상상해보라. 그토록 멀리 떨어져 있는 달이 어떻게 늑대의 첫 울음을 듣는지 상상해보라. 피곤에 지쳐 동굴에 쓰러져 자는 첫 여행자의 첫 꿈을 동굴이 어떻게 흡수하는지 상상해보라.

첫 깨어남의 순간부터 원하든 원하지 않든, 우리는 삶의 경험들을 통해 듣는 법을 배운다. 다가오는 것들을 받아들여 우리를 관통하게 한다. 경험의 맛을 처음으로 음미하는 순간부터, 하나의 본질적인 세계가 우리를 채우고 순화시킬 수 있도록 노래와 울음으로 우리를 비우고 연다.

양자 물리학의 한 가지 가르침은 안으로 깊이 들어가보면 모든 것이 단단하거나 분리되어 있는 대신 유동적으로 통합되어 있고 입자가 아닌 파동의 상태로 존재한다는 것이다. 우리가 자아라고 부르는 심리적·영적인 단위도 마찬가지다. 내면으로 깊이 들어가 충분히 들여다보면 우리가 자아라고 부르는 정체성이 따로 분리되어 있는 것이 아님을, 모든 것을 결합시키는 생명의 파동임을 알게 된다. 모든 생명력의 근원인 자연과 영혼의 본질적인 파동이 모두를 통합하고 있는 것이다. 이것을 알면 통일적인 세계관을 갖게 되지만, 이것을 느끼면 생명과의 유대감 속에서 매일 즐거운 마음으로 살아갈 수 있다.

진정한 이해

우리는 의미를 만들어내는 존재이다. 식물이 빛을 받아들여 당을 만들어내듯 인간은 경험을 통해 의미를 발견한다. 우리가 아는 한 지구상의 생명체들 중에서 이런 내적인 감수성을 지닌 존재는 없다.

우리가 만나는 모든 것은 역동적으로 살아 있다. 그러므로 생명이 우리에게 말을 걸도록 부단히 노력해야 한다. 생명을 받아들여 생명이 우리를 형성하게 해야 한다.

이런 작업은 삼라만상에 대한 이해를 통해 이루어진다. 정신으로 힘을 얻을 때는 경험에서 얻어낸 이해에 의지한다. 반면에 가슴으로 힘을 얻을 때는 경험 자체를 느낀다. 물론 둘 다 가치가 있다. 정신으로 이해하면 경험을 통해 어딘가로 향하고 있다는 생각이 든다. 반면에 가슴으로 느끼면 어디로도 향하지 않는 충만한 삶이 보답으로 주어진다. 그저 지금 우리가 서 있는 자리를 알게 되는 것이다.

궁극적으로 이해는 지각이라는 개념을 명사가 아닌 동사로, 언제나 변화하는 생명 전체와 더욱 밀접하게 조화를 이루는 과정으로 받아들이는 데 달려 있다. 우리가 의지할 수 있는 중요한 사실이나 어떤 물건을 이해했다고 할 경우, 이런 이해는 흔히 거짓된 위안을 안겨주거나 시간이 지나면서 우리를 제한한다. 그러나 아무리 작고 붙잡기 어려운 것이어도 살아 있는 것에 우리의 존재를 완전히 맡기면, 이해는 우리가 가꿔나가야 할 관계가 된다. 우리를 활기차게 만들어주는, 세계와 가슴 사이의 춤이 된다.

이런 심오한 수행은 배우기도 지속하기도 어렵다. 자기 존재를 앞지르면 보이는 것들을 섣부르게 틀 속에 가두고 결론 내리기 쉽다. 반면에 우리 앞의 것들에 단순하고 깊게 주의를 기울이면, 천둥의 첫 파열음에 귀 기울이는 하늘처럼 들을 줄 알게 된다. 그러면 아주 작은 것들도 우리의 마음을 건드리고 열어 몰입하게 해준다. 이로써 지각은 우리 안으로 스며들고, 의미도 결론보다는 느낌으로 주어진다.

멀리 떨어져 있던 작은 것들도 가까이서 보면 모두가 또 다른 완전한 세계다. 그 세계에 들어가보면, 이 본질적인 세계에 우리도 속해 있음을 발견한다.

수영이 준 가르침

딱히 신나는 일이 없어서 일주일에 서너 번 약 3마일씩 조깅을 했다. 전력을 다하는 느낌이 좋기는 했지만, 내가 조깅을 좋아한 건 운동이라기보다 햇살을 받으며 하는 명상에 가까웠기 때문이다. 그러던 어느 날 타이어가 펑크 나듯 오른쪽 무릎이 탈골되면서 주저앉아 버리고 말았다. 반달연골이 찢어진 것이다. 두 곳이나 작게 구멍을 뚫고 관절경 수술을 받아야 했다. 상처는 거의 보이지 않았다. 하지만 말끔하게 치료를 했는데도 뻑뻑한 기어처럼 달릴 때 통증이 느껴졌다.

그래서 나는 좋아하던 수영을 하기로 했다. 역시 전력을 다하는 느낌이 좋았지만, 애써 힘을 주지 않을 경우 물속에 있는 느낌이 신비로웠기 때문이다. 어떤 때는 교향악 속에서 이제 막 자신의 자리를 찾아가는 음표가 된 것 같은 느낌도 들었다. 이런 순간들은 나를 더욱 완전하게 물속으로 끌어당겼다.

몇 번 수영을 하고 난 후에는 갑자기 온몸을 사용할 수 있게 되었다. 본질적인 차원에서 나의 팔과 다리가 내 몸의 다른 부위들과 분리되어 있지 않음을 기억해낸 것이다. 덕분에 어느 순간 팔을 휘저으면서 옆구리 전체를 들어 올리게 되었다.

수영장의 끝에 이르자 웃음이 터져나왔다. 그러자 옆 라인에 있던 진짜 수영 선수들이 팔을 계속 휘저으면서 물고기처럼 호기심 어린 눈으로 나를 유심히 쳐다보았다. 그래도 나는 다시 온 존재로 수영을 시작했다. 마치 다리는 잊은 채 팔로만 춤을 추는 것 같았다.

각각의 행위와 생각에 온 존재로 참여하는 것, 이것은 모든 것에 이르는 비밀의 문이기도 했다. 다시 나는 이 비밀의 문 안으로 들어갔다. 그리고 수영장 끝에서 웃음을 터뜨리는 순간, 20대에 농구를 한 이유가 공중에서 나를 혼란스럽게 만드는 공을 쫓아다니는 게 재미있었기 때문임을 깨달았다. 그래서 왼쪽 발목 인대가 찢어진 후에도 다시 농구를 했다.

30대에는 라켓볼을 했는데, 벽 앞에서 공을 받아치려고 춤추듯 버둥거리는 게 재미있었다. 그런데 암이 나를 또 다른 해변으로 던져버렸다. 이로써 40대에는 조깅을 하면서 목적지를 정해두지도 않고 그냥 빛을 따라 가볍게 걸음을 나아갔다. 그러다 이제는 수영을 하게 되었다.

돌아보면, 이렇게 몰입과 전력의 대상을 전전한 이유는 인내나 회복력과 관련된 것이 아니었다. 내적으로 보면, 연결의 능력을 다 써버리고 난 후 하나의 연결에서 다른 연결로 옮겨간 것이었다. 아니면 그 대상이 나를 다 써버렸기 때문일 수도 있다.

이 이야기는 운동의 필요성에 대한 하나의 증언과 같다. 물론 단순히 신체적인 운동만을 말하는 것은 아니다. 정신적으로도 다시 도전하는 태도를 훈련할 필요가 있다. 실패에 대한 두려움 때문에 흔히 이렇게 못하지만 어떤 한계에 직면했을 때 멈추지 않고 다시 시작할 필요가 있다. 운동과의 관계 속에 숨겨져 있는 신비로운 생명력을, 몰입과 헌신만이 이끌어낼 수 있는 생명력을 더욱 많이 경험하게 될 때까지 계속할 필요가 있다.

수영장의 끝에 다다랐을 때 내가 웃음을 터뜨린 것도 그 때문이었다. 이 단순한 진리를 기억하는 게 얼마나 어려운지를, 어깨에 와닿는 진리의 두드림이 우리를 어떻게 겸허하게 만드는지를 알았기 때문이다. 물속에 서 있다 보니, 먹이를 쥔 손을 땅바닥 위에서 펼쳤을 때 말이 고개 숙여 먹이를 먹듯 겸양謙讓이 우리를 더욱 가깝게 만들어준다는 생각이 다시 들었다.

깨어남의 순간

등을 대고 누웠을 때만 멈추어 하늘을 볼 수 있다.

뉴 햄프셔에 사는 친구를 방문했을 때였다. 도버의 갤러리에서 세 폭짜리 그림을 보았다. J. 앤 엘드리지Ann Eldridge의 매혹적인 동판화 「나의 종교는 두엄과 연관이 있다」였다. 보는 순간 그림이 즉시 내게 말을 걸어왔다.

> 시간이 흐르면서 중요한 것의 거름이, 눈에 띄지 않는 비옥한 토대가 되지 않는가? 그러나 우리가 닦이고 닦여 아름다움과 진리의 가장 작은 부분이 되기 전까지는 사실 아무 일도 일어나지 않는 것처럼 보인다.

이런 게 이치가 아닐까? 시간이 흐르면서 하늘에 다다르기 위해 애쓰던 산은 깎여나가 부드럽게 바다와 어우러진다. 시간이 흐르면서 우리도 야망이 깎여나가 즐거이 한 알의 작은 모래 알갱이가 되어 물고기의 입속으로 들어간다.

드디어 내면이 고요해지면 나는 누구도 보지 않는 홍채처럼 열린다. 그 순간 어디서도 찾을 수 없는 눈물이 내 안으로 떨어져, 내 피를 통해 나의 팔과 손, 손가락들 속으로 내 존재를 보내준다. 그러면 나는 잠자는 강아지의 닫힌 눈이나 부화를 기다리는 지빠귀의 알 등 살아나는 모든 것들에 가까스로 가닿는다. 대지의 갈라진 틈들을 고요하게 어루만져주는 눈과 내 가슴속 상처를 감싸주는 눈 같은 침묵에 새로운 힘을 얻는다.

대지가 태양을 향해 고개를 숙이면 하루가 시작된다. 우리는 깨어나는 순간 이것을 분명히 깨닫는다. 바로 이렇게 들음은 겸허를 낳고, 겸허는 빛을 향해 엎드릴 때 생겨난다. 그리고 엎드림의 순간 우리는 경험을 통해 다시 중요한 것으로 돌아간다.

무언가에 짓눌릴 때마다 나는 이 점을 기억하려 애쓴다. 그리고 피리새에게 모이를 주거나, 사슴이나 토끼의 암컷을 바라보거나, 강아지를 빗질해주는 것 같은 작은 일들에 관심을 기울일 때 아주 커다란 가슴에서 재능과 안정감이 생겨난다는 점도 기억하려 한다. 지금 몸담고 있는 순간에 완전히 존재할 때 우리의 타고난 재능도 모습을 드러낸다는 점을 기억하려 한다.

이런 순간들 속에 머물 때, 생각지 못했던 나머지 일들로 자연히 해결되는 것 같다. 그래서 나는 할 수 있을 때 내가 할 수 있는 일을 한다. 가슴을 열고 고요히 마음을 잠재우는 것이다. 그러면 어쩐 일인지 타인들 속의 재능도 느껴지는 것 같다. 모든 것이 다 잘되리라는 느낌도 되살아난다.

나는 그저 한 사람에 불과하고, 여러분도 마찬가지다. 그러나 모든 것을 짊어지려 하지 않고 느껴지는 대로 느끼려 노력한다면, 잘 살아낼 수 있을 것이다.

견딤과 사랑받음

아주 오랫동안 이 문제를 생각해왔다. 단지 눈을 뜨기만 해도 어떻게 고난을 견뎌낼 수 있는지, 한창 몸부림치다가도 이 몸부림이 만들어낸 열림을 통해서 어떻게 스스로 사랑받을 수 있는 존재가 되어 삶의 구조 속으로 들어가게 되는지를 이해해보려 했다.

최근에 받은 또 다른 치료들 덕분에 나는 이 모든 것을 생생하게 느끼게 되었다. 견딤과 사랑받음의 방법을 또 다른 차원에서 깨달은 것이다. 겨울 동안 끔찍한 위장염이 유행했다. 나는 스물세 시간 동안 이 병으로 심하게 아팠다. 20년 전 화학요법으로 식도가 손상된 적이 있기 때문에 이런 상황은 내게 특히 힘든 것이었다. 다행히 병은 지나갔고 나는 다시 일상으로 돌아왔다.

그런데 이후 네 달 동안 위가 썩 좋지 않았다. 계속 경련이 일어나면서 가슴뼈 아랫부분이 쥐어짜듯 아팠다. 이런 경련은 두 시간에서 세 시간이나 지속되었다. 나중에는 기진맥진하고 말았다. 식사도 정상적으로 할 수 없었고 병이 어떻게 진행될지도 알 수 없었다. 살도 빠지기 시작했다. 자연히 암이 내 안에서 자라고 있는 것은 아닌지 두려워지기 시작했다.

그러다 6월 말이 돼서야 힘든 검사와 과정들을 거친 후 암이 아님을 확인했다. 내가 얼마나 안도했을지 상상이 될 것이다. 그러나 위가 제대로 비워지지 않았고, 누구도 그 이유를 알아내지 못했다. 그냥 특발성 위마비라고만 했다. 나는 막 한 달간의 치료를 시작했다. 결과는 이제 알게 될 것이다.

사례마다 결과는 달랐다. 어떤 이는 회복되는 반면, 어떤 이는 위를 제대로 비우는 능력을 회복하지 못해서 만성질환으로 굳어졌다. 나는 다시 경련이 일어날까 봐 먹는 게 두렵다.

오늘은 눈을 뜨는 순간 내가 소화시켜야 할 것을 발견해야 병을 이겨낼 수 있겠다는 생각이 들었다. 무엇을 깨달으라고 이런 병에 걸린 것인지, 견딤이나 사랑받음의 욕구와 이 병이 어떤 관련이 있는지 궁금했다. 몸이 이것을 알아내라고 내게 요구하고 있었다. 하지만 더욱 깊은 차원에서 이해하지 못하면 결코 그럴 수 없었다.

나는 또다시 황폐한 삶 속으로 내던져지는 건 아닐까 하는 두려움에 기가 질려 있었다. 이런 상태를 바로잡지 못하면 어떻게 될까? 아침에는 코티지치즈를, 점심에는 겨우 포도만 먹고도 배가 꽉 찼다고 느끼면서 어떻게 살아갈 수 있을까?

지난 겨울 내 위장벽에 들러붙은 음험한 미생물들이 씻겨나가지 않고 남아서 따끔따끔 통증을 유발하고 있었다. 이로 인해 삶이 영원히 바뀌어버릴지도 모르는 가혹하고도 불쾌한 상황 앞에서 내가 어떻게 평화를 유지할 수 있겠는가? 그러나 나는 이런 상황들을 소화하고 떠나보내야만 했다. 이것이 바로 받아들임이다.

대화의 인간적 맥락도 마찬가지다. 나만의 특정한 여정이 아니라 인간 전체의 여정을 말하는 것이다. 우리가 추상화하지 않으면 어떤 것도 추상적이지 않다. 모든 질문과 배움의 문제들, 삶의 모든 답하기 힘든 문제들은 실제적인 일상의 맥락과 분리할 수 없다. 중력은 하나의 개념이 아니다. 침식이나 사태와 관련된 것이다. 통증도 단순히 불편한 것이 아니다. 한밤중에 배가 아파서 집 안을 힘없이 돌아다니게 만드는 것이다. 그리고 사랑은 지평선 너머에서 기다리고 있는 환상적인 빛 같은 게 아니다. 통증이 지나갈 때까지 아내가 내 머리를 안아주는 것과 같은 것이다.

그러므로 견딤과 사랑받음의 의미가 궁금할 때는 아픔이 내 안의 어디에, 나의 인간적이고 개인적인 삶의 어디에 살아 있는지 생각해보아야 한다.

받아들이고 보내기

통증과 두려움은 때로 도움이 될 모든 것들을 구름처럼 가려버린다. 이로 인해 우리는 몸과 환경, 심지어는 우리의 삶을 떠나려 하기도 한다. 그러나 근본적으로 받아들여야만 극복해낼 수 있다. 두려워하는 것을 받아들이기 전에는 두려움을 이겨낼 수 없고, 혼란스러운 것을 받아들이기 전에는 혼란을 풀어버릴 수 없다. 언젠가 죽으리라는 사실을 받아들이기 전에는 충만한 삶을 살아갈 수 없다.

이렇게 받아들이고 보내게 하는 것은 고요의 지점이다. 그리고 삶은 이 고요의 지점에서부터 펼쳐진다. 들숨과 날숨처럼 견딤과 사랑받을 수 있는 존재가 되는 것은 동떨어져 있지 않다. 둘은 서로에게 의존하고 있다. 둘이 함께 우리를 살아 있게 만든다. 우리를 살아 있게 만들고 삶의 정점으로 인도해주는 능력들을 익히는 것, 이것이 바로 사랑의 작업이다.

둘은 우리의 마음과 정신을 엮어 삶의 본질 속으로 더욱 깊이 끌어당겨 준다. 외적으로는 견딤endure이지만, 내적으로는 사랑받는 존재가 되는 것endear이 우리가 할 일이다. 하지만 아주 오래 살다 보면 둘 사이의 경계선은 불분명하게 없어진다. 그러나 그 사이 우리는 모든 것을 사랑함으로써 분명한 아름다움을 만들어낸다.

말 자체도 흥미로운 사실들을 드러내준다. 'endure'는 '헤쳐 나가다, 존재를 지속하다, 항복하지 않고 참을성 있게 고통을 감내하다'라는 의미를 지닌다. 한편 'endear은 사랑받게 하다'라는 의미다. 접두어 en은 '~로 들어가다, 존재하게 만들다'라는 의미다.

그렇다면 우리의 존재와 고통 속으로 들어가는 일이, 어떻게 우리의 존재와 있는 자리를 사랑받을 만한 것으로 만드는 것일까? 부딪치는 것들을 받아들여 어떻게 사랑받을 만한 무언가로 만들 수 있다는 말일까?

삶 속으로 들어가기

견딤과 사랑받게 만듦은 고통의 본질이 무엇이든 우리의 고통을 전부인 양 받아들이지 않는 태도와 연관이 있다. 침대에서 나오거나 문을 열거나 입을 열거나 어떤 사람 혹은 상황을 향해 손을 뻗을 때마다 우리는 사랑과 두려움 사이에서 선택에 직면한다. 이런 선택사항들은 끊임없이 주어지고, 우리가 선택한 방향은 자유 의지의 끝없는 이야기를 만들어낸다.

사랑과 두려움 중 어디에 서느냐에 따라 카인Cain이 되거나 아벨Abel이 된다. 찰스 디킨스Charles Dickens의 말처럼 이런 벼랑에서 모든 사회는 가장 좋은 시기로 혹은 가장 불행한 시기로 진입한다. 그러나 사실은 어느 시대나 두 면을 다 갖고 있으며 삶도 마찬가지다.

두려움처럼 사랑에도 계보가 있다. 둘 모두 전통과 조상들을 지니고 있으며, 둘 사이의 선택을 통해 삶 속으로 발을 들여놓는 방식은 의미 있는 교육이 담당해야 할 몫이다. 그러나 아무리 공부를 하고 분석을 하고 기술을 연마해도, 가장 위대한 스승은 언제나 사랑과 고통이다. 좋든 싫든 둘의 가르침을 피할 방법은 없다. 그러므로 사랑과 고통을 통해 계속 삶 속으로 발을 들여놓아야 한다. 이런 시도가 만들어내는 끊임없는 이야기가 바로 역사다.

그러나 우리는 사랑을 선택하다가도 때로는 두려움을 선택한다. 그 이유는 수수께끼와 같다. 이 차이가 삶을 뒤바꿔 버리므로 이런 순간들에 미리 대비를 해야 한다. 이것은 나름대로 헌신할 만한 가치가 있는 일이다.

일상이 큰 혼란 속에 빠져버리면, 깨짐과 열림 사이에서 선택할 수 있는 용기를 찾아야 한다. 하지만 어떤 길을 가든, 언제나 또 다른 기회가 기다리고 있다. 그리고 일어서서 두려움이 아닌 사랑을, 혼자가 아닌 통합을 향해 걸음을 내디디면 그 순간 또 다른 스승이 나타난다. 누구나 그렇듯 다시 넘어져도 두려움을 뚫고 사랑을 향해, 깨짐을 겪고 전체성을 향해 용감히 발을 내디디면 더욱 커다란 기회가 주어진다.

온기가 얼음을 녹여 대지를 적셔주듯, 견디고 사랑받을 만한 존재가 될 수 있는 우리의 능력은 진실한 행위를 낳고, 이런 진실함은 우리 사이를 얼어붙게 만드는 차이를 사랑으로 녹여준다.

약을 먹다가

오늘 아침 처음으로 약을 복용했다. 에리트로마이신 3.125밀리리터를 바늘 없는 주사기에 담아 입안에 밀어 넣었다. 약은 뭉건한 꿀 같았다. 여기까지는 순조로웠다. 그런데 대체 어떤 꿀을 얼마나 복용해야 계속 삶 속으로 발을 들여놓을 수 있는 걸까?

불교에서는 우페카upekkhā(무심, 평정심)와 무디타mudita(기쁨, 행복)를 이야기한다. 이것은 견디고 사랑받을 수 있게 도와주는 두 가지 화학 물질과 같다. 우페카는 평정심을 수행하는 것이며, 평정심은 폭풍우를 감당할 수 있는 고요의 자리를 마련해준다. 많은 전통에서는 평정과 평화를 긴 여행의 종착지로 보고, 이 자리에 이르면 폭풍우를 경험하지 않아도 된다고 말한다.

그러나 내 경험으로 보면 이것은 불가능한 일이다. 삶에는 폭풍우와 고요한 상태가 모두 존재하며, 폭풍우를 건너뛰지 않고 고요한 상태로 폭풍우를 견뎌내는 것이 삶의 과제다. 그리고 중요하게 기억해야 할 점은 폭풍우 속에서 평정을 유지할 수 있는 진정한 자리는 바로 중심뿐이라는 것이다. 그러므로 폭풍우 속에 있을 때 우리가 해야 할 일은 아무리 힘들게 느껴져도 폭풍우의 중심으로 들어가는 것뿐이다.

미국인 승려 비구 보디Bhikkhu Bodhi는 "우페카는 모든 자기관계성으로부터 우리를 자유롭게 해준다"고 했다. 그리스어로 '고요tranquility'는 '아타락시아ataraxia'다. 아타락시아는 걱정을 포함한 많은 사로잡힘에서 자유로운 명료한 상태를 말한다. 인간적인 맥락에서 이해할 수 있도록 내가 최근에 아름다움과 고통을 느꼈던 순간들을 이야기해주겠다.

6월의 어느 화창하고 느긋한 날 우리가 놓은 먹이통에 꾀꼬리가 찾아왔다. 꾀꼬리는 일 년에 딱 한 번 방문했다. 그 아름다운 새를 보는 순간 가슴이 활짝 펴졌지만 위가 조여드는 통증이 찾아와 꼼짝도 못했다. 나는 확장과 수축을 동시에 경험하면서 전부와 무無 사이에서 선택을 해야만 하는 순간에 놓였다. 나는 통증을 차단하지 않고 여기에 존재하기 위해서 위험을 무릅썼다.

통증은 구체적인 것이었고 햇살을 받고 있는 꾀꼬리도 마찬가지였다. 둘 사이에서 선택을 해야만 한다고 생각하니 통증이 더욱 심해졌다. 꾀꼬리는 여전히 아름다운 모습으로 햇살 속에서 모이를 쪼아 먹었고, 통증으로 몸을 구부리고 있는 나도 마찬가지였다.

그래서 나는 견딤과 사랑받을 만한 존재가 되기 위한 노력을 통해 계속 둘 모두를 느꼈다. 그러자 어느 순간에든 나의 통증만큼이나 구체적인 것이 있으며 삶이 이 통증보다 큼을 받아들이면, 나의 상황과 자기관계성을 넘어서 삶의 흐름을 느낄 수 있다는 깨달음이 일었다. 또 나의 상황을 부정하지 않아도, 나로 하여금 견뎌내게 도와주는 더욱 커다란 생명력의 장을 흡수할 수 있다는 생각도 들었다.

이를 계기로 무디타, 즉 기뻐할 줄 아는 마음을 갈고닦게 되었다. 더욱 커다란 생명의 흐름을 받아들이자, 이 흐름이 나의 상황을 부드럽게 만들어주고 고통도 얼마간 흡수해주었다. 이처럼 사랑받을 만한 존재가 되기 위한 노력은 우리의 영혼을 확장시킨다. 견딤으로 중심의 평온한 상태에 이르고 사랑받을 만한 존재가 되기 위한 노력으로 영혼을 확장시키면, 다다르기 힘든 내적 고요를 회복할 수 있다.

이 평화가 아무리 짧아도 삶의 근본적인 평온은 걱정과 사로잡힘에서 우리를 자유롭게 만들어주고, 자기관계성의 무게로부터 벗어나게 해준다. 삶에서 끌어내주는 것이 아니라 더욱 깊이 삶 속으로 들어가게 도와준다.

신기하게도 걱정에서 벗어난 시각을 받아들여야만, 걱정을 다독이며 뚫고 나아갈 수 있다. 자기관계성을 벗어난 시각에서만 자기self라는 내면의 느긋하고도 깨어 있는 존재에 이르는 길을 발견할 수 있다. 투쟁의 한가운데서도 고요한 숨결을 유지해야만 투쟁을 통과할 수 있다. 이것을 가르치기는 어려운 일이다. 체험으로 아는 수밖에 없다.

역경과 고통에 직면할 때는 어떻게든 삶에 감사하고 삶으로부터 사랑을 받을 수 있게 노력해야 한다. 기뻐하는 마음을 키우고, 삶의 고난과 불의로부터 눈을 돌리지 말고, 어쨌든 지금 여기에 존재하는 것에 감사하는 마음으로 진실하게 직면해야 한다.

암을 이겨내고도 삶의 한가운데서 나는 여전히 이렇게 하는 방법을 모른다. 그러나 이렇게 해야 한다는 것은 안다. 진실로 우리는 이렇게 해야 한다.

지난 해 프라하에 있을 때 바츨라브 하벨Vaclav Havel이 희망을 어떻게 이해했는지 알게 되었다.

> 희망은 확실히 낙관주의와는 다르다. 희망은 무언가 결국 잘되리라는 신념이 아니라, 어떻게 되든 결국에는 의미가 있으리라는 확신이다.

고통과 기쁨을 섞어 세월 속에서 꿀 비슷한 것을 만들어내는 것은 영혼의 이런 지향성이다. 살아오면서 나는 이따금 지혜가 앎의 종착지가 아닐까 생각했다. 그러나 수차례 넘어지기를 되풀이한 후, 진리에 대한 앎은 지혜로 인도하지만 진리의 경험은 기쁨을 선사함을 깨달았다. 지혜는 도움을 주지만 기쁨은 필수적인 것이다. 지혜가 있으면 확실히 더 나은 삶을 살 수 있다. 그러나 기쁨이 없으면 지혜도 무거운 짐이 된다.

진실한 방황

무엇을 해야 할지 더 이상 모를 때
진정한 일을 발견할지도 모른다.
어느 길로 가야 할지 더 이상 모를 때
진정한 여행이 시작될지도 모른다.
혼란을 겪어보지 않은 마음은 할 일이 없다.
흐름에 방해를 받아본 냇물만이 노래를 부를 줄 안다.

– 웬델 베리Wendell Berry

삶이 정말 소중하고 시간이 빠르게 스쳐간다는 느낌이 퍼뜩 들 때면, 다시는 1초도 낭비하지 말아야겠다는 절박감에 사로잡힌다. 그러면 이제 살아 있음의 불꽃이 사라질지도 모른다는 두려움으로 인해 속도를 높이고 돌진해서 움켜쥘 수 있는 것들을 붙잡아야 한다는 느낌이 든다. 이후에 우리가 하는 일은 삶의 전환점이 되어준다.

이런 절박감도 이해는 된다. 하지만 삶의 속도를 늦춰야만 시간도 느리게 흘러간다. 다급함, 걱정, 두려움, 후회 등 모든 것을 비워야만 시간을 초월한 존재의 연못이 우리를 반겨준다.

모든 것을 겪고 나면 정직하게 표현하는 삶을 영위하게 된다. 이런 삶은 언제나 들음과 더불어 시작된다. 이때 들음은 중요한 것을 기억하고 명명하고 표현하는 방법의 하나다. 이런 훈련들이 우리를 언제나 진실하게 만들어준다.

욕망과 꿈

많은 것들을 원했지만 이룬 것은 아주 적다. 원하는 것을 전부 얻지는 못하다니, 이것만 봐도 나는 복이 많은 사람이 분명하다. 나의 욕망이 나나 가까운 사람들에게 언제나 좋은 것만은 아니었기 때문이다. 나의 욕망은 흔히 직면할 준비가 안되어 있는 무언가를 보상받기 위한 것이었다. 이런 면에서 나의 욕망은 대체로 꿈을 왜곡하고, 이런 꿈은 다시 나를 일그러뜨렸다.

이로 인해 나는 꿈을 달리 생각하게 되었다. 개인적인 열망이 아니라 초개인적인 축복의 도관導管에 더 가까운 것이 꿈이라고 이해하게 된 것이다. 서로를 발견하고 세계를 비추게 도와주는 영혼의 필라멘트 같은 것 말이다.

지금은 꿈을 도달해야 할 자리가 아닌 존재의 상태라고 생각한다. 빛나는 뉴런들처럼 우주적인 몸 안에서 시냅스들을 둥글게 건너뛰면서 심장에서 심장으로 옮겨 다니는 것이 꿈이라고 여긴다. 그러나 우리는 꿈이 실현될지 아니면 멀리 사라져버릴지 하는 것에만 사로잡혀 있다. 꿈의 목적은 우리 사이에 있는 생명의 도관을 충전시키는 것인데도 말이다.

꿈이 우리 사이를 관통하는 것을 느낄 수 있다면, 꿈의 이름도 버리고 꿈과의 게임도 내려놓을 수 있다면, 꿈은 깨우침을 주는 살아 있음의 순간들로 우리를 확장시키고 안에서부터 밝게 우리를 비춰줄 것이다. 어떤 꿈이든 진실로 이렇게 해줄 것이다.

그러므로 꿈을 꾼다는 것은 필수적인 일이다. 중요한 것은 가상의 목적지가 아니라 길을 가는 동안 꿈이 비춰주는 자리이기 때문이다.

첫 번째와 두 번째 길

모든 천체가 하나의 종이자 존재라면
그러면 귀는 …

- 에밀리 디킨슨Emily Dickinson

아르헨티나의 위대한 작가 호르헤 루이스 보르헤스Jorge Luis Borges는 말년에 이렇게 말했다. "천문학자들의 책을 읽으면서 한 번도 별들을 제대로 바라보지 않은 게 두렵다."

나는 이 말이 인생을 잘못 살아왔다고 후회한 것이라기보다, 영원히 변화하는 세계에서 진실한 상태를 유지하기 위해 받아들여야 하는 불가피한 순환을 가슴 아프게 떠올린 말이라고 생각한다. 소중하게 여기는 지식에서 눈을 들어 진실의 울림에 자신의 존재를 다시 맞추는 것은 삶의 부단한 과제이다. 한두 번이 아니라 끊임없이 해야 할 일이다.

태양 때문에 숲이 모든 길 위로 퍼져가듯, 아무리 자주 치워도 직접적이고 진실한 것은 우리가 배운 것들 위로 계속 자라난다. 그러나 우리는 어딘가에 도착해야 한다는 강박관념에 젖어 삶의 첫 번째 길에서는 직접적인 경험을 좇은 반면, 두 번째 길에서는 경험에서 끌어낸 결론들을 좇고 있음을 망각한다. 의도가 좋아도 종종 진실한 것에서 멀어져 첫 번째 길에 헌신해야 함을 잊는 것이다.

그러나 진실에서 이탈하는 것은 품격을 거스르는 일이라기보다 세월 속에서 운명의 변화를 자연스럽게 경험하는 것이기도 하다. 진실한 방황의 핵심은 발을 다시 땅에 디디고 태양을 좇는 것, 다시 숨죽이고 별들을 바라보는 것이다.

100개의 강물 받아들이기

100개의 강물을 받아들이는 바다와 같아질 때까지 멈추고 비워라. 그런 상태에 이르면 집착도 부정도 사라질지니.

– 도겐Dogen

삶의 신비에 대해 내가 들은 반응은 흔히 두 가지였다. 하나는 지금의 세상이 너무도 끔찍하므로 뜯어고쳐야 할 것들에 대한 책임이 참으로 무겁다는 것이었다. 다른 하나는 충분히 노력하면 계몽과 완벽한 개선이 가능하다는 주장이었다.

이런 반응들에 깔린 정서는 '내가 무슨 영향을 미칠 수 있겠어?' 하는 무관심이나 절망 혹은 아이들이 결코 울지 않는 세계 같은 낭만적인 이상에 매달리는 것이다. 이런 태도들이 불러오는 것은 음울한 인고의 삶이나 고립, 세상을 천국 같은 모습으로 탈바꿈시키려는 선교자 같은 열성이다.

나도 두 가지 태도에 빠져 시간을 허비한 경험이 있지만 둘 다 미성숙함을 깨달았다. 사실이 그럴 때도 종종 있지만, 지금의 세상이 참으로 끔찍하다는 주장에만 빠져 있으면, 견뎌내기 버겁다는 생각에 체념해버리고 결국은 삶에서 물러나 지상에서 우리가 감당해야 할 여정을 회피하게 된다. 반면에 역시 맞는 생각일 때도 있지만, 완벽만을 추구하면 미래에 희망이 있다는 생각에 미래 속으로 숨어버려서 지상에서의 여정을 회피한다. 두 극단에 헌신하다 보면 결국은 유혹에 빠져서 지금 여기에 존재하는 작업을 저버리거나 건너뛴다.

역사적으로 서양인들은 삶을 개선할 수 있다는 시각을 갖고 있었다. 자신과 타인들의 행위를 통제하고 재형성해서 세상을 더 나은 곳으로 만드는 것이 우리의 책임이라고 여겼다. 그러나 오래전 동양인들은 삶은 경험하는 것일 뿐, 향상시킬 수 있는 것이 아니라고 여겼다. 여러분이나 내가 세상에 나오기 전부터 세상은 이미 완전했고, 우리가 죽은 후에도 그러하리라고 생각한 것이다.

여기에 인간 존재의 핵심적인 역설이 숨어 있다. 우리는 허기를 없앨 수는 없지만 서로에게 먹을 것을 나눠줄 수는 있다. 고통을 제거할 수는 없지만 서로를 안아줄 수는 있다. 실제의 본질을 개선할 수는 없지만 이곳에 사는 동안 서로를 위해서 상황을 더 좋게 만들 수는 있다.

이런 점에 비추어볼 때, 이 역설에서 비관적이거나 낭만적인 면에만 빠지면 정신이 흐트러져 지금 여기에 존재하지 못하고 도울 수 있어도 서로를 돕지 않게 된다. 사실 나는 절망으로 어두워진 사람들에게 더욱 많이 공감한다. 실제적인 고통 앞에서 있는 그대로의 상황을 부정하고 이상과 연애에 빠지는 것은 위험할 뿐더러 타인들을 위기에 빠뜨릴 수도 있기 때문이다.

우리에게 주어진 과제의 하나는 인간 존재의 고통을 느끼되 토끼 구멍 속으로 도망쳐 절망에 빠져버리지 않고, 지금 여기에 존재하면서 신비 속으로 서로를 떠받쳐 올려주는 것이다. 또 다른 과제는 다른 방향으로 도피하지 않고, 지금 여기에 존재하는 어려움을 지렛대 삼아 언제나 눈에 보이지 않는 완벽한 세상을 향해 손을 뻗는 것이다. 이런 면에서 꿈꾸기는 중독성이 있는 진정제와 같다.

내가 보살의 용기와 사랑에 감동을 받는 이유도 여기에 있다. 대승불교에서 보살은 깨달음을 향한 길에서 충분히 앞서 갔으면서도, 다른 중생들이 스스로 자유로워지도록 돕는 데 자신의 지혜를 쓰기로 선택한 자들이다. 이 지혜의 존재들은 깨달음의 문턱을 넘는 대신, 모든 존재들이 함께 문지방을 넘을 때까지 기다리겠다고 약속한다.

물론 이것도 천국을 꿈꾸는 것이나 마찬가지일 수 있다. 하지만 내가 정말로 감동받은 것은 이 안에 내포되어 있는 진실, 즉 모든 중생들이 따라오지는 못하리라는 것을 보살들이 이미 알고 있다는 점이다. 그래서 본질적으로 이들은 지상에서의 깨어 있는 삶을 포용한다. 타인을 정화시키거나 형성하려 들지 않고 살아 있는 자들 사이를 진실하게 떠다닌다.

세월이 흐르면 노래 부르게 되리

세월과 더불어 삶 속에서 다양한 삶을 기분 좋게 실험하고 호되게 실패하는 과정을 거치면서 나는 그곳을 향해 나아가고 있다. 드디어 나의 작은 자아가 소멸되어 버리는 순간, 나는 닦이고 닦인 모습으로 내 작은 자아가 떨어져 버린 자리에 앉아, 밑에서 기다리고 있는 더욱 깊고 단순한 자아를 얻게 된 것에 미소 지을 것이다. 그리고 호랑이처럼 멀리 떨어져 있는 집을 향해 다음 발걸음을 내딛을 것이다. 묵은 허기가 가라앉은 자리에 앉아, 태고의 바람이 우리 사이에 남은 유일한 벽의 틈새로 전하는 진리의 소리에 귀 기울일 것이다. 그러다 이윽고 우리의 은밀한 고통과 경이驚異를 노래 부를 것이다. 이것이 나의 꿈이다.

이런 닿음의 순간, 전해줄 수는 있지만 쉽게 이해시키기는 힘든 깊은 앎이 빛을 발한다. 이런 닿음에는 흔쾌히 이해하거나 동의할 수 없어도 서로에게 귀 기울여주는 과정이 필요하다.

40년 전 대학교 1학년 때 뉴욕 주 북부에서부터 매사추세츠 주 브루클린까지 그레이하운드 버스를 타고 어윈Irwin 고모부와 헬라인Hellaine 고모를 만나러 갔다. 당시 나는 신비로운 느낌에 압도당해 있었다. 삶의 더욱 큰 요소들에 눈을 떠, 모두가 헤엄치고 있는 영혼의 바다를 감지하기 시작하고 있었다. 이런 느낌들은 내 삶을 받아들이게 해줄 들음의 문지방과 같은 것이었다.

그러나 무슨 일이 일어나고 있는지를 분명하게 이해하지 못해서 타인들에게 이런 느낌을 설명하기가 힘들었다. 당시에는 친구도 없었으며, 점점 커져가는 고독 속에 있을 때 말고는 약간 제정신도 아닌 것 같았다.

다행히 브루클린에서 나를 반겨준 그들 덕분에 필생의 작업이 될 것들 속에 빠져 허우적대던 나는 삶에서 아주 중요한 순간을 맞이했다. 당시 젊은 시인이었던 나는 고양된 감수성으로 인해 머리가 빙글빙글 도는 것 같았다. 생명의 온갖 색깔들을 느낄 수 있었지만, 마치 출구 없는 만화경 속에 떨어진 것처럼 그 색깔들이 나를 혼란스럽게 만들었다. 나는 말할 수 없이 외로웠다.

나의 직관적인 횡설수설을 고모부와 고모가 얼마나 잘 이해하고 공감해줄지 확신이 서지 않았다. 그러나 그들은 함께 저녁을 먹으면서 나의 말을 귀담아 들어주었다. 내가 모든 것을 자연스럽게 드러낼 때까지 오래도록 귀를 열어두었다. 마치 폭풍우가 지난 뒤 작은 생명체들이 전부 모습을 드러낼 때까지 햇살이 대지의 말에 귀 기울여주는 것 같았다.

그들의 이런 수용 덕분에 나는 내가 느끼는 것들을 받아들이게 되었다. 그것들을 표현할 말은 여전히 찾지 못했지만, 그들의 친절한 들음 덕분에 나의 내면에 스스로 귀 기울이게 되었다. 뿐만 아니라 미지의 영역 속에 꿋꿋이 서 있을 수 있는 자신감도 얻었다. 이것은 내 평생의 자양분이 돼주었다.

첫날밤 고모부와 함께 외출을 했다. 우리는 선술집에 잠시 들러 긴 나무 바에 앉았다. 그리고 쉬지도 않고 이야기를 나누었다. 그는 한 번도 시계를 들여다보지 않았으며 온전히 내게 집중해 주었다. 그의 마음속에서 어떤 생각들이 흐르고 있는지 나는 알 수 없었다. 하지만 그는 틀림없이 어렸을 적 나를 안아주던 자신을 떠올렸을 것이다. 그리고 누구나 그렇듯 그렇게 작은 생명체가 느끼고 생각하고 궁금해하고 걸어다니는 존재로 성장한 것이 놀라웠을 것이다.

브루클린에서의 초저녁 나는 그의 옆에 앉아 있는 게 참 좋았다. 들은 것들을 확신하지 못하던 시절 내가 이해받고 안전하다는 느낌이 들었기 때문이다. 그날 밤 고모부는 내 말을 이해 못할 때도 있었다. 그러나 이해 못할 때일수록 들음은 서로에게 더욱 더 소중한 선물이 될 수 있었다. 이렇게 우리는 따뜻한 환대와 들음으로 서로의 가슴속에 있는 것들에게 물을 준다. 이렇게 서로의 연약함을 단련해준다.

이 책에서 탐구한 모든 것들은, 모두가 가슴속의 것들에게 서로 물을 주기를 바라는 기원으로 요약할 수 있을 것이다. 지혜의 핵심은 아마도 들음이 열어주는 공간과 서로를 깊이 받아들이는 데 있을 것이다.

들음에 대한 긴 대화 속으로 여러분을 인도한 것은 내게도 효과가 있었다. 물론 어딘가에서 침묵 속에 앉아 있는 편이 더 나았을 거라고 말하는 분들도 있을 것이다. 하지만 우리는 언제나 말할 수 없는 것을 말로 표현하고, 눈으로 볼 수 없는 것들을 터놓고 이야기하고, 그 공기 속에서 함께 의미를 마실 줄 알아야 한다.

이렇게 여기까지 깊게 읽었으므로 함께 미지의 영역 속에 굳건히 발을 디디고, 모든 책들을 탄생시킨 샘물에서 물을 마실 수 있을 것이다. 정직한 만남 덕분에 오아시스를 찾은 길 잃은 구도자들처럼 여러분도 상쾌한 느낌을 맛보길 바란다.

마음속에는 이방인이 없으니

고백하건대, 생각하면 할수록 인간을 사랑하는 것보다
더 진정한 예술은 없는 것 같다는 느낌이 든다.

- 반 고흐

시에서부터 소설, 기사, 꿈, 에세이에 이르기까지 45년 동안 글을 써왔다. 이 모든 글들의 내용은 한 구절로 요약할 수 있다. '마음에서는 누구도 이방인이 아니다'라는 것이다.

계속 새로운 장소에서 눈을 뜨지만 결국 빛을 보며 같은 노래를 부르는 새처럼, 어느 자리에서든 내가 쓴 글들은 전부 '마음에서는 누구도 이방인이 아니다'라는 신비로운 사실을 찬미하는 것이었다. 용감하게 혹은 어쩔 수 없이 서로를 정신적으로 고양해주거나 편안하게 이완해줄 때마다 우리가 잃어버렸던 것들을 서로에게서 되찾을 수 있는 놀라운 기회를 얻는다.

무엇이든 나를 부수고 열어주는 것을 통과할 때, 나는 언제나 우리 모두를 생겨나게 한 안전하고 빛나는 자리를 발견한다. 이 자리는 문을 부수고 들어가지 않아도 열린다. 이 자리에서는 때로 진실이나 아름다움이 홀연 모습을 드러내기 때문이다. 깊은 귀 기울임이나 외경심 속에서 편안하게 열리기도 한다. 혹은 3월의 얼음 위로 쏟아져내리는 햇살 같은 변함없는 사랑 속에서 스르르 녹아 열리기도 한다.

우리 모두가 겪어내는 과정에 내재되어 있는 이 영원의 자리는 우리를 순식간에 회복시킨다. 이 자리에서 물을 마시기만 하면 우리 안에 있는 이 영원의 자리가 일상의 매 순간마다 우리를 치유해준다.

요전 날 꿈을 꿨다. 꿈에서 나는 새벽에 절 방바닥을 청소해야 했다. 그런데 절도 못 찾고 어디서부터 시작해야 할지도 몰랐다. 그때 어느 노인이 다가왔다. 그는 천년 묵은 눈을 가진 늙고 작은 원숭이들 가운데 하나처럼 보였다.

그는 내 빗자루를 잡아채 손잡이를 살펴보고는 돌려주며 이렇게 말했다. "너무 꽉 쥐고 있군." 그러고는 원숭이처럼 폴짝폴짝 뛰며 덧붙였다. "사실 절은 네가 깨어 있는 곳이면 어디든 있지." 그가 떠난 후 나는 내가 서 있는 자리를 청소하기 시작했다. 그러자 길이 나타났고 그 길을 따라가야 할 것만 같은 느낌이 들었다. 그 순간 나는 잠에서 깨어났다.

지금 돌이켜보니 깨어남과 사랑과 청소는 모두 영원히 계속해야 할 일이라는 생각이 든다. 삶이 계속 만들어내는 온갖 소음들과 산만함들을 청소하는 방식의 하나가 바로 마음으로 듣는 것은 아닐까? 누군가 들어주기를 바라는 마음을 넘어서, 자신의 걱정이 만들어내는 소음을 넘어서 깊이 들을 때 비로소 마음속에서 이방인이 사라진다고 확신한다. 진실로 들으면 사랑의 빗질 속에서 서서히 서로 하나가 되기 때문이다.

존재의 이유

그 모든 탐색과 고통을 지난 후 우리가 여기에 있는 이유는 온갖 구름이 만들어낸 비를 사랑하고 모든 씨앗이 나무로 자라는 소리에 귀 기울이기 위함이 아닐까? 살아 있는 동안 우리 안에 잠들어 있던 천사가 우리의 손을 이용하게 될 때까지 이 천사를 깨우는 것이 우리의 할 일은 아닐까?

깊은 흐름이 파도처럼 수면을 가르고 치솟듯 때로 삶은 우리도 모르게 움직이고 치솟는 것 같다. 그러므로 지금 여기에 존재하려면 다가오는 것들에 단순히 반응하기만 해서는 안 된다. 보이든 보이지 않든 우리를 부르는 모든 것들과 사랑을 시작해야 한다. 우리가 사랑하는 이들과 물건들을 구해내기 위해 불타는 건물 속으로 뛰어들어갈 때처럼 절박하게 삶의 순간들과 의문

속으로 두 팔을 벌리고 달려가야 한다.

평생 대화와 공부를 하고 진지하게 구축한 원칙과 개념들 아래로 내려가보니, 모든 비행의 끝은 착륙이라는 생각이 분명하게 든다. 그러나 땅에 발을 디딘다고 하늘에 다가가지 못하는 것은 아니다. 사실은 하늘 속으로 들어가게 된다. 벽이 갈라지면서 기다리고 있던 빛이 들어오기 때문이다. 그러므로 남아 있는 나날 동안 고통으로 삶의 흐름을 통제하기보다 받아들이는 법을 찾아야 할 것이다.

평생 나는 진리를 추구해왔다. 진리에 조금씩 가까워지면서 서서히 드러나는 것들에 경이감을 느끼기도 했다. 진리의 주변을 맴돌고, 진리에 대해 생각하고, 사람들과 진리를 이야기했다. 진리 안에서 즐겁게 헤매기도 했다. 그러나 설탕이 물속에서 녹듯 진리 속으로 사라져 들어갈 때 깊은 존재감이 느껴진다는 것을 누가 생각이나 했을까?

다행히 기적 중의 기적이 일어나 나는 여전히 나로서 여기에 있다. 그러니 삼라만상을 바라보는 것을 넘어서, 삼라만상에 귀 기울이는 것을 넘어서, 관계 맺는 것을 넘어서, 모든 존재에 연민의 마음을 지니는 것을 넘어서—이런 진보도 신성하기 그지없는 것이지만—궁극적으로 삼라만상을 마주하는 보답은 삼라만상과 하나가 되어가는 것이 아닐까? 그런다고 본래의 자기를 잃어버리는 것은 아니다. 이것은 중심을 지키며 살아온 결과이다.

보면 말할 것은 점점 줄어들고, 알아야 할 것도 차츰 적어진다.

나는 무수한 질문을 던진 후에야 비로소 우리 앞에 진실을 두는 것이 언제나 존재의 작업과 연관되어 있음을, 진심으로 흡수해서 계속 펼쳐지는 실재에 눈 뜨는 것이 받아들임의 선물임을 깨달았다. 그러나 말로 표현되지 않은 모든 것들에 귀 기울이는 법을 모른 탓에 나는 현자들 앞에서 길을 잃어버렸다. 그들의 지혜를 이해할 방법을 몰랐기 때문이었다. 그러다 진실로 침묵 속에 들어갈 줄 알게 되면서 처음으로 신이 눈을 깜빡이고 있음을 느꼈다.

이를 계기로 이해에 대한 갈망까지 모든 것을 내려놓았다. 그러자 하나의 살아 있는 감각이 열렸다. 이것이 바로 세상이 너무 버겁게 느껴질 때 우리의 안쓰러운 머리를 들어올려 주는 자연과의 대화, 깊은 들음의 보답이었다.

무수히 깨지고 나서야 나는 비로소 불길 속으로 돌아가보는 것이 인간됨의 작업임을 깨달았다. 이렇게 돌아가보아야만 자신감을 회복할 수 있기 때문이다. 엉킨 그물망을 풀고 구름보다 오래 기다리면, 내 영혼의 부름을 듣고 내가 어디에 있는지도 알 수 있다. 그 자리에서 들으면, 끔찍한 것이든 감미로운 것이든 평생의 느낌들은 벌집을 형성하기 시작한다. 그리고 벌집 안의 꿀은 우리를 계속 살아 있게 해준다.

무수히 놓치고 나서야 나는 비로소 사랑의 작업이 스승과 같음을 깨달았다. 원하는 것을 얻지 못해도 자신에게 상처를 입히는 태도들을 넘어서면, 더욱 가까운 지형 속으로 들어가 모든 것을 더욱 잘 어우러지게 만드는 일에 하루하루를 바칠 수 있다. 그리고 인간 정원의 깊은 곳, 자아라는 오두막 안에서 순간의 신비가 우리를 경외심으로 인도할 때까지 우리의 고통을 잠재우기 위해 끝없는 탐구에 들어간다. 견디고 사랑받을 만한 존재가 되려면 마음속에서 누구도 이방인이 되지 않을 때까지 진실하게 방황해야 한다.

긴 대화의 끝에 이르고 보니 가슴이 방망이질 친다. 대화를 나누는 동안 나는 우리가 영원히 함께할 것이라고 생각했다. 언제나 그렇게 느꼈다. 이것이 우리 여정의 진실이자 끈이다.

빈터에서 만나 함께 나란히 산을 오르다가도 우리는 정상에서 만나자는 약속을 남기고 어느 지점에서는 헤어져 다른 길을 걸어야 한다. 하지만 정말로 그렇게 될지는 확신할 수 없다.

지금 바로 그 지점이 가까워졌다. 여기서부터는 얼마간 각자의 길을 가야만 한다. 그래서 말인데 이렇게 만나 묻는 것보다 더 큰 기쁨은 없다. "진정한 자기가 된다는 것은, 살아 있다는 것은, 바람을 먹는다는 것은, 하루하루 소멸된다는 것은 어떤 느낌인가요?"

탁 트인 하늘의 합창 소리를 들으며 자신 있게 발을 내딛기 바란다. 자신을 헌신할 때마다 이 세상에서 삶의 소중한 시간들은 더욱 늘어날 것이다.

감사의 글

나는 삶의 여정에서 깊은 들음과 함께하는 이들을 많이 만났다. 먼저 할머니는 대륙에서 대륙으로, 한 세기에서 다른 세기로의 들음을 통해 그녀의 길을 찾아갔다. 어린 시절 뉴욕 주 북부의 나무들은 나의 팔다리로 불어오는 바람 소리에 귀 기울여주고, 바다는 마음 깊은 곳으로 돌아가라고 내게 끊임없이 조언을 해주었다. 소년 시절 내가 키우던 강아지 사바와 미라는 도시의 안락한 지역을 벗어나 자연의 경이 속으로 들어가도록 내게 귀를 열어주었다.

이 책을 포함한 많은 것들을 진심으로 함께해 준 나의 에이전트 브룩 워너에게 감사의 마음을 전한다. 그리고 명석함과 열린 마음으로 이 책의 토양을 비옥하게 만들어준 편집자 레슬리 메레디스에게도 고마움을 표한다. 또 나의 작품을 전 세계에 알려준 나의 해외 에이전트 로레타 배릿에게도 인사를 전한다.

번갈아 들어주며 서로를 이끌어준 나의 가까운 친구들, 특히 에일린과 봅, 미첼, 리치, 질, 데이브, 팻, 카렌, 폴, 조지, 파울라,

스킵, 돈, TC, 데이비드, 엘렌, 엘리오노르, 린다, 샐리, 조엘에게도 고맙다고 말하고 싶다. 그리고 우리 사이의 공통된 가슴에 귀를 기울여준 파커에게도 인사를 전한다. 모든 존재들 속의 안식처에 귀를 열어준 웨인에게도 감사하다. 집으로 가는 긴 길을 함께 걸어준 아버지에게도 감사의 인사를 전한다.

태양처럼 들어준 폴 보울러와 마치 비행 중인 새처럼 들어준 로버트 메이슨에게도 고맙다. 그리고 내가 길을 잃고 의기소침해져 있을 때 언제나 나의 강점에 귀 기울여준 아내 수전에게도 감사의 인사를 전한다.

주

서문

1 올래소프 오이라란(Olasope Oyelaran) 박사는 웨스턴미시건 대학에 있는 국제연구소 산하의 예술과 과학부 학장이었다. 나이지리아에서 태어나 미국에서 교육을 받은 후 여러 해 동안 나이지리아의 고등교육을 위해 중요한 일을 했다.

1장 살아 있음 속에 깃드는 것 – 존재의 작업

1 우 탄트(U Thant)는 미얀마의 교육가이자 정치가다. 유엔사무총장 첫 임기에 쿠바의 미사일 위기를 진정시키고 콩고 내전을 종식시킨 공로로 널리 인정받았다. 그는 남아프리공화국의 인종차별정책을 확고하게 반대하기도 했다. 미국의 베트남전 개입을 강력히 비난한 탓에 미국 정부와 우호적이었던 미얀마와 미국 간의 관계가 급격하게 악화되기도 했다. 결국 워싱턴과 하노이 간의 직접적인 평화 논의를 위한 그의 은밀한 시도를 존슨 행정부는 거부해버렸다.

그는 1974년 폐암으로 뉴욕에서 사망했다. 당시 미얀마를 통치하던 군사정부는 그의 죽음에 어떤 조의도 표하지 않았다. 그의 장례식이 열리던 날 수십만 명의 인파가 랑군 시내에 모였다. 그런데 예정대로 평범한 랑군 묘지에 매장하기 전 한 무리의 학생들이 그의 관을 강탈해갔다. 이들은 랑군대학교의 학생회관 앞 광장이었던 곳에 그를 묻었다.

이후 일주일 동안 이들은 우 탄트를 위한 임시 묘를 만들어놓고 반정부 연설을 했다. 12월 11일 이른 아침 미얀마 군대가 캠퍼스 안으로 기습 난입해서 몇몇 학생들을 살상하고 우 탄트의 관을 빼앗아 쉐다곤 파고다 밑에 묻었다. 우 탄트의 시신은 지금도 이곳에 묻혀 있다. 군병력이 랑군대학교 캠퍼스에 난입해서 우 탄트의 관을 강제로 빼앗아간 행위에 대한 반발로 랑군 시내에서 시민 봉기가 일어나자 미얀마 정부는 계엄령을 선포했다.

2 리타 샤론(Rita Charon) 박사의 초대로 2008년 5월 7일 콜롬비아 의과대학을 방문했다. 활력 넘치는 샤론 박사는 이 연속 강연의 산파로서 콜롬비아 의과대학에서 내러티브 의학 전공 석사 프로그램을 처음으로 만들었다. 내러티브 의학에서는 '이야기와 표현, 깊은 들음'을 심박계나 레이저, 자기공명영상 같은 정밀한 기계와 도구들을 이용하는 것과 같은 강력한 의술의 하나로 여긴다.(참고 사이트: www.narrativemedicine.org)

3 마이모니데스(Maimonides)는 스페인과 이집트에서 살았던 유대인 랍비이자 의사, 철학자다. 중세 유대인들의 철학에 가장 중요한 영향을 끼쳤으며, 스페인과 포르투갈계 유대인들의 사고에서 핵심적 위치를 차지한다. 그의 작품들은 아라비아와 히브리어로 되어 있는데 가장 중요한 것으로는 〈미슈나에 대한 해설(The Commentary on the Mishna)〉과 〈혼란에 빠진 이들을 위한 인도서(The Guide for the Perplexed)〉가 있다. 후자는 12세기에 씌어졌으며 제자였던 랍비 요셉에게 보내는 편지 형식으로 되어 있다. 이 작품의 주된 목적은 유대인 신비주의의 핵심을 탐구하는 것이다.

4 〈피르케이 아보트(Pirkei Avot)〉 속에는 가장 흔하게 인용되는 랍비들의 금언도 들어 있다. 힐렐(Hillel)의 유명한 질문들도 그 예이다. "내가 나를 위하지 않으면 누가 나를 위해 주겠는가? 내가 나만을 위한다면 도대체 나는 무엇이란 말인가? 지금이 아니면 도대체 언제란 말인가?"(1장 14절) 힐렐의 이 말을 간단한 히브리어로 읽어보면 이렇다. "아임 에인 아니 리, 미 리? 우취 쉬아니 라츠미 모 아니? 빔 로 아취쉬아브 에이마타이?(Im ein ani li, mi li? U'ch'she'ani l'atzmi moh ani? V'im lo achshav eimatai)?" 랍비 힐렐은 기원전 1세기 말에서 기원후 1세기에 걸쳐 살았으며 제2 성전 시대의 가장 위대한 현자로 여겨지고 있다.

5 루미(Rumi)는 이란의 시인으로 페르시아 문학의 신비파를 대표한다. 죽기 직전까지도 수피즘의 교의와 역사, 전통을 담은 〈정신적인 마트나비〉의 창작에 몰두했다. 이 대서사시는 흔히 '신비주의의 바이블', '페르시아의 코란'으로 불린다.

6 캔더스 퍼트(Candace Pert)는 두뇌의 엔도르핀을 위한 세포 결합 장소인 아

편 수용체를 발견한 신경과학자다. 획기적인 저서로 〈감정의 분자(Molecules of Emotion: Why You Feel the Way You Feel)〉(New York: Simon & Schuster, 1999)가 있다.

7 '왈라 왈라(walla walla)'와 '쿠스(koos)'는 태평양 연안 북서부의 콜롬비아 고원 부족들이 쓰는 샤하프티안어에서 가져온 것이다. 루이스(Lewis)와 클락(Clark)이 월라 월라(Wolla Wollah)라고 쓴 왈라 왈라(Walla Walla)는 네즈퍼스족과 카이유스족의 말인 'walatsa'에서 파생된 것으로서, '흐르는 물'을 가리킬 때의 '흐르는'이라는 의미인 듯하다. 반복적인 명명을 따른 예로 페우-페우-목스-목스(Peu-Peu-Mox-Mox)가 있다. 페우-페우-목스-목스는 비무장 상태에서 백인 지원병들에게 포로로 억류되어 있다가 1855년에 살해당한 왈라 왈라 족의 추장이었다. 이런 역사를 알려준 왈라 왈라족 원주민들과 메건, 케빈 스크라이브너에게 감사를 표한다.

8 하즈라트 이나야 칸(Hazrat Inayat Khan)은 보편적 수피즘(Universal Sufism)의 모범적인 인물로서 1914년 런던에서 서구수피교단(Sufi Order in the West)을 창설했다. 신성한 단일성에 대한 그의 보편적인 메시지는 사랑과 조화, 아름다움에 초점을 맞추고 있다. 그는 책에 대한 맹목적인 집착이 모든 종교에서 영성을 앗아갔다고 가르쳤다.

9 〈마사: 마사 그레이엄의 삶과 작품(Martha: The Life and Work of Martha Graham)〉(New York: Random House, p. 164)에서 드 밀레는 다음과 같은 이야기를 들려주었다.

1943년《오클라호마!》첫 공연을 마친 후 마사가 정말로 멋진 말을 해주었다. 수 년 동안 훌륭한 작품을 남기고도 무시당하다가 아주 좋은 공연으로 예기치 않게 갑자기 화려한 성공을 거둔 직후였다. 나의 가치 척도들이 전부 믿을 수 없는 것은 아니었나 하는 생각에 혼란과 걱정이 밀려들었다. 나는 마사에게 털어놓았다. 그때의 대화를 지금도 잘 기억하고 있다. 쉬라프트네 식당에서 소다를 마시며 이야기를 나눴다. 훌륭해지고 싶은 갈망이 불처럼 타오르지만, 그럴 수 있을지 믿음이 안 생긴다고 하자 마사가 아주 차분하게 대답했다. "활기나 생명력, 에너지, 태동 같은 것이 너를 통해 행동으로 표현되는 거야. 모든 시간 속에서 너는 오로지 한 명뿐이기 때문에 이 표현은 아주 독특하지. 네가 그것을 차단하면, 다른 어떤 매개체들을 통해서도 존재하지 못하게 될 거야. 그러면 결국 잃게 되는 거지. 세상도 그 표현을 못 보게 될 거야. 하지만 그 표현이 얼마나 훌륭하고 가치 있는지, 다른 표현들과 어떻게 비교되는지를 결정하는 건 네 몫이 아니야. 그 표현을 분명하고 솔직하게 네 것으로 만들고 채널을 열어두는 것이 네가 할 일이지. 어떤 예술가도 작품을 마음에 들어 하지 않아. 무엇을 해도 항상 불만족스럽지. 기묘하지만 신성한 불만족과 축복받은 불안이 있을 뿐이야. 하지만 우리가 계속 전진하고 다른 사람들보다 더 활기찰 수 있는 건 바로 이것들 덕분이야."

10 푸아나니 버제스(Puanani Burgess)는 시인이자 문화해설가, 지역 기반의 조직 개발자이다. 공동체와 가족, 가치 중심의 경제 발전, 명상, 스토리텔링을 통한 갈등 해결 분야에 광범위한 경험을 갖고 있다. 그녀의 이야기와 말은 2008년 5월 1~4일 페처 연구소에서 열린 변화 리더십 토론에서 가져온 것이다.

11 2007년 6월 24~26일에 페처 연구소에서 열린 임사체험연구 모임에서 한 말이다. 낸시 에번스 부시(Nancy Evans Bush)는 국제 임사체험연구회의 전회장이자 교육자, 목회상담가로서 임사체험의 변화 효과에 대해서 폭넓은 글을 써왔다.

2장 우리의 길을 계속 살아내는 것 – 인간됨의 작업

1 암을 이겨내는 여정에서 깨어난 후 나는 「끔찍한 앎(A Terrible Knowledge)」이라는 에세이 속에서 고통의 역설을 탐구했다. 이 에세이는 나의 에세이 모음집 〈잊고 다시 신에게로(Unlearning Back to God)〉에 실려 있다.

2 〈태양에 관한 108가지 이야기(108 Sun Stories, Tales from Around the World to Illuminate the Days and Nights of Our Lives)〉ed. Carolyn McVickar Edwards(New York: HarperCollins, 1995에 나오는 이야기를 다듬은 것이다.

3 2006년 캘리포니아주 새크라멘토에서 열린 전 세계 화상 생존자 회의에서 레시아 카르텔리(Lesia Cartelli)와 돈(Don)을 만났다. 자신의 이야기를 들려준 이 주목할 만한 존재들에게 감사를 표한다. 돈의 성은 알 수 없었지만 그

의 여정을 단룬 이 이야기를 그가 우연히라도 봤으면 좋겠다. 레시아는 안면 결함이 있는 사춘기 소년들을 위한 혁신적인 치유처인 '천사의 얼굴(www.angelfaces.com)'의 창립자이자 책임자다. 불사조 협회(Phoenix Society)(www.phoenix-society.org)는 전국의 화상 생존자들과 이들이 사랑하는 사람들에게 지지와 자원을 제공하는 조직체다. 책임자인 에이미 악톤(Amy Acton)은 "1977년에 시작된 이 협회는 창립자인 앨런 브레슬라우(Alan Breslau)의 비전에 헌신하는 사람들의 공동체로서 성장과 진화를 계속해오고 있습니다. 앨런 브레슬라우는 모든 화상 생존자와 이들이 사랑하는 사람들, 이들을 돌보는 사람들이 회복을 위한 여정에서 필요한 도움을 받게 해주겠다고 했죠."라고 말했다. 앨런 브레슬라우도 1963년 상업 여객기 충돌로 심하게 화상을 입었다. 여러분이나 여러분이 사랑하는 사람들 중에 화상의 트라우마로 고통받는 분이 있다면, '세계 화상 연례 회의'(www.phoenix-society.org/programs/worldburncongress)에서 큰 위안을 얻고 친구들도 만날 수 있을 것이다.

4 〈마하바라타(Mahabharata)〉와 함께 인도의 대표적인 대서사시다. 〈라마야나(Ramayana)〉—산스크리트어로 '라마의 여행'이라는 의미—는 기원전 1000년경 인도에서의 삶을 이야기하며 다르마(dharma)의 본보기들(삼라만상의 자연 질서를 떠받치는 우주적 존재들)을 제시하고 있다. 주인공 라마(Rama)는 평생 다르마의 규칙에 따라 살았다. 시타(Sita)는 라마의 부인인데 머리가 열 개나 달린 랑카의 왕 라바나(Ravana)에게 납치당한다. 원숭이 부족의 신이자 우두머리인 하누만(Hanuman)은 라마와 손을 잡고 라바나에게 맞선다. 하누만은 그의 아버지가 바람의 신인 덕에 여러 가지 마력을 지니고 있다.

원래 〈라마야나〉는 산스크리트 시인 발미키(Valmiki)가 지은 2만 4천 행의 시였다. 수 세기 동안 라마야나 이야기의 구전판이 회자되다가, 서기가 시작될 즈음 서사시로 처음 씌어지기 시작한 것 같다. 그 후 남부 아시아와 남동부 아시아 전역에서 구전과 번역, 각색이 되풀이되었다. 또 아시아 전역에서 춤과 드라마, 인형극, 노래, 영화로 끊임없이 공연되고 있다.(참고 사이트: MythHome, www,mythome.org/RamaSummary.html.)

5 어린 베토벤은 1792년 빈에서 하이든에게 음악을 배우다가 알브레히츠베르거(Albrechtsberger)와 살리에리(Salieri)에게도 사사를 받았다. 그는 뛰어난 기량과 피아노 즉흥 연주로 시민들을 깜짝 놀라게 만들었다. 1793년 피아노 삼

중주 1번을 작곡하고, 그 다음 해에는 빈에서 처음으로 대중 공연을 가졌다. 이때는 음악가들이 자신의 작품을 직접 연주했다.

6 메이나드 솔로몬(Maynard Solomon)이 지은 뛰어난 전기 〈베토벤〉(New York: Schirmer Books, 1977)을 참고했다. 하일리겐슈타트의 유서 이후에 찾아온 그 영웅적인 10년(1802~1813)에 대해 솔로몬은 다음과 같이 썼다. "1802년 말의 위기가 끝나고 상대적으로 평온하고 창조력이 고조된 시기가 오래 지속되었다. … 베토벤은 이 몇 년 동안 무시무시한 수준의 창작력을 보여주었다. 오페라 한 편과 오라토리오 한 편, 미사곡 한 편, 교향곡 여섯 편, 콘체르토 네 편, 현악 사중주 다섯 편, 삼중주 곡, 현악 소나타 세 편, 피아노 소나타 여섯 편, 다수의 무대 작품을 위한 여러 편의 음악, 피아노 변주곡 네 편, 여러 편의 교향서곡을 만들었다. 해마다 개성이 상당히 다른 여러 편의 명작들을 완성한 것이다."

3장 혼자이면서 혼자가 아님을 – 사랑의 작업

1 오늘날 직장에서 필요한 지혜와 연민을 가르치는 가장 뛰어난 스승 중 한 명이다. 인도 태생의 물리학자인 그는 지혜의 전통을 비즈니스 기술과 접목시키는 일에 20년이나 헌신했다. 인도 하이데라바드에 있는 '리더십과 혁신, 변화 센터'의 대표를 맡고 있다.

2 갈리브(Galib)는 영국의 식민 통치 시절 인도에 살았던 유명한 수피 시인이다. 1857년에 일어난 인도인들의 봉기를 영국인들이 무자비하게 진압하는 과정을 그가 직접 목격했다는 점을 감안할 때 그의 희망적인 시들은 더욱 주목할 만하다.

3 프라하에 있는 이 묘지는 1478년에 조성되었다. 이곳에는 1만 2천 기 이상의 묘비들이 세워져 있으며 10만 구의 시신들이 묻혀 있다.

이 책에 대한 찬사의 글

*

의문을 살아내면 삶이 여러분을 해답 속으로 인도할 것이다. 마크 네포는 우리 안의 성스러운 공간을 탐험할 수 있는 지도를 제공해준다.

– 디팩 초프라, 〈마음의 기적〉과 〈그림자 효과〉의 저자

*

글쓰기의 90퍼센트는 듣는 것이다. 그리고 들음의 목적은 세계와 자신을 받아들이는 데 있다. 이 책에서 마크 네포는 들음의 방법을 아낌없이 가르쳐주고 있다.

– 나탈리 골드버그, 〈인생을 쓰는 법〉과 〈뼛속까지 내려가 써라〉의 저자

*

마크 네포는 깊은 들음의 달인이다. 그가 듣는 삶의 경험들 속에서는 영혼을 위한 근본적인 메시지들을 발견할 수 있다. 이 책에서 그는 자신이 발견한 지혜들을 나눠준다. 우리의 내면 깊은 곳에 귀 기울이면 더욱 활기찬 삶을 살아갈 수 있다는 희망도 안겨준다. 고통은 진정한 자기를 깨워주는 삶의 심층을 파고들어 가게 해준다. 마크 네포 같은 영혼의 스승과 함께할 때 삶의 고통과 직면하는 일은 더욱 의미를 갖는다. 명상을 하면서 자주 조언을 구할 수 있게 이 책을 언제나 가까이에 두고 싶다.

— 에드 베이컨, 〈사랑의 습관들〉의 저자이자 캘리포니아 주 파사데나에 있는 세인트 에피스코팔 교회 목사

*

마크 네포는 "들음이 모든 중요한 것에 이르는 문과 같다"고 했다. 시끄럽게 자신을 알리려는 세상에서 참으로 혁신적인 주장이다. 그러나 현식적인 만큼 진실이기도 하다. 이 아름다운 책을 읽고 가장 가까운 사람들과 낯선 사람들, 자연, 자신의 가슴 그리고 위대한 침묵에 귀 기울이는 법을 새로이 배워보라. 소음의 반대편에서 모든 중요한 것을 발견할 것이다. 듣기의 달인이 쓴 이 책은 그 중요한 것에 이르는 길을 찾도록 도와준다.

— 파커 J. 파머, 〈비통한 자들을 위한 정치학〉, 〈삶이 내게 말을 걸어올 때〉, 〈다시 집으로 가는 길〉의 저자

*

이 심오하고 서정적인 책은 잃어버린 들음의 예술을 가르쳐 준다. 듣는 법을 배우면, 삶의 무수한 목소리들과 영혼의 말없는 신비들을 받아들여 살아 있음의 진리를 느낄 수 있다. 마크 네포의 글은 언제나 영혼을 위해 고른 포도주 같아서 천천히 음미하며 읽어야 한다. 그러면 그 맛이 우리 존재의 모든 은밀한 부위들까지 전달된다. 그의 말들 사이와 그 아래서 삶이라는 가장 위대한 경이로움을 들을 수 있다. 이 놀라운 책이 주는 진정한 선물은 바로 이것이다.

– 르웰린 본 리, 수피 스승, 〈기독교와 수피 신비주의 속에 들어 있는 가슴의 기도〉의 저자